有爱的青春陪伴者

靠近你的每分每秒

Kao Jin Ni De Mei Fen Mei Miao

兔大王 著

Tu Da Wang

江苏凤凰文艺出版社

JIANGSU PHOENIX LITERATURE AND ART PUBLISHING

图书在版编目（CIP）数据

靠近你的每分每秒 / 兔大王著. -- 南京：江苏凤凰文艺出版社，2022.2
ISBN 978-7-5594-5993-0

Ⅰ. ①靠… Ⅱ. ①兔… Ⅲ. ①长篇小说－中国－当代
Ⅳ. ①I247.5

中国版本图书馆CIP数据核字(2021)第103510

靠近你的每分每秒

兔大王 著

责任编辑　王昕宁
特约编辑　蔡杭蓓
责任校对　周　萍
出版发行　江苏凤凰文艺出版社
　　　　　南京市中央路165号，邮编：210009
网　　址　http://www.jswenyi.com
印　　刷　长沙鸿发印务实业有限公司
开　　本　880mm×1230mm　1/32
印　　张　10
字　　数　226千字
版　　次　2022年2月第1版
印　　次　2022年2月第1次印刷
书　　号　ISBN 978-7-5594-5993-0
定　　价　42.80元

目录

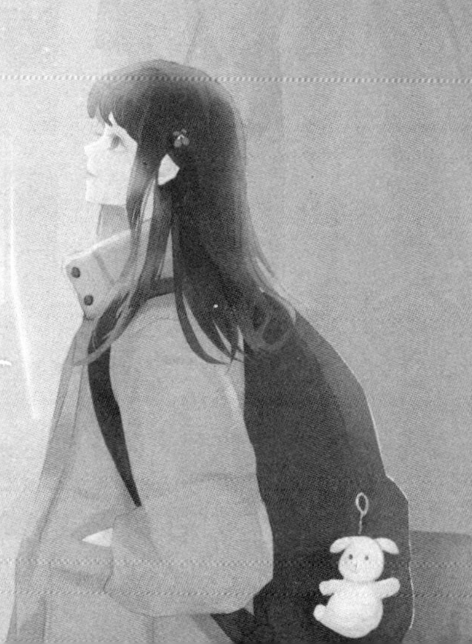

·目录·

第一章 学弟 /

1 她成了男生宿管

八月大概是南海市一年中最热的时节，钟源源出门就能感受到一波接一波令人窒息的热浪向人涌来。

这么热的天气，鸡蛋能轻松地在地面上烤熟，暴露在阳光下的人们就好像一块在火上炙烤的肉。柏油马路热得烫脚，走在上面只感觉脚上的帆布鞋的橡胶底似乎都要被高温融化了，脚步沉重，踩在柏油马路上发出咯吱咯吱的奇怪声响。

烈日之下，公交车站牌下仅有的一点可怜阴影被焦急等候的人群瓜分得一点不剩。钟源源焦急地等待着开往南海大学浦江学院的801路公交车。天气实在太热，一切景象都在空气里浮动，翘首以盼的时候，一不留神汗水就会滑下眉梢，落入眼睛里。

咸涩汗水侵入眼球，刺激得钟源源瞬间闭上了眼睛，她连忙摘下眼镜揉了揉眼睛，随后就感觉到周围的人边抱怨边一窝蜂地往前挤。

公交车车站的广播响起：“801路公交车到站，请乘客有序上车。本车开往南海大学浦江学院，终点站城市公交总站。”

车总算是来了，可钟源源眯着眼睛看不清眼前的路，一只手拿着眼镜，另一只手还提着一个装行李的巨大蛇皮袋。不过幸运的是钟源源刚迈下台阶就被人潮簇拥着挤上了公交车。

她艰难地刷完公交卡，转头看到公交车上早已没有空位置。司机不耐烦地让乘客往后再挤挤。钟源源拖着行李袋找了个门边靠窗的位置站着，行李太大，在摇摇晃晃的车厢里时不时碰到别人的脚，为此，钟源源还收到了旁边姑娘的一个白眼。

在尴尬地用两脚夹住行李袋勉强站稳后，钟源源才空出手戴上眼镜。

城市公交车里的空调虽然带来凉意，却使密闭的空间里有一股好似塑料晒化后的刺鼻味道。

钟源源站在窗边，骄阳无情地笼罩她，可以说是夏日里最难挨的折磨。

快到站的时候，钟源源的手机突兀地响起来，她暗暗咒骂一声，手忙脚乱地在沙丁鱼罐头般的车厢里艰难地摸出手机接听。

“喂，源源，到学校了吗？生活费够不够，妈妈再给你转一点。”女声嘹亮，中气十足。

来电的人正是钟源源那刚开启第四段婚姻的母亲陈丽雯。

钟源源刚想回答，公交车突然来了一个急刹车，钟源源眼疾手快地揪住了身边一个男人的双肩包包带保持平衡。好在男人紧紧地用双手拉住了吊环，才没有让自己和钟源源摔倒出丑。钟源源虽然又得到了一个白眼，但好歹站稳了。

“南海大学浦江学院到了，下车时请注意安全。”机械的女声在公交车里响起。

于是钟源源来不及回答，一手握着手机，一手拖着行李袋，穿过人群往下走。

刚下车，公交车就关上门绝尘而去。

钟源源这才有空甩了甩因为拿行李有些酸的那只手，抹了把汗对着手机皱着眉回答：“不用了，你管好你自己吧。”

说完，钟源源不耐烦地挂了电话，但她知道无论自己说什么，陈丽雯还是依旧会往她的卡上打钱，数十年如一日。

可即便如此，她也从来不会随便用那些钱，单纯的因为不喜欢陈丽雯而看不上那些钱罢了。在钟源源的记忆里，从小时候开始，她和妈妈的关系都是她单方面地疏离多于亲热。

此刻正值暑假，平时热闹的校门口一个人也没有，保安也在岗亭里躲懒乘凉。蝉异常放肆地吱哇乱叫，没有给夏日增添一丝青春回忆，反而更添一丝烦躁。

钟源源拖着脚步艰难地走在空旷的校园里，再过一个月，她就要开启她第三年的大学生活。

“源源！”学姐刘蓉在宿舍楼下一边向钟源源招手，一边还不忘用手中的纸袋挡一挡太阳。

钟源源加快了脚步，费力地走到宿舍楼下，第一句话就是：“天哪，好热！”

“是啊，今天39℃，晒晕了。”刘蓉一把将脸颊通红的钟源源拉进宿舍楼，然后将手中的东西交给她，并一一给她介绍，“拿好了，这个是工作手册，这个是登记册，这个袋子里是各种钥匙，还有通讯录什么的，全都在里面。”

细心的刘蓉把东西都装在一个纸袋子里交给钟源源。

“谢谢学姐。”钟源源感动得一塌糊涂。

“我都毕业几年了，还叫我学姐呢。”刘蓉捂着嘴笑道。

钟源源是南海大学浦江学院法学专业的大三学生，刘蓉是比钟源源大三届的学姐。当年钟源源新生入校的时候，就是正值大四当志愿者的刘蓉带她办入学手续领相关资料的，后来一年里两人也有各种往来，时不时互相送个小礼物吃个饭什么的，关系比较好。

虽然都是法学生，可刘蓉学习成绩差，考试运也不佳，大三第一次司法考试没有通过之后就不打算继续考，于是毕业后便没有进入法律行业，而是留在学校，在学校后勤部工作。

而钟源源的情况则比较复杂，父母在她很小的时候就离婚了。她爸爸一直在外做生意，妈妈开了几家美容院，一直也没有时间管她，然后就是忙着结婚离婚，这不，刚刚开始了第四段婚姻。

也许是因为家庭的缘故，钟源源从小就很独立，小学二年级的时候就开始住校，就这样一路到了大学。虽然她家也在南海，但是除了放假，平日里很少回去。

陈丽雯距离上一次离婚也有五六年了，这一次能够和现任顺利结婚她非常高兴。暑假期间钟源源的继父在外出差，钟源源临时从市中心的老房子出来住到了陈丽雯和现任丈夫的婚房里，但又觉得接下来要和一个陌生人，也就是她继父住在一起有些尴尬，深思熟虑以后还是决定收拾行李提前回学校。

在钱财方面，陈丽雯从来不会亏待钟源源，这也是她第二段婚姻失败的导火索。钟源源自父母离婚后，一直读的就是南海一所集团办学、收费较高的十五年制私立学校，学校实行双语教育，一年的学费要十几万，更别说加上其他的额外花费以及生活费，而男人的女儿就读于普通的学校。钟源源放假时回陈丽雯的家，穿的用的也都是名牌，于是男人就总是阴阳怪气唠唠叨叨，说陈丽雯厚此薄彼，没有把他的女儿视若己出，太过自私。

陈丽雯的性格比较强势，时间长了，自然和那个男人就有了矛盾，最后干脆离婚了。

第三段婚姻则完全是因为结婚一年后两人觉得性格不合结束的。

吃一堑长一智，钟源源不想再一次因为自己生活费的原因导致陈丽雯婚姻失败，她虽然不怎么喜欢这个妈，但是依旧希望妈妈过得好，于是她乖乖地把陈丽雯给她的钱都存了起来，不到关键时刻不动用。平时更是积极打工，自力更生，衣着也是走的便宜节俭的路线，每次陈丽雯问她缺不缺钱，她都很乖地说不缺钱。

但是对于一个在读的大学生，能找到的工作也就是在学校附近打打零工罢了。

钟源源学习不好，准确地说，她就读的私立学校里的学生除了家庭条件好，别的都不行。钟源源高考时考了浦江学院这个三本的学校，一年的学费加住宿费要一万九，她自己打工根本负担不了这笔费用。

钟源源读大一大二的时候，陈丽雯还没结婚，财务自由，钟源源也就接受了陈丽雯给的学费。到了大三，陈丽雯再次结婚了，结婚对象也有个女儿，和第二次的情况几乎一模一样。钟源源想着自己也得赚一点钱，能少用陈丽雯的钱就少用些，免得又像上一次那样，让陈丽雯的丈夫不满，最后导致婚姻破裂。

学校里有一些勤工俭学的工作，但是每个月只有七八百块钱，只能满足温饱凑不够学费。钟源源有一次聊天时和刘蓉抱怨了一番，刘蓉留了个心，还真的找到了一个空子让钟源源钻——

大一新生宿舍楼的宿管阿姨还缺一个。

这栋宿舍之前的宿管阿姨因为孙子出生就高高兴兴地辞职回家带孙子去了，因为是七月份才辞职的，比较突然，上面的领导还没来得及安排这件事，刘蓉趁此机会赶紧就把钟源源的名字填进去了。

领导日理万机没注意宿管阿姨几岁，刘蓉上交的材料很快就稀里糊涂通过了签字审批，于是钟源源顺利地当上了学校的宿管人员，月薪三千。

唯一的要求就是宿管人员没特殊情况的话都得坐在大厅里。

这对于一般的大学生来说是一件难事，但是由于钟源源的专业特殊性，她完全符合工作要求。法学专业的大部分学生大三就要参加国家统一组织的司法考试，听说之后会改成法律职业资格考试，所以，法学生绝大部分课程都安排在大一大二。除了几节选修课钟源源需要去上，其余时间她都能在岗。

八月份新生会提早半个月来学校进行军训，路远的学生可能会来得更早，因此学校就要求后勤人员到校准备新生的接待工作，宿管要将宿舍楼的设施全部检查一遍，搞好公共区域的卫生。

钟源源从刘蓉的手里接过工作的材料，开启了“职业女性”的生活。她先把自己要住的一楼小房间打扫了一遍。宿管除了不能擅自离岗外，别的都挺好。钟源源觉得自己平时就挺宅的，应该会在这个岗位适应得很好。

宿管的房间在大厅休闲区的旁边，是一室一厅一厨一卫的布局。当宿管人员就是这点好，虽然工资不算特别高，可是水电不要钱，住宿不要钱，还配备了电磁炉可以自己做饭，此外空调、电视、小冰箱一应俱全。厅里还有个小门，可以不经过宿舍大门直接通往外面。

钟源源很满意学校提供的房间，要知道这种住房在南海的租金就是三千起步，更何况住学校还不需要付水电费，又省了一大笔钱。

怪不得宿管的职位历来就很难得到。

吹了吹空调，钟源源满心欢喜地整理好自己的东西，然后在大厅的自动贩卖机上买了一瓶饮料美滋滋地小口喝着。休息了一阵子以后，钟源源拿出刚刚刘蓉给她的资料，仔细看了下宿管人员要做的具体工作，初步了解后觉得虽然事务有些烦琐，但也不是很难。

在宿舍宅了几天，八月中旬新生就开学了，学校里很是热闹了一番，各个年级的志愿者也开始热情洋溢地帮助新生报到。钟源源坐在宿舍一楼，看着志愿者、家长、学生们进进出出，表情僵在脸上。

为什么刘蓉没告诉她，她管的是男生宿舍？！

钟源源所在的校区是新建的，他们是这个校区的第二届学生，大她三届的刘蓉那时读的老校区，在靠近市中心的位置，校区比较小。因为今年这一批新生报到之前，学校里只有三届学生，学生宿舍都没有住满，所以钟源源从来没来过这半边住宿区，更没想到她工作的这幢宿舍楼恰好就分给了男新生。

作为一个年轻女孩子，管理男生宿舍实在是太不方便了，不过现在提出异议也晚了，宿管这么好的工作，有就不错了。

作为二十岁出头的年轻人，钟源源毕竟看上去比别的宿管都年轻些，为此钟源源担心了一会儿，怕家长向学校反映宿管过于年轻。事实是她坐在宿舍一楼前台，大家以为她是志愿者一类的工作人员，所以并没有家长提出质疑。

开学报到这几天总是很忙乱的，钟源源紧盯着门口，要注意有没有专门来骗新生的骗子，有没有专坑新生的黑心学长，有没有闲杂人员顺手牵羊。

此外还不断有新生前来反映找不到空调遥控器、不知道电话卡在哪里办、不知道收拾完宿舍后要做什么、宿舍里的饮水机不能用、问宿舍为什么没有网络，还有生活包里的东西有缺少的……

更要命的是，竟然还有新生晚上十一点才到学校，钟源源不得不守着大门直到最后一个学生进入宿舍。因为是开学，情况特殊，宿舍还没有开始实行门禁，钟源源也本着体谅新生、服务新生的原则，耐心地给予引导。

钟源源忙完开学这几天，差点虚脱，一上秤足足瘦了五斤。

开学的最后一天，钟源源开始上楼核对各个宿舍的人数。宿舍楼不算一楼大厅还有六层楼，每层楼有十六间宿舍，每间宿舍有四个人，只有个别宿舍没有住满。

上楼去核对人数的时候，钟源源一开始还有些不好意思，因为好多男生在宿舍都是打赤膊。虽然钟源源平时生活有些粗糙，但好歹也是个二十一岁的大姑娘。

不过看着看着就习惯了，因为大部分男生也不是八块腹肌齐全能让人脸红心跳的那种，要不就是瘦得和竹竿似的，要不就是挺着啤酒肚的。

核对一番以后，钟源源还真发现有核对不上的：有两个新生嫌宿舍条件差不乐意住，要去外边租房子；有两个不喜欢学校，干脆不来读了，要回高中去复读；此外一个叫龚文的新生迟迟没有来报到。

向领导汇报完宿舍基本情况后，钟源源就坐在大门旁的台子后面一边看电视剧，一边回复淘宝上买家的留言，顺便等那个住 520 宿舍叫龚文的广告专业的大一男生。

淘宝客服是钟源源新找的兼职，工作时间和地点比较自由，很适合她打发时间。

埋头工作了一阵，钟源源抬头看到大厅里的座钟指向十点半，可那个叫龚文的男生还是没来报到。

其他人都到了，就差他。

2 目中无人的学弟

钟源源记得前几天也有一个新生晚上十一点多才到宿舍，那是因为下暴雨，飞机晚点了。

明天就是军训的日子，龚文却还不见踪影，看来这个叫龚文的男生是个慢性子。钟源源之前和520宿舍的其他几个学生聊天的时候得知这个新生也是南海市人。

想当初她大一报到的时候，开学第一天的早上就兴冲冲地来了，连早饭都兴奋到吃不下。

钟源源支着脑袋坐在前台，手指像啄木鸟般一下一下急促地叩着桌子。今天是周末，第二天要开始军训，所以开始了门禁制度，门禁时间是周末十一点，平时十点半。

如果不是为了等龚文，钟源源早就可以去洗漱睡觉了。她的屁股在前台黏了一天，此时此刻累得不行，可为了等最后一个新生，她愣是被钉在了前台不能随意走动。

一直到十一点十几分，门外还是没有一丝有人要来的迹象。钟源源不耐烦地站起身揉了揉坐了一天有些僵硬的屁股，拿出钥匙锁了宿舍大门，动作颇有些粗鲁。

她心想：这是学校规定的作息时间，那个新生估计今天不会来了。真的是，害她白等了这么久。

锁了门，钟源源边哼着歌边走进自己的房间洗漱，刚把牙刷塞进嘴里刷了几下，就听到有人在拍宿舍楼的玻璃大门。

牙刚刷到一半呢！钟源源内心一阵急躁，吐了一口泡沫就趿拉着拖鞋边迈着小碎步往外走，边口齿不清地喊着："来了，来了！"

她打开大厅的灯，门外的人身子隐在黑夜里看不清面庞，只有胸前衣物的荧光装饰在闪烁。

在寂静的校园里，这一幕有些诡异。

"龚文？"钟源源隔着玻璃不确定地问道。

"嗯。"门外那人回答。

"好的，你稍等一下！"钟源源咬着牙刷又跑回房间拿钥匙，然后才打开玻璃门。

龚文走进宿舍楼时，带来一阵热风。他很高，背着一个松松垮垮的双肩包，面容十分俊朗。不知是因为天气热还是因为和卡在门框上没能一下子拖进来的行李箱做斗争，他眉头微微皱起，显得有些不耐烦。

总体来说，龚文是一个长得超级标致的小伙子。

之前因为龚文迟迟未到，志愿者已经把他的《新生手册》等入学资料都放在了钟源源这里。钟源源把所有东西胡乱地叠在一起，装在塑料袋里递给龚文："你的新生用品全在这里了，不过你怎么来得这么晚啊？"

龚文道了谢，却忽略了寒暄，并没有解释自己为什么这么晚到校，反而嫌恶地用大拇指揩去塑料袋上钟源源因为讲话喷溅出来的牙膏泡沫。

"嘁！"龚文的表现钟源源看在眼里，完全没感到羞愧，对着龚文上楼的背影不屑地撇撇嘴。等她回过神来时，才意识到自己刚刚正在刷牙，于是锁了大门继续回房洗漱。

累了一天，总算能睡个好觉，钟源源换了睡衣掀开被子愉悦地上床，一只脚刚迈上柔软的床铺，房门就被敲响了。

"这些小兔崽子！"钟源源握着拳头咒骂。

晚上被敲房门也不是第一次了，新生们总会带着各种各样的问题不分昼夜地来打扰钟源源。

打开门，来人是龚文。他身姿挺拔地站在门前，一只手还保持着敲门的姿势。

“有什么事不能明天说吗？”钟源源突然理解为什么大多数宿管阿姨都摆着一张臭脸了。比如现在，她根本不能很好地控制自己处在崩溃边缘的情绪。

再不睡觉，她的脸明天又该水肿、泛油了。

“阿姨，我的生活包在哪里？”

这真是一句令二十出头的花季少女听了想流泪的话语。

“什么？”钟源源抻长脖子，眯着眼，语气不善地反问。

她腹诽：小子你敢不敢再喊一遍？瞪大你漂亮的大眼睛好好看一看，你应该叫我什么？

然而龚文还以为钟源源没听清楚，耐着性子一字一句地问：“阿、姨，我、的、生、活、包、在、不、在、你、这、里？”

其实这真的不能怪龚文没有眼力见儿。钟源源的外表说得好听叫不拘小节，说得难听叫不修边幅。虽然才二十一岁，但是钟源源从不爱打扮自己。

她长着一张丝毫没有遗传到陈丽雯美貌的、很平凡很普通的、虽然脸盘子不大但是五官不怎么立体的脸，一米五八的身高，不算白的皮肤，略粗的腿。

悲惨的是，她还顶着一头长到腰间，但是因为疏于打理而显得有些枯黄的长发。

总体来说，在一干水灵灵的大学女生群体里，钟源源显得很大妈，很路人。

更何况她此时此刻作为一个宿管人员，穿着老土的睡衣，头发胡乱地低低盘着，顶着一副大黑框眼镜，一脸油光，表情不定地站在带着阴影的门框边。

沉默了两秒，钟源源有很多话想说，但是不知怎么开口。她第一次觉得自己的伶牙俐齿居然毫无用武之地。

最后一腔愤懑都被咽进腹中，她艰难地开口：“不知道，我这里没有你的生活包。”

生活包是学校找外边的厂家批发的，新生在拿到录取通知书的时候就要填写回执单，向学校说明要不要生活包。生活包里是一床被子、几个脸盆杯子，还有蚊帐、热水壶之类的生活用品。

毕竟量大，每年分发的时候总有缺漏，也不排除被别人误拿的可能。

龚文听了钟源源的话，有些为难地皱起眉头。

“那阿姨，你给我开下门，我出去住。”

多么机智的处理方式！是一个有智慧的大学生该说出的话。可是新生不知道，学校的大门早就关闭不允许学生出去了，出了宿舍门也只能在校园里晃荡。

钟源源和龚文解释了学校的规定，龚文的眉头皱得更深。

“好的，谢谢阿姨。”没有更多的话语，龚文转身就走。

一口一个阿姨，真是气死人。钟源源虽然恨得牙痒痒，但作为一个称职的宿管“阿姨”，她还是要负起照顾新生的责任。

“你回来！”钟源源叫住已经走到楼梯口的龚文，转身去柜子里拿出一床学校发的从没用过的备用棉花被了。之所以带着备用被子也是为了以防万一，毕竟大学里，被子被偷、被子被不知道哪个室友的可乐弄脏、被子在寒暑假被老鼠咬穿之类的事太多了。

“这是我的被子你拿去用吧，放心吧是新的，送给你了。”钟源源把垫被、床单都一股脑儿地交给龚文。出于一种神奇的第六感，她觉得要不是新的被子，龚文肯定不会要。

龚文愣愣地抱着被子，皂香味扑鼻，还有阳光的馨香，闻起来就知道很干净。其实他本想拒绝的，却在触摸到手里柔软的被子后很快又改变了主意。

“明天我去帮你问问生活包的事，等拿到手了你再到我这里来拿其他生活用品，你生活包里的被子就给我用好了。”钟源源拍拍被子交代龚文。

“好。”龚文似乎就是这样话少的性格。

说完，他就被钟源源像赶小鸡似的赶走了。

待龚文抱着被子上楼回到宿舍，室友还在握着手机打游戏。

“没有被子？要不你和我挤一晚呗？”室友马运没有抬头，因为没听到生活包外面的尼龙包装窸窸窣窣的声音，还以为龚文没有拿到生活包，于是好心地对龚文说道。

“不用了，我有被子了。”婉拒室友的建议，龚文把被子扔上床，细细地铺起来。

从没有住过校的他是第一次自己铺床，如今看来好像也不难。大功告成后，床铺看起来很舒服的样子，只是上面的图案看上去花团锦簇的，过于女性化。搞定棉被，龚文一阵轻松，下床去厕所冲了个凉。

“我睡了。”说完，他钻进被子里，提醒打游戏吵吵闹闹的新室友。

“好好好，我们打完这局就结束。”马运有些怵这个新来的室友，立马戴上耳机，把屏幕调暗，游戏结束后，也跟着悄悄地钻进被子里。

大学生活的第一晚。

龚文听着室友的呼噜声，本以为自己会很排斥住校的生活，但是窝在被子里闻着清新的皂香味，却觉得一切都还算好，至少比他预期的好太多。

他在心里默默地想：不知道明天等待我的又是什么。

龚文睡得心无旁骛，楼下的钟源源却睡不着了，翻转了七八个回合以后还是没有丝毫睡意，于是她只得懊恼地翻身起来找出手机，打开白天看了半集的电视剧看了起来。

最近的剧不怎么好看，无非是那些男男女女情情爱爱的故事，这男主看上去有些油腻，好像还不如龚文。

哎，怎么想到那个新生了？钟源源甩甩头，直道美色误人。

看完一集以后，钟源源忽然又想到明天是军训第一天，新生要去教室集合、领衣服、与教官见面，然后就开始正式军训了，作为宿管，她得早起开门。这样一想她又泄气地躺了回去。

胡思乱想极度烦躁之间，钟源源竟然也睡着了。

第二天一早闹钟还没响，钟源源就听到外面有男生叽叽呱呱讲话大笑的嘈杂声音。她认命地从床上爬起来，蓬头垢面地先出去打开大门。门一开，男生们就像猪圈里的猪放风似的欢快地跑出去了。

就是有这样急性子的同学，每当学校有活动的时候，就起得特别早，元气特别足，特别抱有期待。

更让钟源源感到扎心的是男生们出去前还很有礼貌地说："阿姨再见。"

钟源源内心吐槽：呵，新生，等明年这个时候，你们不睡到自然醒是不会起床的!

又被称作"阿姨"，钟源源已经懒得反驳。她无力地走回房间，这会儿闹钟才堪堪响起。狠狠掐掉闹钟，钟源源走到卫生间里洗漱，因为没睡好，果然如她所料，镜子里的她一脸油光，痘痘清晰可见，显得有些邋遢。

她真的很像阿姨吗？钟源源对着镜子左看看右看看，心虚地摇摇头。

又是坐到台子后面值日的一天，钟源源先打电话联系了后勤部办公室说了缺生活包的事，又趁着此时人少，洗了昨天换下的衣服，再去洗衣房看了看机器是否运作良好。

然后送水的师傅来了，钟源源指挥着他把三轮车上的矿泉水搬到楼梯下的储藏室里，再把订水册子翻开，告诉他哪几间宿舍订了水，接着指导了两个身体不佳，不能参加军训的新生如何用一楼大厅的自助机器充饭卡充水卡……忙忙碌碌之中，一上午很快就过去了。

下午，新生们终于开始到操场上军训，宿舍里静悄悄的没有声音，钟源源可以回房里躺着休息一下，等到傍晚再坐回前台工作。

一个人的时候，时间过得特别慢，钟源源躺在床上百无聊赖地看着窗外的太阳一点点落山。

傍晚，新生们一脸疲惫地回来，男生们穿着不合身的军装，有的还拿着从食堂打包回来的盒饭。

刘蓉跟在一大群散发着汗臭味的新生后面进来了。

“哎？学姐你来了！”钟源源兴冲冲地站起来，一个人寂寞地待了一天，总算能有个人和她聊聊天了。

“怎么样，工作还顺利吗？”刘蓉放下手里的东西关心道。

“还可以。”钟源源调皮地吐吐舌头，晃着学姐的手不好意思起来。

“那就好，我一直不放心你，但是开学期间又好忙，都没空和你说说话。”刘蓉拍拍钟源源的肩膀鼓励她。

“哎？那你现在是？”钟源源探头看到刘蓉拿着一袋子资料。

“哦，我来是有事情的，喏，这个是一些宿舍规章之类的，等下宿舍长会来你这里拿。你最好选几个层长，以后开学了咱们学校不是要定点熄灯嘛，还有一周一次的卫生检查，平时你找层长检查就可以了，联合检查的时候你才须自己检查，然后……”

刘蓉说了一大堆事情，最后又想起最重要的事：“等下有教官要来教新生叠被子，完事以后你要去看一下他们的要求。明天开始你就要一个个地去检查宿舍卫生状况和内务，然后打分，这个分数关系到学生的军训成绩，所以不能马虎了。”

“好的，好的。”钟源源连连点头，看来明天又是劳碌的一天。

刘蓉还要跑其他宿舍楼，就没和钟源源继续闲聊。

送走刘蓉以后，钟源源回到前台坐下，支着下巴发呆。看到外卖小哥在宿舍外等学生拿外卖，钟源源这才想起自己忙了一天，还没来得及吃晚饭。

天气太热了，食堂人又多，不如等下煮个泡面吃。

正开心地想着泡面的滋味，钟源源一转头就看到龚文穿着迷彩裤和白色短袖，敞着迷彩外套慢悠悠地走了下来。钟源源探头一看，龚文正从外卖小哥手里接过一大包外卖。

啧啧啧，吃这么多。钟源源八卦地看外卖包装，龚文买的似乎是学校旁边超具人气的炸鸡桶。

好想吃啊！炸鸡！汉堡！可乐！薯条！钟源源想着好吃的，口水都快要流下来了，但是现实是她煮了一锅红烧牛肉面，虽然闻着香，吃起来却没啥滋味，往里加一个猪蹄还差不多。

这是钟源源发明的吃法，把真空包装的吃起来像橡皮筋似的猪蹄泡进泡面汤里，过一会儿吃的时候，原本咬不动的卤猪蹄就像是新鲜猪蹄一样软糯了。

算是苦中作乐。

吃完面，钟源源看到一队穿着军装的兵哥哥朝宿舍走来。这应该就是刘蓉说的来教新生叠“豆腐块”的教官了吧。

钟源源用手背擦了擦嘴，站起身来等候。

男寝因为教官的到来热闹非凡，时不时爆发出一阵阵欢呼。钟源源在前台听着觉得脑袋都要炸了。

等兵哥哥再一次从楼上下来时，已经是八点多。

微笑着送走兵哥哥，钟源源决定今天早点锁门睡觉。军训期就是好啊，新生小崽子们专心搞内勤，少惹事，她也可以早早地锁门睡觉。

这回她终于体验到了当宿管的好处，心里美滋滋的。

3 不听话的学弟们

晚上九点刚过，宿舍楼就宛若白天无人时那样清静，或许是因为白天太累了，男生们难得安静了下来。钟源源看了眼手表，打算锁门去睡觉。

美了不过三分钟，她就听到楼梯口传来几个男生说说笑笑的声音，脚步轻快，活力四射。

钟源源迟疑了。

怎么军训了一天他们还这么精神？学校今年的军训力度还能不能行了？她记得自己军训的时候，教官已经算放水了，但每天回宿舍后都觉得腰酸背痛，恨不得不洗澡，直接上床躺着。

520宿舍几人蹦蹦跳跳地下楼，一抬头就看到大厅里坐着他们的宿管阿姨，看上去神情有些呆滞。

“阿姨好。”几人礼貌地打了招呼。

钟源源被这一声“阿姨”叫回了神，只见下楼的几个正是520宿舍的四人，个个脱去了军装，换上了常服，看样子是要出门？

“哎，你们干吗去？”钟源源站起身拦住刚跨出宿舍门的几个男生。

“出门呀……”其中一个叫桑秦的男生说道，看他的表情，似乎不明白钟源源为何反应那么大。

“不能出门吗？”龚文也疑惑地问道。

“能是能……但是……”钟源源噎住了。

她话还没说完，几人就松了口气，打打闹闹地出门了。桑秦还跳到了马运的背上，让马运背着他走。

钟源源觉得一阵穿堂风吹过，让她的心凉了半截。

好生气哦，可还是要保持礼貌。

钟源源气呼呼地坐下，想了想又走到大门边看了看，对面女生宿舍的阿姨已经锁门了，大厅的灯光也有些暗，一看就是去休息了。

人比人，气死人。

早睡计划泡汤，钟源源愤怒地打开电脑，继续开始淘宝客服工作，同时开始刷剧，因为觉得无聊，顺便又泡了一桶泡面哧溜哧溜地吃了起来。

已经过了十点，还不见几人回来，钟源源腹诽：该不是不回来了吧？

反正她会严格遵守学校的规章制度，十点半就关门，520宿舍的那几位爱回不回。

到了十点半，宿舍大门外还没有一丝人影，钟源源蹦蹦跳跳地去锁了大门，洗漱上床睡觉。

今天她沾上枕头两三分钟后就睡着了，但是舒服了没一会儿，梦里隐隐约约听到了敲门声。

大概是梦吧，钟源源翻了个身，舔舔嘴唇。

十秒钟后她清醒过来了，什么梦啊！就是有人在敲门！

原本钟源源打算不理睬那些人，这八成是520宿舍那几个男生回来了。那几个男生走的时候拍拍屁股那么潇洒，宿舍是你想来就来想走就走的吗？可笑。

可是门外的人异常执着，敲门不算，还大喊大叫。

钟源源烦躁地用脚蹬被子，埋在被子里发出“呜呜”的声音，心里生出一股被打扰睡眠的怒意。最终，她还是不得不套上睡裤穿上拖鞋往外奔去。

“干什么干什么，造反啊？”钟源源的愤怒值很高，她很想气势汹汹地叉腰瞪着眼前的四人，无奈身高落了下风，于是改为斜视。

“扑哧！”马运盯着钟源源看了一眼，忍不住笑了起来。

钟源源莫名其妙地顺着马运的目光摸了摸头发，哦，刚刚在被窝里生气的时候，头发被拱乱了。

可是扰人清梦真的很没有素质。

“你们不知道门禁时间是十点半吗？”钟源源气愤地问道。

“对不起，阿姨，我们在外面吃了个夜宵就回来晚了。”桑秦抱拳拱拱手，示意钟源源赶紧开门。

“对不起？呵呵，那我告诉你们吧，现在都十一点半了，我是不会给你开门的。”钟源源瞪了四人一眼，转身就离开。

这时，门外传来龚文的声音，他刚刚一直没有出声，此时却说话了：“学校规定十点半锁门没错，但是错过了门禁，只是扣分就可以了，并没有说不能进宿舍吧？”

闻言，钟源源猛地回头，迅速锁定和她抬杠的目标人物。

龚文也毫不客气地回望着她。

这下其他几个室友好像有了主心骨，一下子也扬眉吐气精神起来了。

钟源源怒极反笑，从过去种种表现来看，原来这龚文是一个刺头啊。

按照学校的规定和宿舍的规章制度，学生晚归，宿管确实只需要扣学生个人分就可以了，但是打扰别人睡觉的确没有礼貌。

钟源源平日里最烦这种目中无人、自私自利的人，于是走过去，挑着眉，满不在乎地道：“我就是不开门，你们想怎样？有本事继续大喊大叫啊，我倒是要看看等下有没有一楼二楼的同学下楼找你们麻烦。”

眼神厮杀好激烈，好可怕。

这是其他三人的想法。

“算了，咱们出去住吧。”桑秦见钟源源这位宿管不好糊弄，想要息事宁人，拉拉龚文的袖子说道。

“现在十一点半了，学校大门只许进不许出。”龚文看了看手表，想起这话还是昨天宿管阿姨和他说的。

“啊……”三人发出感叹。

听着几人的哀叹，钟源源满意地转过身：小样，还治不了你们了？你们叫破喉咙也不会有人来给你们开门的。

至于几人是睡图书馆门口，还是在操场的草地上蹲一宿，就不关她的事了。

她已经把这几人划进第一批宿舍黑名单，列为重点“斗争”对象。刘蓉和她说过，和新生刺头斗就好像驯服一匹野马，如果你一开始便落了下风，他们就觉得宿管好欺负，于是变本加厉，再翻身就难了。

钟源源觉得自己现在应该已经初步驯服了这些小野马。

回到床上，钟源源心态平和，又美美地睡了。

四人见开门无望，面面相觑，难不成今晚真的要在宿舍外过夜?

龚文摸了摸下巴想了想，突然福至心灵，提议道：“我知道有个方法可以回宿舍。”

他说的方法就是爬窗。

之前他就注意到在宿舍大厅和一楼之间有一个气窗，气窗大概离地两米多高，对几个男生来说，虽然翻上去费点力气，但也不是上不去。

这几个男生这会儿都愿意听龚文的话，于是四人绕到了宿舍楼的另一边，看着头顶的气窗觉得爬窗的办法可行。

“谁先做个垫脚的？”桑秦贼兮兮地笑道。

“桑小鬼，不如就你了吧。”马运笑嘻嘻地推了他一把。

“不用。楚庄，你去把那块景观石搬来。”龚文知道学校的草地上散落着一些大石头，是用来打造景观的，气窗下面种着景观竹，不远处就有一块圆圆的石头。楚庄是一个人高马大的男孩子，搬一块大石头绰绰有余。

楚庄很快就把石头搬来了。

桑秦是一个虽然矮小，但是很敏捷的男孩，踩着大石头扒拉着竹子三两下就钻进了气窗。竹子被几人摇动得沙沙作响，这声音在夜里听起来尤为明显。

在桑秦的帮助下，三人互相帮忙很快就爬进了宿舍楼。

站在宿舍楼的楼道里，几人拍拍手拍拍屁股，相视一笑，突然觉得室友升级成了有共同小秘密的兄弟。

“明天记得把石头搬回去。”龚文提醒道。

“好嘞！”楚庄拍拍身上的肌肉，很是兴奋。

“军训期间好像会教攀爬，到时候学会了，连石头都不用。”桑秦兴致勃勃地说道。

“哎哟,赶紧上楼吧,到时候宿管大妈听到了就不好了。”马运拉过几人,赶紧往楼上跑去。

这一晚钟源源姑且算是美美地睡了一觉,早上开门的时候还带着和蔼的笑容。她坐在台子后边,笑眯眯地听同学们和她说“阿姨再见”。

生活就是,你抗拒不了,就去享受……

钟源源泡了一杯咖啡,喝着香醇的咖啡想:不知道昨天那四个人怎么样了。

说曹操曹操到,钟源源刚放下杯子就看到四人穿着军训服装人模狗样地下楼了,那神采奕奕的样子,一点也不像是狼狈了一晚上的人。

可能多多少少有些心虚,四人见了钟源源连招呼也不打就要出门。

“站住。”钟源源叫住他们,“你们是怎么进的宿舍?”

桑秦眼珠一转,抢在正要说话的三人前面回答:“阿姨,你看错了吧,我们早上才回来,回来换了衣服这才出门了。”

不对劲。钟源源暗想:我从早上开门开始就坐在这儿了,根本没见到有人进来,何况是我重点监控记忆深刻人高马大的四人。

还没等钟源源想通,四人就如泥鳅一般地溜走了。

有鬼!钟源源眯起眼睛,感觉这里面有猫腻。

但捉住这几人的错处不是她今日的主要任务,她今天要把宿舍楼里的每一间宿舍的卫生都检查一遍。

钟源源穿着短袖短裤,抄起一把扇子摇摇晃晃地上楼。这把蒲扇还是上一个阿姨留下的,距今有些年份了。

拎着一串钥匙,钟源源从一楼开始检查各个宿舍的卫生。

以前大一大二住在女生宿舍的时候,钟源源无数次吐槽过学校的卫生检查制度,没想到她居然也有违背初心检查卫生的一天。

学校的宿舍卫生检查标准几乎全国统一：垃圾桶里不能有垃圾，椅子上不能挂书包，桌上不能有杂物，水槽里不能有水，门后的挂钩上不能挂衣服，床上不能躺人，扫把上不能有灰……

反正每一个物品都失去了它本应该有的用途。

吐槽归吐槽，现在她成了评判宿舍卫生分数的“掌权者”，只得认认真真地开始检查卫生。

其实男生的东西本就不多，加上才刚开学，杂物更少，大多数宿舍都是很干净的。

走到 520 宿舍门口，钟源源叹了口气，她能确定这几人昨晚偷偷溜进了宿舍，但不知道是用的什么方法，还得留个心眼。

钟源源转了一圈，发现 520 宿舍也和别的宿舍一样，算是干净，走出去的时候，余光却瞄到了一双袜子。

看看床铺上贴的名字，哦，这袜子是落在龚文的床头。

钟源源随手就给龚文扣了五分。

临走前，钟源源想了想，掏出手机给那袜子拍了个照。

学法的嘛，讲究证据。

检查完卫生，钟源源已经热得满头大汗，赶紧跑下楼去吹空调。外面骄阳似火，隐隐约约可以看到绿油油的军训队伍。

啧，真可怜。钟源源军训的时候刚好遇上台风天，教官们在外地抗洪耽误了三天，新生们就在教室看了三天的军事理论视频，接着就是台风过境后的阴天，不怎么热，只有最后两天出了太阳，除了训练时真的很累，从别的方面来看，钟源源经历的真的算是非常幸运的军训之旅。

休息完毕，钟源源坐在空调房里将卫生评分发给后勤部汇总，然后就没什么事可做了。她拆开薯片看看电视打打游戏，一天很快就过去。

晚饭钟源源是去食堂打包的，宿舍楼外依然停满了外卖小哥的车，外卖小哥都在等着学生取外卖。

龚文依旧叫了一大包外卖，还在宿舍大厅的饮料贩卖机里买了两罐可乐。路过钟源源面前时，目不斜视，优哉游哉。

钟源源瞥了他一眼，除了站得笔挺以外没有更多的表现，但是想到昨晚两人剑拔弩张的气氛以及此时暗暗浮动在两人间意味不明的危险气息让钟源源脑补了很多场景——

一会儿是龚文朝她恶狠狠地走来，她绝地反击，把龚文打了个落花流水；一会儿是龚文来向她道歉，恳求她的原谅……

龚文走到转弯处，余光瞄到宿管正在阴险地傻笑。

看来宿管不仅凶，还很傻。

晚上新生们要上军事理论课，钟源源等到九点，才看到有穿着军训服装的男生陆陆续续回来。

和昨天一样，不一会儿，520 宿舍的四人换好了衣服要出宿舍。

走之前四人还不自觉地看了钟源源一眼。

钟源源没好气地提醒他们：“今晚早点回宿舍，要是回晚了，宿舍关门了，别敲门。”

“知道了，知道了。”桑秦笑嘻嘻地回答。

出了宿舍，四人相视一笑，直奔校外的网吧。

第二章 结仇 /

1 结仇的一天

又是早起的一天！

钟源源依旧顶着鸡窝头呆呆地坐在前台，学生们因为前两天的军训消耗了很多体力也有些恹恹的，整个宿舍楼显得有些死气沉沉。

钟源源正发着呆，突然想到昨晚那四人在门禁前没有回来，晚上也没有再敲门，种种迹象再一次提醒她事有蹊跷。

但是钟源源确定早上开门之后没有人进宿舍，何况是四个。

想什么来什么，520 宿舍的马运先下楼了。过了一分钟，其余三人也穿着军训服装下楼。

钟源源不由得疑惑地看了看几人。

几人避开钟源源带着探究的视线，很自然地大摇大摆地走出了宿舍。

这下钟源源可以确定，四人一定是昨晚偷溜进宿舍的。

至于方法就不得而知了。

没有抓住四人的把柄，钟源源心里不是滋味。想了想，钟源源赶紧发了条消息给班上的男同学，因为有一次她在上课时听到男同学在说自己在网吧通宵后回宿舍的过程，但是具体的方法当时钟源源没有注意听。

收到钟源源的问题，男同学很快就回了消息过来：【从阳台翻进去啊。】

这几个字让钟源源胆战心惊。

浦江学院的宿舍楼是有阳台的，阳台上只有铁栏杆，外墙光溜溜的，除非是蜘蛛侠，否则不可能有人能攀附外墙爬进去。但也不是没有漏洞，因为宿舍楼空调的外机罩着笼子，笼子外有一条一条横着的栏杆，虽然缝隙很小，但也不是完全不能爬。

看到回复以后，钟源源赶紧起身去了宿舍楼外看了下空调外机的罩子，更加确定了能攀爬的可能性。

这几个男生疯了。

钟源源满脑子都是这个想法。

她突然觉得害怕，夜黑风高的，这四人通过不怎么牢固的栏杆爬回宿舍，万一中途出了什么意外，不仅是对自己生命的不负责，学校和家长更是会把责任怪到宿管人员她钟源源头上。她昨晚确实冲动了，为了和男生们争口气没有想那么多，如今想来真是后怕。

虽然天气很热，可钟源源站在太阳下，吓出了一头冷汗。

这些男生真是愚不可及。

【你们疯了吗，晚上爬楼多危险啊！要是掉下来，绝对死透！】钟源源气愤地回复男生。

男生发了个冒汗的表情，缓缓回道：【一层楼而已，即便摔下来下边也是草坪，对我们男生来说真的不算什么。】

一层楼？钟源源愣了一瞬，对哦，他们班的男生都住在二楼，别说男生了，女生几乎也可以爬上去。

可是520宿舍在五楼呀，算上大厅，其实是六楼。

这么一想，那四人应该也没有这么蠢吧，活了十八九年，不至于连这点智商都没有。

于是钟源源又问男同学：【还有别的方法吗，高层的人怎么偷偷回宿舍啊？】

男生发了一个神秘的微笑表情，又回道：【那不就是爬楼梯口的气窗咯，不过那个窗户很高，要找个垫脚的才能勉强爬上去，主要是我们这幢楼的

气窗正对保安室，傻子才从那里爬。】

男生又说：【之前也有人爬过，后来气窗就被宿管锁了。】

钟源源浑身一震，楼梯口正对着前台，她很清楚地看到那个小小的气窗大开着。她绕到宿舍楼另一边看了看，果然那一片茂密的竹子有些歪斜，草也被踩倒了一片，当然最直接的证据是墙壁上留下的几个漆黑的脚印，基本上能够确定四人是从气窗爬进来的。

摸清了几人的行动路线，钟源源冷笑一声，赶紧去关了窗户，拍拍手一身轻松地坐回前台。

果然，到了晚上，520 的四人又出门了。钟源源等到了门禁的时间便锁了门，回房间时，她觉得不放心，又走上楼看了看气窗，之前关上的气窗居然已经被打开了。

钟源源露出一个假笑，咔嚓一下把窗子锁死。

晚上十一点半左右，宿舍大门被拍响。

钟源源今晚可没早睡，正衣着整齐地等着他们，门一响她就冲了出去，抱着手臂露出一抹嘲笑。

门外四人眼巴巴地看着钟源源，钟源源隔着门说了句“拜拜”，转身就走，丝毫不留余地。

几人在门外把门拍得啪啪作响，钟源源也不理会，直到后来有楼上的学生下楼和几人吵了两句，外边这才没了动静。

这晚钟源源一夜好梦，隔天起床开门，看到四人阴沉着脸蹲在门口，发梢上还带着露珠，估计在学校某个地方露天将就了一宿。

顿时觉得神清气爽的钟源源懒洋洋地打开门。

马运一见她就跳了起来，指着钟源源骂道：“你不要太过分！”

钟源源根本不怕，眯着眼回了句：“小兔崽子还和我斗。”

马运差点气晕。

其实钟源源学了十几年的散打，还真的不怕马运，她今天就是要给这些只会给别人添麻烦还没礼貌的新生一点颜色瞧瞧。

其他几人见状不妙，赶紧拦着马运，连拖带拽地把人拉回宿舍，只余下龚文在大厅。

看得出这可是个有智慧思维缜密的刺头。

钟源源坐在前台，用眼神询问他是不是还有事。

“学校只说了不可以错过门禁，错过要扣分，没有说过了门禁就不让学生进门吧？你明明没有睡，为什么故意不给我们开门？”龚文面色不善地质问钟源源。

听了龚文的话，钟源源挑起一边眉毛问他：“龚文，这是你家吗？我是你妈吗？”

听了这话，龚文皱起眉头。

“也许你妈会在半夜被你叫醒时还对你说一句‘乖儿子回来了’，但可惜我不是你妈。我虽然是宿管，但是也有自己的事情和作息。学校有门禁，这是规矩；你们回来晚了就不能回宿舍，而是自己在外面找个地方住，这就是惯例；自己不遵守规矩就不要麻烦别人骚扰别人，这叫作礼貌；我不让你们爬窗，那是负责；而我现在做的，便是在教训你。”

觉得自己占了道理的钟源源抱起手臂，跷起二郎腿：“在这个社会，没有人会迁就你们，时时刻刻包容你们。给别人添麻烦的人没有人会喜欢，你们已经不是幼稚不懂事的小学生了，一个大学生能做的就是遵循这个社会的人际交往规则，少给别人和社会添麻烦。”

这话说完，钟源源都被自己感动了。

龚文听完，没有反驳，皱着眉头默默地上楼。

看这情况，钟源源觉得龚文还算是有脑子，至少讲点道理。至于其他几个，有两个也就是在背后说说坏话的能耐，只有马运对钟源源有很大的敌意，而且他很鲁莽。

不过钟源源懒得理会这些刚步入大学，对社会一无所知又骄傲得不可一世的“雄孔雀”。

仅此一事，马运很烦钟源源，每次进出宿舍大门都要瞪她几眼。

军训第一周结束后，有一个阶段性的评分，评分低的学生要被罚跑步。第二周要是还不好好表现把军事理论考试考好，借此抬高分数的话，可能军训的分数就挂了，不仅来年要和学弟学妹们一起再军训一次，还拿不到学分。

520 宿舍的几位在操场听到教练报的分数就炸锅了，几个人都是六十分左右，尤其是龚文，才五十九分，已经不及格。这也就算了，形成鲜明对比的是，其余同学都是八九十分，而且九十分的居多。

辅导员也很重视本学院学生的军训分数，一看几人都是在生活上扣了分，三次夜不归宿扣了三十分，再加上平时表现扣的一些分数，确实只有六十几分。至于龚文，卫生方面还扣了五分。

回到宿舍，其余三人都拦不住马运。马运拎着扣分单冲下楼，一巴掌拍在了钟源源的桌上：“你什么意思？”

钟源源看了扣分单几眼，头都懒得抬，回道：“什么什么意思？”

她觉得马运的脑子真的有点不清楚。

“你就是在针对我们宿舍！”马运喘着粗气，眼睛红红的，好像要打人的样子。

见他执迷不悟，钟源源用两根手指捏起扣分单，问道：“三次错过门禁的是不是你们？”

这话令马运瞬间心虚，三十分的大头都扣在错过门禁上，他突然泄气，无话可说，说到底，确实是他们夜不归宿才被扣分了。

“那龚文为什么又被扣了卫生的分数？你是不是针对他啊？”桑秦愤愤不平地说。

听了这话，钟源源看了眼龚文，没想到龚文的人缘还挺好，这么多人帮他说话。

“自己搞不好卫生还怪我扣分？”钟源源记得那次扣分是因为龚文床上有只袜子。

“所以我的个人卫生到底是哪里搞得不干净？”龚文心里也有些烦躁。他们几人虽然晚上错过了门禁，但是内务都搞得干干净净仔仔细细的，大家甚至还买了清洁用品，把每一个角落都刷了一遍，出门前也检查了，并没有什么问题。

龚文也有些怀疑钟源源给他们穿小鞋。

此情此景，令钟源源庆幸自己留了证据，于是翻出手机相册给四人看了：“喏，袜子。别说这袜子是天上掉下来的。”

四人看了看，才发现那袜子其实并不是龚文的，而是马运的。马运的床与龚文的连在一起，那袜子估计是马运下床的时候掉落的。

没想到自己才是罪魁祸首，马运涨红了脸支支吾吾说不出话，刚刚要找人理论的底气全无。

原来龚文第一周的分数不及格是因为自己，于是马运急忙说：“那不关龚文的事，这是我的袜子！”

钟源源差点翻了个白眼，解释道：“在谁床上就是谁的呗，你要真这么介意分数不如下次小心点。”

马运现在没有心思纠结钟源源是不是针对他们了，自己害龚文分数不及格，实在是有些尴尬。

其实一旁的龚文倒不是很在意，拍拍马运的肩膀，让马运上楼去了。

钟源源腹诽：呵呵，马运是小学生吧？这么冲动易怒，真不像个思想成熟的人。

回到宿舍，几人坐下来陷入沉默。马运涨红了脸，后悔地挠挠头。

龚文见状，叹了口气，安慰道：“没事。”

虽然听龚文这么说了，但马运也不会天真到真的觉得龚文没事。如果龚文最后真的因为他的袜子导致分数不及格，沦落到和下一届新生一起军训，那他真的会愧疚大学四年。

于是马运在心里暗暗发誓，从今天开始，龚文就是他最好的兄弟，以后龚文的事就是他的事。

钟源源要是能听到马运的心声，估计真的觉得他是小学生了吧。

2 任劳任怨的宿管

自从那天和钟源源正面冲突之后，520 的四人就开始老老实实做人，安安分分做事，毕竟明年再军训一次这事实在是太可怕了。520 宿舍的四人就这样夹着尾巴，靠着后半段中规中矩的表现，磕磕绊绊地通过了军训。

军训结束后，还要过三四天才会正式上课，钟源源也开始着手准备这学期的课程。开学前的这三四天正是大一新生们狂欢的日子，几乎每个宿舍都出动了，向着校外的花花世界拥去。

钟源源每天都能看到醉酒的男生被扶着回来。

还有动作快的男生已经追到了在军训期间看对眼的心仪女生，小情侣在宿舍楼外依依不舍的经典场面涌现，那叫一个难舍难分啊。

520 宿舍的四人学乖了，这几天正是好玩的时候，几人白天晚上都泡在外面，但是都能在门禁前回到宿舍。

这大半个月里，从军训到开学，大家似乎都已经适应了大学生活。钟源源的工作也走上正轨，不再有很多臭小子来问东问西了。

宿管钟源源度过了两天安稳日子，不过在正式上课的前一晚，钟源源沐浴焚香准备迎接新学期到来时，刚躺下就被拍门声吵醒。

她看看手表，晚上十点四十几分。

啥事啊，钟源源懊恼地起身，打开房门。

站在外边的居然是龚文。

“有什么事吗？”钟源源侧着身子挡住房内情形问道。

“我们宿舍的空调坏了，太热了。”龚文怕钟源源生气，赶紧解释。

钟源源看了他几眼，只见龚文脸颊上泛着红晕，衣服也没换，大概宿舍的空调是真的坏了，龚文的鬓角还流下一道汗。

没办法，钟源源只得和他走一趟。

两人并排走的时候，钟源源才发现龚文很高，她的身高只到他的肩膀。龚文抹了一把汗，有一颗汗珠被甩到了钟源源的脸上。

钟源源愣了愣，默默地后退半步跟在龚文的身后，盯着龚文挽起裤脚后露出的健美小腿发呆。

因为520宿舍楼层高，所以越往上走越热。走到四楼的时候，钟源源就明显感觉温度比大厅的高了很多。这个温度之下空调坏了，真的很令人绝望。

到了520宿舍，里面的三人打着赤膊正踩在椅子上研究空调，白花花的身体一下子闪在钟源源面前，让钟源源难得害羞了一下。

不过她很快就冷静了下来。

“怎么个情况？”钟源源问道。

几人看到钟源源，想起前几日的交锋，此时又要找人帮忙，不免有些局促和尴尬。

钟源源忽略男生们别扭的小情绪，研究起空调来。

“就是打不开了，早上还好好的，回来后就成这样了。”桑秦郁闷地说道。

钟源源站在空调下面研究了一下，发现空调管没有破损、漏水，空调貌似也看不出有什么问题。

“阿姨你要不上去看一下吧？”桑秦提议。

事到如今也没有别的办法了，钟源源在底下确实看不出什么花样，于是她试着踩上椅子，却发现因为太矮，还是看不清空调里面。

“要不你爬到我床上去吧？”龚文出声了，指着自己的床铺说道。

龚文的床铺就在空调边上，要是在他床上检查空调确实会方便些。

还好钟源源来之前已经洗过澡了，想着应该不会把龚文的床铺弄脏，于是钟源源看着四人期待的眼神，硬着头皮点了点头。

上了龚文的床铺以后，只觉得上边的空气更闷热，钟源源暗自想道：没想到第一次上男生的床是在这种情况下。

因为空调是安在宿舍墙壁的中央，所以即使是爬到了床铺上，也要探出身子去查看。钟源源打开空调的盖子，扑簌扑簌落下一些灰。

“天哪，你们宿舍空调的过滤网也太脏了吧！”钟源源惊叹道。这是多少年没洗了，男生可真的是粗糙。以前住女生宿舍的时候，每个学期开学的第一天，她们就会把空调的过滤网拆下来洗洗。

钟源源感慨完，往下一看，四人正抬着头迷茫地看着她。

也许是因为过滤网被堵住了，空调的风出不来。钟源源让龚文去楼道的报刊夹上取一张报纸来，她则把过滤网拆下后递给龚文。

拆过滤网的过程中，落下不少灰，除了被点名的龚文不得已举着报纸接住外，其余几人都嫌弃地躲开了。

这些人一看就是缺少生活的经验。钟源源住校历史很长，在宿舍遇到过各种各样的小问题，通下水道、拆水管、修路由器、修空调这种都是小意思。

拆下过滤网后，钟源源大发慈悲地在卫生间里清洗起来，龚文也拿了一片在浴室洗刷。洗完后，几人又用吹风机把过滤网吹干，然后依旧是钟源源爬上床帮他们安装。

“大功告成。”钟源源拍拍手，结果膝盖一滑，身体往前扑去，乐极生悲。

摔下的瞬间，钟源源的心脏几乎都停止跳动了。宿舍上铺距地面起码有一米八的高度，从上铺摔下来死亡的案例也不是没有。

钟源源心里只有一个念头：完蛋了！我要死了！

大概是求生的本能，在摔下的瞬间，她的手脚胡乱地攀找可以依靠的东西。

“小心！”钟源源闭着眼睛，只听到轻微的惊呼声和抽气声，还有龚文的这一声惊呼。

好在她并没有坠落到铺着瓷砖的地上，她感觉到自己的脚死死地勾住了床沿。艰难地睁开眼睛后，她发现自己的上半身正牢牢地被龚文抱住，而她的手也紧紧地环住了龚文的脖子。

是的，钟源源人品爆发，以倒栽葱的姿势，用脚勾住了床栏，上半身则被龚文牢牢抱住。

“救人啊！”男生们反应过来，七手八脚地把钟源源从床上抬下来。

龚文一直抱着钟源源的上半身不敢放手，钟源源也死死扒着龚文。脚解放以后，因为本能钟源源的双腿牢牢地钳住龚文的腰。

她像一只树袋熊那样，挂在人高马大的龚文身上。

不过钟源源很快反应过来这姿势不雅，赶紧跳下在地上顺了顺气。

“没事吧？”男生们七嘴八舌地关心道，没人在意两人刚刚的动作。

钟源源抱拳：“谢谢，谢谢，谢谢。”

待冷静下来，为了掩饰尴尬的气氛，钟源源把大家的注意力转移到空调上来。

“把空调遥控器拿来。”钟源源指挥道。

楚庄立刻递上空调遥控器。

钟源源按了一下，没想到空调依然没有运作。

“啊……”大家忙来忙去都热得一身汗，没想到空调还是没有修好，很是失望。

不能够啊！钟源源举起空调遥控器看了看，发现屏幕是黑的。

“你们不会……没有检查过空调遥控器的电池吧？”钟源源无语了。

还真没有。520 宿舍四人露出尴尬的表情。

看来空调不启动八成是因为空调遥控器的电池没电了，龚文拆出自己闹钟里的电池换上，果然，嘀的一声，空调轻轻松松启动。

气氛更尴尬了。

钟源源有些说不出话，自己冒着生命危险爬上去拆过滤网，没想到根本不是过滤网的问题，而是因为空调遥控器没电池了而已。

“以后这种小事就不要找我了，你们都这么大了，做事能有点脑子吗？”钟源源没好气地道。

几人受教了。

因为很生气，再加上刚刚掉下来诡异的姿势又有点丢面子，钟源源于是在走之前还顺便没收了龚文放在桌子上的违规物品泡面锅。

下楼的时候回想起刚刚的一幕，钟源源还觉得有些腿软。刚刚掉下来的瞬间真的令人后怕！想到这里，她很没形象地揉了揉胸部，刚刚那一撞，撞得胸部好疼啊。

还好龚文站在下边，他的反应也快，不然这样倒栽葱地掉下去，脑袋开花可不是好玩的。

想到这里，钟源源没有了刚刚胆战心惊的局促，一些被忽略的记忆就像雨后春笋般噗噗地冒了出来。

刚刚被接住的那一瞬间，龚文担忧又惊恐的面庞近在咫尺，没想到龚文长了一双桃花眼，鼻子也好高，唇却是薄薄的。距离那么近，她都可以看到他鼻翼边小小的汗珠，还有脸颊上细细的绒毛。

心跳依旧很快的钟源源就这样站在楼梯上开始傻傻地回忆，半晌才惊觉自己在想什么乱七八糟的。

她给了自己一巴掌。

钟源源，你发什么傻呢？人家救了你，你居然暗搓搓地肖想他！人家可是稚嫩的学弟啊。

3 身份戳穿

军训结束后，学校热闹了起来，毕竟各个年级都开学了，又到了学弟追学妹，学长撩学妹，学姐抢食堂的时节。

“唉，不容易啊，我最喜欢吃的莴苣就只剩下一盘了！好在我眼疾手快抢到了。”钟源源刚上完国际私法课，和好友陈曼一起奔赴食堂。

钟源源向来是有什么吃什么，陈曼则基本吃素。因为新生来了以后，学校人数骤然上升，陈曼对闹哄哄的校园很不满意。

加上这一届大一新生，新校区里第一次凑齐了四届学生，让习惯了空旷校园的老生很不适应。

看着喧嚣的食堂，钟源源慢吞吞地吃着午饭，点头：“是啊，年老体弱，抢饭都抢不过年轻人了。”

想到一事，陈曼问：“听你室友说你今年不住校了？我之前去宿舍找你结果你不在。”

钟源源其实和室友的关系并不好，因为她宿舍里有一个叫王雨的室友，全专业都知道王雨是出了名的挑剔的女生。宿舍本来是四人间，被王雨气走了一个，而钟源源和王雨也有过一些小争执。

“没，住校的，就是换了个宿舍。”钟源源含含糊糊地回答。

总不能让人知道她在男生宿舍当宿管阿姨吧！

吃完饭，两人一起走回宿舍。钟源源习惯性地往男生宿舍走去，陈曼看了眼进进出出的男生宿舍，一把拉住她：“干吗呀，走过头啦，那边都是男生宿舍了。”

钟源源的额头直冒汗，赶紧说道：“我是去后门拿快递，你先走吧，别陪我了，热死啦。”

“好哦，那再见了！”天气确实太热了，陈曼挥挥手和钟源源告别。

和朋友告别以后，钟源源慢吞吞地在原地磨磨蹭蹭，见没什么人了，赶紧溜回宿舍。

因为钟源源一边瞄着身后，一边往前走，没注意看路，所以刚走到前台就和龚文撞了个满怀。

“妈呀，吓死我了，你站在这儿干什么？”钟源源拍着心口抱怨。

“我订水。”龚文无辜地摸摸鼻子。

“好的。”钟源源放下书包，打开抽屉拿出登记册。

龚文递给钟源源十元钱，俯下身子填表格。他的余光瞄到钟源源手里拿着的课本，看到封面上写着“国际私法”不免有些疑惑，为什么宿管阿姨会拿着课本?

再仔细一看，龚文觉得有些不对劲，钟源源今天没有穿往常穿着的睡衣，而是扎了个丸子头，穿着牛仔短裤和短袖，还背着一个帆布包。这怎么看都是年轻人的打扮啊。

龚文想到什么，惊悚地瞪大了眼睛。

“看我干吗，写好了吗？”钟源源瞪了龚文一眼，从他手里接过本子。

“哦哦，写好了。”龚文迟疑地转过身去，走到半路又回头，看到钟源源放下了丸子头，松了松发根，把一头长发编成了日常他在宿舍里见到最多的那种麻花辫。

因为心里存疑，龚文边想着心事，边走到宿舍。桑秦刚打完一局游戏，抬头见龚文表情挺奇怪的，于是踢了踢他的椅子脚：“怎么了？傻不拉几的。”

看到室友，龚文便问道：“你觉得咱们宿舍楼的宿管几岁了？”

桑秦想了想，说道：“得有四十岁了吧。”

龚文皱起眉头思索。

“不能吧，我觉得她也就三十五六岁的样子，我觉得她的声音没那么老。”楚庄正好洗完了裤子，从厕所里走出来插了一句嘴。

“马运，你说呢？你觉得咱们宿管几岁？”马运刚躺上床打算午睡，桑秦就爬上他的床铺摇晃他。

马运蒙上被子就说了句：“八十。”

桑秦和楚庄忽然笑了起来，听得出来马运有些不耐烦。

“你怎么突然问起这个？”楚庄好奇道。

“没事，就是突然好奇，随便问问。”龚文把这个话题岔了过去。

龚文默默地想：应该不会有大学生做宿管阿姨的吧？

说起来，他们全宿舍可都是管钟源源叫阿姨的，也没见钟源源生气。要是年轻女孩子被这么叫，早就还嘴了。

他忽然又想到钟源源这个名字，可真不像个中年人的名字。

怎么想都对，头疼。

开学后，还有一个重大的活动就是社团招新。社团招新会有三天的报名时间，期间有很多学姐学长在新生楼进行“扫楼”活动，其实也就是发发传单，吸引更多的新生加入社团。

在这三天，新生的宿舍门几乎不用关上，一到晚上，就会有大批的学长学姐拥入给大家介绍社团文化。浦江学院有一百多个社团，也就是说起码有两百人会进出每一栋新生宿舍楼。

这也是钟源源目前最头疼的问题，社团里的人总有些是法学专业的，她害怕他们认出她来，到时候就不太好解释了。

于是到了晚上，钟源源就戴上口罩和鸭舌帽，穿着最老土的一套睡衣坐在前台。

来访者都是要登记的，不一会儿各个社团的成员就在宿舍楼下排起了长队。女生进出男生宿舍其实没有太多要求，女生宿舍那边男生想要进去就有些困难。

社团为了吸引新生，派出的代表都是社团里最漂亮最帅气的社员。同样的，长得好看帅气的新生也会有更多的社团主动邀请他们参加。不管愿不愿意承认，在大学里，颜值高的人一定会更有人气，获得更多的方便。

钟源源果然在队伍里看到了认识的人，快轮到他们的时候，钟源源就假装起身干别的事，把背影留给他们。

这大概是一年里宿舍楼最热闹的时候了，这样的热闹一直持续到临近门禁时间，然后才有社团的成员们恋恋不舍地走出宿舍。

钟源源捂着脸坐在前台，看着学生在登记册上填上出门的时间。

“广告专业那个男生真的好帅啊！”一个女生对另一个女生说道。

“对啊，他是叫龚文吧，是挺帅的，希望他能来我们街舞社。”

听到熟悉的名字，钟源源支起了耳朵，偷偷打量眼前的女生。女生一头柔柔的鬈发，高挑的身材，穿着一件加长的宽松的篮球背心和一双小白鞋，真挺漂亮的。

“放心。”女生放下笔，拍拍身边女生的肩膀，“我已经要到他的微信了，嘻嘻。”

于是二人说说笑笑地走了出去。

哟，龚文被人看上了。钟源源八卦地笑，还偷偷瞄了一眼要到了龚文的微信的那个女生的名字——白芷。

啧啧啧，美人连名字都那么好听。

陆陆续续地，来扫楼的学长学姐都差不多走完了，钟源源整理整理登记册，随后锁了大门。

锁门后，她还有些不放心，就吩咐层长去看看各楼层还有没有人员逗留。

过了一会儿，五楼和三楼的层长都发来消息说还有人在。

钟源源只好上楼，走到二楼的时候，就遇到了原先在三楼逗留的两个女生。

“你们在楼下等我一下，我把门锁了，五楼还有两个人，我去叫他们，等会儿你们一起出去。”钟源源和两个女生说道。

走到五楼，就看到一男一女从宿舍里走了出来，看房间号貌似是520。

“门禁时间都过了，你们今天还是别宣传了，先回宿舍吧。”钟源源和气地说道。

那两人看到钟源源，对视一眼，连声说：“好的。”

钟源源刚想带人离开，龚文正好走出来丢垃圾。想到刚刚那个叫白芷的女生，钟源源贼兮兮地问龚文：“龚文，你打算报哪个社团啊？”

龚文瞥了她一眼：“不报，准备英语四级考试。”

无趣！钟源源咂咂嘴。

“这么早就开始准备英语四级考试了吗？学校都没说今年用什么资料吧？”钟源源顺嘴问道。

在南海大学，不通过英语四级考试拿不到毕业证，而且好像每个学校都有指标，要求学生的四级通过率达到一定的比例。浦江学院虽然是三本院校，但是对于这方面还是很重视的，学校会统一印发英语四级考试资料，在晚自习的时候进行听力训练，组织新生进行统一测试。

龚文莫名其妙地看着钟源源：“不是今天发的资料吗？每人四百块钱资料费。”

钟源源眨眨眼，不能够吧，她记得自己大一的时候，都是要等到晚自习才会分发四级资料。重点是那个资料是免费的呀。

“谁来收钱的？”钟源源警惕心很强，顿时觉得这里面有古怪。

宿舍其他人听到两人的对话都跑出来，七嘴八舌地说就是刚刚走出去的那两人说的，说他俩是学校的老师，要大家买付费资料。

钟源源一听就知道他们被骗了。

“那是骗子！学校会发四级材料，不要钱的！”钟源源顿觉大事不妙，犹豫要不要赶紧报警，也不知道骗子骗了多少学生的钱。

“是骗子？”马运还有些半信半疑。

“坏了，我的大门钥匙还放在楼下，要是那两人跑了就晚了。”想起这事，钟源源脸色一白，撒腿就跑。

被骗的龚文等人也连忙跟上钟源源。

“敢骗你爷爷！”马运恨恨地说，一甩手里的毛巾就追了上去。

果然，到楼下的时候，那一男一女还在，正和先下楼的两个女生一起开宿舍大门。

“别动！”钟源源大声喊道。

没想到那两人惊慌失措地看了钟源源一眼，更加快速地开门跑了出去。

见人跑了，钟源源拔腿就追，不过她到底是女生，跑得不快。

那两人很狡猾，到了前面的分岔路口竟然分头跑了。

“你们俩上那边！”龚文的声音从后面传来。

钟源源回头，就见几个男生像小豹子似的冲了上来。

很快，其中那个女人就被追到了。

“我错了，我错了！我再也不敢了！”被男生们反扣住胳膊，女人知道今晚自己逃不了了，于是连声求饶。

“文哥！人抓到了！”桑秦在不远处喊道，另一个男人也被抓住。

这时候，在附近巡逻的保安听到动静也赶来查看情况。

几人动静太大，惹得别的宿舍楼的学生都跑出来站在阳台上看热闹。后来打听到楼下在抓卖假资料的骗子，才有更多新生后知后觉地意识到自己受骗了。于是被骗的学生纷纷下楼去找骗子把钱要回来。

刚刚为了快点追到人，钟源源穿着拖鞋跑得急，中途连拖鞋都跑掉了一只，这会儿她踮着脚一跳一跳的。

龚文见状扶住她，说道：“站稳。”

抓住龚文的手臂，钟源源平复了呼吸，金鸡独立地站着。见钟源源站稳以后，龚文才放开她，还回过头帮她把拖鞋捡回来。

龚文没有把鞋子随便扔在地上，而是蹲下身子把鞋放在钟源源的脚边。

“谢谢。”钟源源红着脸说道。

龚文抬起头来，嘴角噙着笑，像一个小太阳。

4 识破身份

钟源源终于意识到了自己的不对劲，已经过了好几天了，龚文握着自己老土的拖鞋蹲下身子的情形依然清晰地印刻在她的脑海里。

就好像王子给灰姑娘穿上水晶鞋那样。

想到这里，钟源源就要为自己的幻想摇摇头——多大的人了，还想着王子公主水晶鞋呢!

大概只是因为龚文有点帅，又长了一双桃花眼，所以即使是站着，也会让人觉得是一种吸引吧。

而且龚文好像不是自己想的那样是一个待人冷冰冰的人，他其实有点闷骚。

周五，钟源源又该上国际私法课了，她和陈曼约好在宿舍前的十字路口见面。陈曼撑着遮阳伞，把钟源源拉到阴影里看了又看：“你都这么黑了，也不打把伞，活得真粗糙。”

钟源源无所谓，反正她天生有点黑，估计是白不回来了。

见爱美的陈曼撑着伞，钟源源主动帮陈曼拿着书本。陈曼看着她体贴的样子叹了口气：“唉，你要是我男朋友就好了。”

这话把钟源源逗乐了，她笑嘻嘻地问：“真的吗，你想要一个一米五八的男朋友吗？”

看了看钟源源的身高，陈曼也笑了。

“你看。”陈曼指着前方不远处的一对情侣，“大一的都有男朋友了。”

“啊？你怎么知道？”钟源源迷糊地问。

“你真是两耳不闻窗外事。你没听说吗，那个女生是新生里比较出挑的，好多男生都在打听她的消息，没想到这么快就被拿下了。”陈曼和钟源源讲八卦。

“她是挺漂亮的。”钟源源点点头。那女生的一双长腿感觉比钟源源整个人都高。

“也是，人家男生也不傻，干吗放着漂亮的不追去理睬咱们这些平凡的女孩子呀。”

钟源源笑了笑：“你那么关心漂亮的新生，就没关注一下小学弟？”

听到这儿，陈曼停住了脚步，觉得钟源源这话简直在侮辱她的“业务”水平，于是她神秘地眯起了眼：“怎么没有，我早就关注了。”

八卦的钟源源用眼神示意她继续说下去。

陈曼晃着脑袋：“听这种消息要收费的。”

“嘁！”钟源源笑着拍了下陈曼的脑袋，不置可否。

上完课，钟源源的脑袋里就装满了知识，再也装不下什么帅哥美女了。

今天是周五，大多数人早就和朋友约好了出去玩，因此男生宿舍显得有些冷清。

人少的时候，钟源源也就轻松些。因为懒得去食堂吃饭，钟源源叫了比萨外卖，打开新下载的综艺节目津津有味地看了起来。

日暮时分，钟源源正沉浸在比萨的鲜香和综艺节目营造的欢愉氛围里时，突然被人打扰了。

“那个，阿姨，我能上楼找一下人吗？”

钟源源被迫中断了周五晚上的综艺之旅，抬头看了看眼前的人，居然是上次来扫楼的白芷。

“不好意思啊，同学，男生宿舍女生不能上去。”学校有规定，钟源源可不敢违反规定让女孩子进男生宿舍楼。

“啊……”被宿管拒绝，白芷的神情有些失落。

钟源源转念一想，提醒道：“你要转交东西吗？可以放我这里，或者你叫人下来取。”

“哦哦，那我看看他在不在。”白芷笑着掏出手机，露出两个小酒窝，看着甜甜的。

啥，都来寝室找人了，结果竟然都没有约好的吗?

不过别人的事钟源源浑不在意，继续津津有味地看综艺节目。

白芷发完消息后手足无措地站在一旁，抿着嘴十分文静，身姿挺拔。有男生路过，不免多看她几眼。

过了几分钟就听到楼梯口有脚步声传来，钟源源看了看白芷，眼睛都被八卦点亮了。

“什么事?”下楼的人竟然是龚文。

钟源源的眼睛还盯着屏幕，八卦的耳朵却早已竖起。

“那个，我今天在宿舍做了些点心，但是做了太多吃不完，我就想问问你要不要吃，不然浪费了。”白芷递上一直拎在手里的纸袋，神情羞涩，显得整个人更可爱了。

嘿嘿嘿，看来白芷还是很心灵手巧的，在宿舍那么个巴掌大的地方都能做出点心来，还敢拿出来送人，那厨艺一定很好了。说起来，女生宿舍那边的宿管是不是管得太松了?钟源源心里偷偷地想。

“哦，不用了，我不吃点心。谢谢你啊。”龚文态度冷淡，一口回绝。

钟源源腹诽：这小子不解风情。难道剧情不应该是龚文收下点心，然后问白芷有没有吃饭，要不一起出去吃饭?然后白芷说“让你破费了，不如吃完饭我请你看电影吧”吗?

被拒绝得那么彻底，白芷有些尴尬了。

钟源源在一旁看着都觉得尴尬到脚趾抠地。

“你就收下吧，人家女孩子一片好心。她拿回去也吃不完，你就当帮忙了。”钟源源在一旁帮腔。

见钟源源也帮自己说话，白芷满怀期待地看着龚文。

龚文瞥了钟源源一眼，眼神里的意思似乎在说她多事。

被龚文一瞪，钟源源赶紧低下头去。

“你等等。”龚文想了想，让白芷站在原地，径自去自动贩卖机买了饮料，然后折回来，“谢谢你的点心，这些饮料你拿去喝吧。”

“不用不用……”白芷话还没说完，龚文就手脚麻利地拿出了点心盒子，然后把饮料塞进纸袋里还给了白芷。

这下白芷也没办法，看了龚文一眼，咬着唇走了。

白芷走后，龚文随手把点心盒子递给钟源源：“你吃吧。”

见餐盒摆在面前，钟源源诧异地看着他：“干吗呀，人家给你的，你给我吃不太好吧？”

“没事，我买了饮料给她。而且要不是你一直在旁边念叨，不然我才不收。”龚文又把点心盒子往钟源源那边推了推。

“不了吧，吃人嘴软。”钟源源摇摇头。

“那把你的比萨给我吧。”龚文二话不说，拿起钟源源的比萨盒，里面还剩下三块比萨。

钟源源晚饭倒是吃饱了，本来是想留着比萨晚上当夜宵吃的，今天门禁可是到晚上十一点。

结果还来不及阻止，龚文就把三块比萨一卷，捏在一块儿塞进了嘴里，一咬就没了一小半。

木已成舟，钟源源大方地想：算了算了，不和学弟计较，就当是自己请他吃比萨好了。

“你们加了微信吗？”钟源源随口一问。

“没有呀，上次是桑秦加的，今天也是他在那儿挤眉弄眼地说有人找我。”龚文咽下比萨，老老实实地回答。

呃，还能这样的吗？白芷得有多大的心理阴影。记得上次扫楼的时候，钟源源还听到两个女生在讨论龚文的微信，那估计也是桑秦的吧。而且看今天白芷的表现，貌似还没有加上龚文的微信。

“你在看新综艺《神秘来客》？”龚文发觉钟源源正一心一意地看手机。

“嗯呢，最新的一期。”钟源源把手机屏幕转向龚文，给他看了几眼，然后又转回来。

“大厅有网？”龚文还是大一新生，按照学校的规定，大一学生宿舍里并没有网络，要到大二才能申请，目的是防止刚摆脱高中束缚的大一新生沉迷网游。

“我是宿管好不好，我房里还有电视机呢。”钟源源有些得意地炫耀自己房间的配置。

龚文自然而然地站到了钟源源身后，和她一起看起综艺来。

原本钟源源在专心致志地看综艺，这综艺挺搞笑的，人气很高，可是之后钟源源就听见后边龚文咀嚼吞咽时的细微声响，还有剧情搞笑时龚文低沉愉悦的笑声。

一时间，钟源源忽然觉得有些别扭。

龚文吃完了三块比萨，却还是站在钟源源的身后。

“你怎么还不上楼？”钟源源忍不住开口催促道。

龚文从综艺节目里回过神，低头解释道：“哦，我之前叫了外卖，既然下楼了，就懒得上楼等下再跑一趟了。”

原来是这样，钟源源会意。

男生的神经真的比较大条，因此龚文对钟源源别扭的想法毫无察觉，继续看综艺。

然而钟源源觉得这场景有一种说不出的奇怪，龚文一开始只是站着，俯下身子看，到后来索性拉过一旁休闲区的椅子，和钟源源一起坐在前台看综艺节目。

前台的位置不怎么宽敞，龚文的大长腿无处安放，与钟源源的腿稍有触碰。钟源源觉得自己都能隔着裤子感受到他大腿的温度。

这场景，说实话，有些许暧昧。

不自在的钟源源不安地咬了咬唇，想了想突然收起手机说：“哎呀，我差点忘记了我还有个小组课题要研究，那个，龚文，你可以坐在休闲区等外卖。”

为了让这句话更加真实，钟源源还掏出了自己的国际私法课本。

“你……真的是学生啊？”上次的疑惑突然又涌了出来，龚文指着书本问道。

啊，好像暴露了！钟源源目瞪口呆。

不过应该没事吧，没人说大学生不能当宿管啊。

“啊！哦……对啊，我是学生，怎么了？”钟源源镇定自若，让别人一点也看不出她内心的慌张。

“天哪，我以为你……”龚文说到一半赶紧闭嘴。

“以为我是大妈？”钟源源翻了个白眼。

被看穿了，龚文不好意思地摸摸鼻子。

大概依旧觉得惊讶，龚文忍不住继续追问：“那你大几呀，是我们学校的吗？”

“大三，法学专业的。”钟源源摊开书本，握着笔，随便找了一道课后习题装模作样地研究起来。

知道了事情的真相以后，龚文再看钟源源就怎么也不能把她与“宿管阿姨”联系在一起。

他觉得自己真的挺蠢的，钟源源的脸上一丝皱纹也没有，怎么之前自己就把她当作中年妇女了呢。

想到自己昨天还叫她“阿姨”，龚文瞬间觉得无比糟心，这尴尬的情绪简直从发丝蔓延到脚尖。龚文慢吞吞地搬起椅子远离前台，坐到了休闲区。

龚文离开后，钟源源舒了口气，面对着自己的课本发呆，余光则一直在注意龚文。

但钟源源不知道的是，龚文此时也有些心虚，坐立不安的，好在外卖小哥不负众望，骑着自行车安全抵达。

龚文接过外卖，匆匆对着前台说了句：“学姐再见！”然后三步并作两步跑上楼。

喊，让你没眼力见儿。钟源源注意到龚文的失态，哼着小曲，觉得这一拨反击很到位。

龚文走后，她立马就收起了课本，重新掏出手机看起了节目，顺便打开点心盒，尝一尝漂亮学妹做的小点心。

5 奶茶和奶狗

自从当了宿管，钟源源就变成了一个宅女。

被迫的那种。

可能也是因为天气炎热吧，连钟源源种的花一天都要浇三四次水，更别说人了。于是钟源源越发不想动弹，这天气出去约会的情侣都不乐意牵手，还不如老老实实地坐在前台。

三餐她就靠不健康的外卖或者零食打发。

这样的生活虽然惬意，但副作用是长肉了。

大概是觉得自己再这样下去就要废了，趁着午休的时间，钟源源出了一次校门去超市买一些储备物资。

逛超市逛街这应该也算宅女的运动项目之一吧？

超市里的商品琳琅满目，钟源源什么都想买，泡面必须要买十包，还要买卫生纸、果冻，薯片和抹茶饼干好像也很不错。啊，为了健康，还要拎一箱牛奶补补钙。

逛超市真是钟源源最喜欢的健身项目了，学校旁的超市种类丰富，有空调不会热，人可以不顾形象地随意靠在购物车上挪动，这是钟源源最满意的地方。

转了一圈她就几乎找齐了购物清单上要买的东西，最后还差一包果冻。可惜钟源源最爱的那种果冻放在货架的最上面，令她颇为惆怅。

人矮，在货架前都要受歧视。

钟源源踮了两次脚都没有拿到果冻，正当她泄气地转头寻找躲懒的销售人员时，居然看到了龚文。

人高马大的龚文推着购物车，车斗里面也装得满满的。

钟源源不由自主地看了眼龚文的身高，眼前一亮，他简直是救星啊！

“龚文！”钟源源将手拢成喇叭状喊道。

龚文听到声音立马就回头了，看到钟源源后，他就推着购物车慢悠悠地向她走过来。

“快，帮我拿一包放在最上层的果冻！”钟源源踮着脚指指那包果冻，毫不客气地指挥。

顺着钟源源的手指，龚文看了眼高处，只是一抬手就轻而易举地拿到钟源源梦寐以求的商品了。

“谢谢啊。你一个人吗？室友没来？”钟源源小心翼翼地把果冻放进购物车，习惯地开始碎嘴。

“他们说太热了，懒得出来。”龚文在外就是一副冷淡的样子，没什么表情，和上次那个知道钟源源的学生身份后有些失措的人完全不像。

钟源源好奇地看了看龚文的购物车，里面装了满满一车的进口食品，都是钟源源爱吃，却铁定不舍得买的。

于是她深深地看了龚文一眼，眼神复杂地调侃：“龚文，你家有矿啊？”

没想到龚文没听懂：“什么意思？”

“夸你呢。”钟源源贼兮兮一笑，拍拍龚文的肩膀。

龚文思考了一会儿，以为钟源源在说他吃得多，还一本正经地回答：

“我买的不是一人份，我的室友也会一起吃。”

听了这话，钟源源更加羡慕了，她也想当他的室友!

在超市碰到后，钟源源和龚文有一搭没一搭地聊着，然后前后脚地付了款。

龚文主动提议两人一起回学校，钟源源就顺水推舟地答应了，她还暗搓搓地想这样打车的费用也会便宜些。

于是买完东西，两人抬手招了一辆出租车，龚文提着自己的三大袋零食，还不忘帮钟源源提牛奶。

这小伙子真不错，看来可以允许他偶尔下楼蹭一下网。

因为出租车不能进学校，而宿舍离校门还有好长一段路，两人搬下各自买的东西，龚文依旧拎起钟源源的那箱牛奶。

“会不会太重了？”钟源源假惺惺地客气一下。

“不会。”龚文用实际行动证明了自己提着四袋东西根本只是小意思。

哎，男生就是吃得多力气大。占了便宜的钟源源屁颠屁颠地跟上龚文的步伐。

两人就这样一前一后默默无言地走着，钟源源再一次注意到了龚文线条健美的小腿，她正看得出神，龚文忽然在操场旁停下了。

钟源源心虚地低头把目光转移到了别的地方，可是龚文还是站在原地。钟源源正奇怪呢，就看到他放下东西往草丛走去。

天啦，龚文是要干什么？现在可是中午，虽然是九月，但还是万里无云热得很呢，钟源源只想快点回宿舍。

“你干……”钟源源跺了跺脚，刚开口她的注意力就被龚文从草地里拎出来的小动物吸引了。

“哇，这是什么呀？”钟源源凑过去看，发现是一只奄奄一息的土黄色小奶狗。

龚文一把将小奶狗塞到了钟源源怀里：“我去给它买水，可能是渴了。”

说着就像一阵风似的跑向了远处的自动贩卖机。

钟源源没办法，抱着小奶狗走到了一旁香樟树的阴影下。

大长腿的龚文很快就回来了，他抬起袖子随意地抹了一把汗，然后拧开了矿泉水，将水倒在瓶盖里。

为了配合龚文，钟源源将小奶狗抱过去。小奶狗小心翼翼地嗅了嗅，一伸舌头就把水喝完了。

没了水，小东西又开始呜呜地叫了起来。

“瓶盖太小了。”钟源源说道。

龚文想了想，把水瓶递给钟源源，然后双手捧成碗状对她说：“把水倒在我手里。”

这办法好！钟源源眼睛一亮，按照龚文的吩咐将水倒了进去。

小奶狗匍匐着凑到龚文手边，然后欢快地大口大口喝起水来，甚至把脚也踩了进去。

“小东西。”钟源源看到可爱的小奶狗，宠溺地揉了揉它的脑袋。

喂完水，龚文用剩下的半瓶水洗了手。接着龚文走到哪儿，小奶狗就跟到哪儿。见状，钟源源暗自想道：嘿，是小母狗吧。

这时，龚文重新拎起塑料袋，对钟源源说道：“走吧！”说完就迈着长腿离开了。

小奶狗的小短腿加快了频率，也没能赶上龚文的步伐，不由得着急地嗷嗷叫起来。

见到此景，钟源源目瞪口呆地指着小狗问：“你不管它了？”

龚文迷茫地转过头来，奇怪地问她：“怎么管？”

哎？当然是把它抱回去给它好喝的好吃的好玩的，从此以后变成它的主人啊。

“你不把它抱回去吗？”钟源源看着地上蹦跶的小狗无比心疼。

发现钟源源似乎是舍不得小狗，龚文提醒道：“宿舍不能养宠物。”

他想了想又补充道："不是我心肠硬，学校里的流浪狗有几十只，它也一定还有别的兄弟姐妹吧，我收留了它，以后看到别的狗可怜，难不成都要收养吗？"

的确，这也是没有办法的事，人的善良并不能解决一切。

"那你又何必给它一抔水的希望？"钟源源眼神晦涩地说，"让它自生自灭岂不是更好？"

听了这话龚文也沉默了，他刚刚没想那么多。

对着一脸蒙的小狗，钟源源难过了一会儿，勉强笑了一下，催促龚文："你先回宿舍吧，牛奶放在前台就好，我等会儿再回去。"

龚文皱眉看了眼显然有什么打算的钟源源，最终还是大踏步地向前走了。

行至拐弯处，龚文的余光瞄到了身后的钟源源。

她将小狗抱在怀里，垂着头抚摸它有些脏乱的头顶。香樟树的树影摇曳着打在她的身上，学校的道路上无人，她站在笔直的大道上，四周空空荡荡的，些许红色的落叶飘落下来，整个画面显得有些落寞。

也不知道是出于什么心态，龚文不想走了。钟源源好像给龚文施了定身咒一般，令龚文就那样站在转角处一动不动。

直到钟源源费力地一只手拎着两袋东西，另一只手抱着小狗走近，龚文才觉得周身的结界被打破。

那一瞬间，他的心脏好像以三倍速的频率怦怦直跳。

"咦？你还在这里啊。"钟源源笑着举起奶狗展示给龚文看，"这个小家伙真的很漂亮呢。"

"嗯。"龚文的额角流下几滴汗水，他偷偷地深呼吸，平复也许是因为夏季高温引发的加速心跳。他还看到钟源源鼻尖冒出一颗颗的汗珠，闪烁着彩虹的光芒。

"走吧。"龚文回过神来，抬手推了推傻笑着的钟源源，假装自然地问，

“你要怎么处理它？”

钟源源回过神来，说道：“我把它养在我的房间里，然后问问有没有人能收养它。”

宿管养狗，应该没人会说什么吧。这算不算特权?

两人在路上耽误了好久，太阳晒得人都要化了。到达宿舍的时候，两人瞬间感受到大厅的凉意，钟源源和龚文纷纷发出了舒服的喟叹。

接着钟源源拆了牛奶箱给小狗做了个窝，牺牲了一件旧毛衣垫在箱子里。上网了解小奶狗不能缺水以后，钟源源给狗狗倒了清水在一旁的花盆托里，充当它的临时水盆。

“大功告成。”钟源源兴奋地拍拍手站起身，结果因为起得太猛，眼前一黑摇晃了一下。

龚文恰巧也蹲在一旁，见状赶紧扶了她一把。

“好了，你快回宿舍吧，下午没课吗？”钟源源稳了稳身子，见龚文一直陪着自己操心来操心去，买的东西还胡乱地堆在一旁，没有拿上楼，而此时离下午上课的时间也不远了。

“有课。”龚文遗憾地说道。他还想在楼下多待一会儿，可是下午有课，他只得上楼了。

钟源源坐在前台歇息一会儿，到了快上课的时间就见龚文和室友有说有笑地出门了。

两人对视一眼，又默契地移开视线。听到其他室友喊钟源源“阿姨”，了解真相的龚文一下子红了脸，觉得尴尬万分。

因为上次帮忙抓骗子的事，钟源源有心谢他，况且刚刚从超市出来到喂养小狗，龚文也出了不少力气，于是她想了想，决定订奶茶送给龚文。

奶茶送到的宿舍的时候学生们还没下课，钟源源捂着奶茶做贼似的上楼，把放了小字条的奶茶挂在了 520 宿舍的门把上。

“哎，好热啊。”下课铃一打响，桑秦就迫不及待地起身。

其余三人也开始收拾书本背上书包回宿舍。

“喝不喝饮料？我请客。”马运问。

一听“请客”二字，桑秦眼睛就亮了：“喝啊，为什么不喝？”

龚文想起自己中午刚买了零食和饮料，于是说道：“不用了，我宿舍里有。”

几人说说笑笑走到宿舍楼下，龚文下意识地看了看前台，可是钟源源正在一门心思在看剧，就连桑秦与她打招呼她也只是敷衍地抬了个头。

“你别叫她阿姨了。”龚文心里憋着事，忍不住拍拍桑秦。

“啥？”桑秦没听清楚，迷茫地看向龚文。

龚文张了张嘴，最后只说了句：“没什么，让你看着点路。”

“啊呀，奶茶！”楚庄第一个回到宿舍，拿出钥匙正要开门，却发现门把上挂着奶茶。

“哦？”几人八卦地凑上前，发现奶茶袋子里还有张小字条。

大家七手八脚地掏出小字条一看，上面只写了三个字：给龚文。

“喔唷，喔唷！”桑秦发出猥琐的怪叫，其他人也开始起哄。

“说说看，骗了哪个小妹妹啊。”楚庄把握着奶茶的龚文摁到椅子上“严刑逼问”。

“我不知道！”龚文笑着弓起身子求饶。

其实他心里是知道的。室友们也是真傻，男生宿舍里能送上奶茶的女生，除了钟源源还能有谁?

不知道为什么，龚文心里竟然有一丝窃喜，又有点懊恼，埋怨钟源源做事太粗糙，万一被室友猜中了怎么办。

但他丝毫没有想过自己的这一份窃喜源自何处。

大约是因为心虚，龚文假装毫不在意地说：“真不知道，而且我不爱喝奶茶，你们谁爱喝谁喝呗。”

刚说出这句话，他就后悔了，于是竖起耳朵紧张地听室友的回答。

“嘿嘿嘿……”桑秦开始坏笑，“拆人姻缘要遭报应的，我才不喝，我还想找女朋友呢。”

听了他这话，其余室友本来有些心动，现在也赶紧摆摆手表示自己不喝。

于是龚文就“勉为其难”地插上吸管，开始品尝奶茶。

嗯，真甜。

第三章
帮倒忙 /

1 火锅严打

钟源源费了九牛二虎之力将网购的新沙发躺椅从快递站搬到宿舍楼，然后在大厅将零件一一摆好，就着有些模糊的说明书开始了拼椅子大业。

恰巧龚文下楼拿外卖，见钟源源在一旁摆弄着庞然大物，想了想，主动靠过去。

“要帮忙吗？”龚文淡淡地问，面色如常，耳朵却微微红了。

“不用。”钟源源一心扑在拼椅子上，敷衍地和龚文打了个招呼。

龚文顿觉失望，偷摸地看了眼钟源源。

大概是因为要干活，钟源源今天用一支圆珠笔将头发盘了起来，发尾没能盘进去，于是在她头上炸开了一朵花。

看上去确实很粗糙，可是她皱着眉头思考的样子又有点可爱。

发愣的工夫，钟源源已经安装好了底座，只差把沙发安上去了。虽然不知道龚文为什么还站在一旁，但是免费的劳力不用白不用，钟源源赶紧喊龚文来搭把手。

见钟源源需要自己，龚文放下外卖，和钟源源一起把沙发安装好。

“完美啊！”钟源源兴奋地欢呼，一屁股坐下去试了试。啊，真舒服，比学校提供的铁椅子不知道舒服多少！屁股啊屁股，这下你该开心了吧。这六十块钱花得值！

好东西需要和人炫耀分享，钟源源站起身对龚文说：“你快来试试，真的超舒服！”

说完也不管龚文什么表情，直接就拖着龚文坐下。龚文试了下，确实很舒服。

恰巧有男生走过，不免费解地看了看两人。

注意到旁人的目光，钟源源眨巴眨巴眼睛，才意识到一个男生坐在宿管阿姨的位子上也太奇怪了些。

“谢谢啊，谢谢你帮我装好沙发啊！”钟源源扯着嗓子说道，好像在和别人解释什么似的。

等路人走远时，钟源源才舒了口气，问龚文：“吃饭了没？”

龚文指了指外卖盒子：“喏，刚拿到手。”

外卖盒子有几分熟悉，钟源源看了眼，龚文的外卖又是炸鸡，配一大瓶可乐。

虽然不健康，可是好诱人哦。

“你怎么总吃这些啊，油腻腻的对身体不好吧。我看你比开学时胖了一些。”钟源源虽然感受到了口腔内唾液快速地分泌，但还是口是心非地吐槽。

“那我以后不吃了。”听到钟源源说他胖了，龚文一口答应。

见钟源源仔细研究着炸鸡，她的眼神中夹杂着羡慕嫉妒恨，龚文了然，很大方地问：“你要吃一点吗？”

钟源源收回自己对炸鸡的幻想，咽了咽口水：“不，不用了吧，分给我以后你吃不饱的吧。”

“没关系啊，我一直都是买很多，吃不完就分给室友。”龚文坦坦荡荡地说。

啧啧，有钱人。钟源源咽了咽口水，抬头时一脸希冀的表情：“那我不客气了？”

龚文做了个“请便”的手势。

和学生一起吃炸鸡到底影响不太好，钟源源见四周无人，就拉着龚文到自己房里："在这里吃吧，你还能蹭网看看电视。"

房间外厅有一张小桌子，龚文走进去时，上次捡到的小狗欢快地跑了过来蹭龚文的脚。

"我已经找好领养人了，明天就来接它。天天咬我的拖鞋，坏狗。"钟源源用脚和小奶狗玩闹一番，语气虽然有些埋怨，更多的却是喜爱。

龚文将炸鸡桶打开，香味扑鼻，还带着出锅时的热度。

闻到肉香，钟源源瞬间被炸鸡吸引。两人将蘸料摆好，钟源源拿了纸杯给两人倒上可乐，可乐咕噜咕噜冒着气泡，清凉解暑。

吃炸鸡的同时，钟源源打开手机，选了个下饭的综艺对龚文说："一起看吧。"

既然是钟源源主动邀请，龚文就不客气了，于是名正言顺地坐在了钟源源的身边。

钟源源看得很认真，吃炸鸡也吃得很认真。

龚文看钟源源看得很认真，吃炸鸡却很敷衍。

综艺节目很好笑，钟源源边吃边乐呵，看到兴奋处还不忘捶两拳龚文。等节目结束的时候，钟源源才反应过来自己都干了些什么。

看看桌上，自己这一边鸡骨头堆得老高，龚文那边明显少一些。

天哪，失礼了。

明明是别人的外卖，但自己却吃得最多，钟源源面红耳赤臊得不行。她赶紧说道："那个，我我我，哎呀，不好意思，不知不觉吃了那么多。"

其实龚文根本不在意。

"那个，你没吃饱吧？我给你煮个泡面怎么样？"钟源源补救道。

实际上龚文已经吃饱了，但是听到钟源源的这个提议，他毫不犹豫地说道："好，那麻烦你了。"

看到龚文痛快地答应，钟源源过意不去，看来学弟真的没吃饱啊。

钟源源不好意思地挠挠头，赶紧搬出了自己的泡面库存，选了最贵的那个牌子，想了想，又加了一包面，拿出小炖锅给龚文煮面吃。

龚文看着钟源源忙碌的身影，满意地偷笑，一转头，小奶狗正歪着头好奇地看着他。

好像小心思被人发现了一般窘迫，龚文轻咳了两声掩饰尴尬。

“面好了。”钟源源端着锅子放到龚文面前。

“吃葱吗？”

“吃。”

于是面上被撒了一把新鲜的嫩绿葱花。

龚文用筷子撩了撩面，发现除了料包里的脱水蔬菜，钟源源还加了青菜、葱花和一个猪蹄。虽然只是一锅泡面，可是看上去美味至极。

或许是爱屋及乌？所以看着简简单单的面也觉得幸福感满满。

见龚文夹起了青菜，钟源源赶紧介绍说：“这是我自己种的菜，葱也是我种的！”

龚文刚刚已经注意到了阳台上的绿植，没想到那些都是钟源源种的菜。

面很鲜，青菜甜甜的，葱花香香的，猪蹄糯糯的。龚文大口大口地吃面，一点也不勉强。

看着龚文吃面的样子，钟源源更愧疚了。看来是真的抢了人家的午饭啊。

吃饱后，龚文才满意地回宿舍。

钟源源收拾好餐具，吐了吐舌头，告诫自己以后不能这样没羞没臊了。她正在洗锅呢，就听到房间有人敲门。打开门，是刘蓉。

“今天晚上重点检查违规电器。喏，给你名单，收缴了什么电器就写在后面。要是有宿舍私藏违规电器，全宿舍都扣分。”刘蓉是来布置工作的。

“天哪，没想到前几年天天抱怨学校管太多，有一天自己也会变成检查的一方。”钟源源摸着肚子感慨道。

钟源源大一住四人寝的时候，也买过泡面锅和一些小电器。刚上大学时，她什么也不懂，东西也大剌剌地放在桌面上，直到有一天回宿舍准备煮泡面的时候，才发现自己的锅不见了。

第二天，宿舍楼下就摆满了被没收的违规电器，钟源源粉色的小锅赫然在列。

“哈哈，风水轮流转。反正，不许偏心。我听说别的宿舍楼还收缴了小冰箱。上次因为电器功率太大，跳闸了好几次，差点引发火灾。”刘蓉说道。

“也是，到底不安全，不过我估计自己要被学生骂咯。每年不都有因为这个问题和宿管吵架的学生嘛。”钟源源忽然觉得宿管的工作也不容易，无论偏向学校还是学生，都落不到好处。

“你都学散打那么些年了，怕什么。”刘蓉开玩笑。

于是到了晚上，钟源源就开始挨个宿舍地检查小电器。

钟源源自己也是学生，比起别的宿管更能体会学生的感受，所以检查前她让层长群发了消息，只是说了要检查卫生，也算是一个提醒，然后她就推着平板车上门检查违规电器。

大学生用的违规电器，无非是一些锅，过分一点的有迷你洗衣机和迷你冰箱。

钟源源检查前给自己定下规矩：如果是藏在柜子里，就当不知道；如果是摆在桌面上，立马没收。

学校领导也挺聪明的，让宿管把没收来的东西摆在大厅，这样一来，要是哪一幢宿舍楼的锅子特别少，那肯定是宿管徇私了，在学校看来这就是宿管不负责任。

检查的时候，真有几个倒霉的学生被捉住了。大一的学生还比较好管教，不敢和宿管起冲突，到了大二，一个个都变得伶牙俐齿起来，怼得宿管讲不出话。

走到四楼的时候，平板车上已经堆满了没收来的违规电器，甚至还有两盒麻将。钟源源吩咐层长将东西搬下楼，自己接着往上走。路过520宿舍，钟源源只听到宿舍里吵吵嚷嚷的，她毕竟是女孩子，推开门前还敲了敲门。

“酱油拿来了？”楚庄背对着门口，以为来的是去隔壁宿舍拿酱油的同学。

打开门见到里面热火朝天的场景，钟源源惊呆了，他们几个男生竟然在宿舍里吃火锅！简直不把宿舍规则放在眼里！

走廊里浮动着夏末的热气，520宿舍的空调开到最大，依然盖不住热火朝天的气氛。几个男生光着膀子，团团围坐在一个平放的行李箱前。箱子上垫了两本书，看颜色是选修课的课本《马克思主义哲学》，书上稳稳当当地放着一口大红色的锅，水汽氤氲，红油翻滚，咕噜咕噜的汤里还清晰可见看上去已经熟透的肉片。

这也太过分了吧！钟源源觉得自己好饿。

“怎么还不把酱油递过来？”马运戴着眼镜，被水雾糊了一脸，看不清来人是谁，见酱油迟迟不上桌，颇有些不耐烦。

层长无助地捂住了脸，转过身去不忍直视。

这下龚文等人终于反应过来了，于是赶紧起身，双手交握垂在身前，有些惴惴不安。哦，他还不忘拉马运和楚庄一把。

“能耐啊。”钟源源环顾四周，蔬菜碧绿青翠，肉片鲜嫩多汁，贡丸香气扑鼻，还有一只吃了一半的烤鸭，面皮散落在一旁，桌上还摆着七八种蘸料以及一碗蒜泥。

如果换一个时间换一个地点，这真是一顿完美的火锅宴。

“那个，阿姨你有什么事吗？要不一起来吃一点？”桑秦一脸蒙，还没搞清楚状况。

“全部没收。”钟源源舔了舔嘴角可疑的口水，大手一挥，指挥层长善后，自己则接着检查别的宿舍。

她打开门出去的时候，还迎面撞上了拿着酱油匆匆赶来的那位同学。关上门前，只听见 520 宿舍里传来一阵哀号。

巡视了一圈，六楼也检查完毕了。钟源源下楼的时候正好遇到五楼的层长将推车推下楼。粗粗看了一眼，钟源源在一堆小电器里并没有发现 520 宿舍里的那口大锅。

“怎么回事？ 520 的违规电器呢？”钟源源有些不满地质问。

层长也很无奈：“他们锅里还有那么多菜和汤，一时半会儿收不回来。”

钟源源一时语塞，不耐烦地挥挥手让层长先把东西送下去，自己又去了 520 宿舍。

几人正吃得汗流浃背，见钟源源进来，桑秦囫囵吞下嘴里的丸子，哈着热气，手忙脚乱地说：“阿姨阿姨，等下，再过十分钟就吃完了！”

钟源源皱着眉头等着几个男生抢食，可他们似乎越吃越来劲，锅里的捞完了，又把没吃的菜放了下去。

“你们过分了啊！”钟源源上前阻拦，几人边挡着钟源源，边空出手去捞锅里的美食。

慌乱间，钟源源不知道踩中了谁掉在地上的一片菜叶，瞬间失去了重心，眼看着就要摔进锅里，于是钟源源为了自己的安全，闭眼将火锅往前一推。

还好她没被烫伤，但是……

“啊！我的锅！”

“啊！我的菜！”

“啊！我的书！”

“啊！我的箱子！”

此起彼伏的惨叫在 520 宿舍响起。

“人没事吧？”钟源源爬起身来，确认没有人被烫伤。

“人没事。”龚文冷静的声音从角落里传来。

大家循着声音看去，龚文的手里提着一双鞋子，额头的青筋突突直跳。

只见鞋子上沾满了红油，看不清本来的颜色。龚文提着鞋后跟，红油和菜叶就顺着鞋面往下滴落，打在地上溅出一片油渍。

龚文换了个方向提着，就从鞋里倒出来一鞋子的汤汁，还有一个肉丸从鞋里滚落。看得出这是一颗很劲道的肉丸，因为它在地上弹了两下才咕噜噜滚到一边的窗帘底下去了。

室内一片寂静。

钟源源率先干笑："呃……看来鞋子需要洗一下了哦。"

几个男生纷纷凑过去看那双鞋。

半晌后，马运弱弱地问："不会这么巧就是那双吧？"

话音落下，钟源源就见在场的男生纷纷变了脸色。

"什么意思？"这鞋子有什么特别的吗？看着好像只是一双普普通通的球鞋啊，钟源源迷茫地询问大家。

"天哪，为什么偏偏是这双？"桑秦无助地捂住了嘴。

"到底是什么鞋子？这鞋子很贵吗？"钟源源好似有些反应过来了。

"联名款。"几人面面相觑，"现价一万多。"

这下轮到钟源源瞪大了眼睛。

说实话，在陈丽雯结婚以前，钟源源是过得很奢侈的，四五千块钱的鞋也有不少。但是现在，对于连宿管、淘宝客服都干的她来说，这可真不是一个小数字。

看着面目全非的鞋，钟源源的心情也沉重起来："那个，我帮你洗洗？"

龚文心情复杂地抬头，舔了舔嘴唇："不用了，改天我拿去干洗店问问吧。"

看到龚文这样客气又心疼鞋子的样子，钟源源更心虚了。她看看鞋子里外都浸满了火锅汤汁，要恢复原状应该不容易。

"那个……让我帮你洗洗吧，实在不行，我原价赔给你。"大不了动用陈丽雯给她的零花钱。这么一想钟源源就有了底气。

也只能这样了。龚文找出一个垃圾袋，将不能看的鞋子装了进去，表情复杂地交给钟源源。

“我帮你们一起搞卫生吧。”钟源源接过鞋子，指了指地上的狼藉。

大家没有拒绝，在钟源源的指挥下，五个人一起把宿舍打扫干净。

等搞完卫生已经临近就寝的时间了，钟源源左手拎着那双鞋子，右手拎着洗干净的锅，默默退出宿舍。

啊，这该死的笨手笨脚，这该死的篮球鞋，这该死的火锅汤，这该死的宿管工作。

钟源源觉得头大，到了楼下，也没心情清点没收的锅子，趁着夜色到洗衣房里开始洗鞋子。

趁火锅汤里的牛油还没有结块，她把鞋子放到水里冲了冲，鞋子表面的油污少了些。钟源源看出这是一双白色的鞋子，而且是新的，鞋面上系着的塑料防伪标签还没拆呢。

怪不得大家都那么心痛，不仅是新鞋子，还那么贵，估计是刚买的，放在桌边准备明天穿，结果赶上她这个大马虎，一盆火锅汤从天而降把鞋子浇了个透彻。

钟源源剪掉标签，拆下鞋带，操起刷子洗刷刷，不一会儿鞋面就刷干净了。

鞋子里面比较麻烦，汤应该浸到鞋垫了，钟源源只得把鞋子浸泡在盆子里，过一会儿再洗。

总之，刷了三四遍以后，鞋子终于洗干净了，闻一闻也没有火锅味，钟源源满意地把鞋子晾起来。

天气热，应该明天就干了吧。多大点事啊，难不倒她钟源源!

洗完鞋子，钟源源将剪下来的标签扔进垃圾桶，然后出门扔了垃圾，回来后欢欢喜喜地哼着歌去洗漱了。

2 帮倒忙

第二天一大早，钟源源就起床跑到阳台上看看鞋子干了没。

摸了摸，鞋子里面还有一些潮湿，钟源源叹了口气，估计要到下午才能去还鞋子了。

钟源源坐在前台，手指将圆珠笔按得啪啪响。520 宿舍的几位下楼，龚文看到钟源源，微微点了点头打招呼。

钟源源瞬间有些心虚。

人走后，钟源源又去摸了摸鞋子，见太阳越来越大，就把鞋子放在了阳台的最外边。

随后她开始忙自己的事，首先将昨晚的“扫荡”行动结果汇报给学校，接着派发消防演习的宣传单，然后叫来维修师傅维修宿舍里损坏的物品，然后把水费交给送水小哥……

接着钟源源趴在桌上睡了个很长的午觉，学生上下课的动静都没有把她吵醒。等到她清醒过来，都已经下午四点了。

磨蹭了一会儿，外卖小哥的身影又出现在了宿舍外边，提醒钟源源到了吃晚饭的时间。

钟源源正在发愁是去食堂打饭，还是吃泡面的时候，龚文就下来拿外卖了。马运正好打完饭从食堂回来，两人有说有笑地要回宿舍。

“等等！”钟源源突然想到了那双鞋，于是赶紧叫住二人，“我把鞋洗好晒干了！你顺便拿回去吧！”

两人没想到钟源源那么快就把鞋子洗好了，于是去钟源源的房间门口等着。钟源源兴高采烈地跑向阳台，拿起鞋子摸了摸，早就干了。

可是，怎么感觉有些不对劲？

钟源源拿着鞋子左看右看，突然发现也许是因为暴晒太久了，鞋子里的海绵膨胀了，导致鞋帮看上去胖胖的……

完了，这算不算事故啊。想到龚文还等在门口，钟源源眼前一阵发黑，这可怎么办啊。

“阿姨，你还没好吗？”马运在门口扯着嗓子催促。

“哎？来了！”钟源源跺了跺脚，不管了，先拿出去再说吧。

不得已，钟源源把鞋子藏在身后，挪出了宿舍门。

龚文一看钟源源的表情就觉得大事不妙。

“那个……你的鞋……好像海绵有些胀开了。”钟源源不好意思地解释。

“没事。”因为鞋子抢手，龚文当初买大了一码，要是海绵胀开了，外边看不出来，应该不影响穿着。

钟源源见龚文没责怪她，不由得舒了口气，这才高高兴兴地把鞋子拿出来，炫耀道：“我是不是洗得很干净？而且没有异味。”说着把鞋子凑到龚文鼻子下让他闻。

龚文侧头躲开了。

“谢了。”他接过鞋子。

“唉，是我太粗心了，害你的鞋子遭了罪。”钟源源挠挠头，真心挺不好意思的。

龚文接过鞋子，看了看，确实很干净，可是好像哪里不一样了。疑惑地举着鞋子看了一会儿，龚文终于发现了不对的地方。

“钟源源，鞋标呢？”龚文喉咙发紧，声调都变了。

马运也凑过来看。

“你是说绑在那里的捆绑绳吗？我剪掉了，不然不好洗，反正你穿的时候也要剪的，我就顺手剪掉了。”钟源源指着鞋子说。

空气突然沉默。

马运颤颤巍巍地指着鞋子，面带惊悚地看着钟源源，质问道：“你难道不知道？这鞋标才值钱，没了这标，这鞋子一文不值。”

“啊？”钟源源蒙了。

龚文只觉得太阳穴突突直跳，赶紧问道：“那你扔哪儿了？”

“垃……垃圾桶里。”钟源源的声音轻轻的。

还好还好，还在垃圾桶里。龚文松了口气：“你去找找，或许还能抢救一下。”

一听这话钟源源快哭了：“昨晚，我就把垃圾倒了，现在估计已经在填埋场了。”

这下子龚文倒吸了一口冷气。

知情的马运同情地看了二人一眼。

一个损失了有价无市的限量鞋，另一个……估计要赔钱了。

龚文拎着鞋子无力地叹息，平复了一下心情，良久才吐出一口气，说道：“没事。”然后转身上楼了。

钟源源从他的背影里看出他心情低落。

好内疚啊。钟源源都要把手指抠烂了。虽然龚文没让她赔，但是做人也不能太潇洒太无知。

钟源源觉得只能动用小金库了。不过直接给钱显得太没有诚意，她想着要是能弄到一双一模一样的鞋子就更好了。龚文的脚是44码，她在鞋子上看到过，想来想去，她打了个电话给一个要好的在美国留学的高中同学李威廉。

嗯，他的中文名叫李威廉，英文名William。

“源姐，我这边凌晨三点多。”越洋电话那端传来李威廉虚弱的声音。

“哎呀，江湖救急！你忘了你高中时模拟考试考了两百多分是谁帮你瞒着你爸妈的了？你忘了你高中时叫外卖被发现是谁帮你顶包，让你不会因为处分太多被开除的了？你忘了……”

“我怕了，我怕了，有什么事你说吧！兄弟我一定办到！”李威廉豪迈地说。

“帮我买一双联名鞋。”钟源源报了鞋子的牌子和鞋码给他。

听完要求，李威廉沉默了，小声地说：“好像有点难。”

“你忘了……”钟源源马上接话。

“我错了，我错了。”远在海外的李威廉裹着被子跪在床上，虽然钟源源看不见。

“原价买估计有点困难，抬价的要不要？”李威廉问道。

“要！不过价格别贵得太离谱，要白色的。”听说有解决办法，钟源源喜滋滋。

“OK！这鞋有女款吗？我记得你的脚是 37 码吧。”李威廉答应钟源源今天就去问问。

钟源源正要挂电话，听到这句赶紧说：“不不不，要 44 码。”

这下李威廉可精神了：“送男生的？”他想了想语气不善地追问，“别和我说鞋是送给康宥诚的，给他买的我才不乐意帮你买！”

“不是不是不是，不是给他，是给学弟的。”钟源源听到那个名字，吓得说漏了嘴。

李威廉穷追猛打，钟源源招架不住那隔着千万里还能感受到的八卦情绪，匆匆挂了电话。

唉，希望李威廉能靠谱点，她也不用对龚文感到那么抱歉了。

另一边，龚文到了宿舍，把鞋扔在一边，打开了炸鸡桶。

“你天天吃这个不腻啊？”楚庄路过龚文的床铺，见他又在吃炸鸡。

“来一块？”龚文把炸鸡递过去。

宿舍里每人拿了一块。

“唉，我们阿文今天亏惨了。”马运咬着鸡肉，把事情经过和室友说了遍。

“不是吧，那老阿姨那么蠢啊！”桑秦感叹。

这话龚文听了觉得有些不舒服，反驳道：“女生大多数不懂这些，她也是好心。”

也不知道几人听进去没。

龚文虽然有一些难过，但总体来说还好。鞋子嘛，也不缺这一双。

“反正就是少了个标，还能穿。”龚文无所谓地说。

“反正我要是看到路上哪个人穿这双鞋没鞋标，我肯定就觉得是假鞋。”桑秦吐槽。

这倒是事实……男生们的眼睛可毒辣了，特别是在篮球鞋方面。何况这款鞋这么热门，穿出去一定会有很多人注意，这么明显的标志鞋子上都没有，真的会被人在背后嘲笑穿假鞋。

龚文听了，默默地把鞋收进了盒子里。

“你不让阿姨赔钱啊？”马运吃完了一个鸡腿，想起来这鞋现在市价要一万多块呢，也不是个小数目。

“哦，算了吧。”龚文想起之前他有次问钟源源为什么会来当宿管，钟源源说是因为穷。

唉，也不知道为什么，本该是让人很生气的事，因为是钟源源做的，他反而不那么生气了。龚文甚至还觉得她手足无措的样子和平时嚣张的样子判若两人，有一种反差萌。

龚文的脸上露出痴笑。

糟了，这该不会是心动的感觉吧。

这想法一出，龚文一激动，打翻了炸鸡桶。

室友腹诽：可怜，嘴上说不在意，但是精神都恍惚了，四肢也不受控制了。

3 春心萌动

早晨，龚文醒来，想起刚刚才结束，还留有一丝模糊印象又光怪陆离的梦。钟源源一直出现在梦里，张牙舞爪实在是很嚣张。

龚文眯起眼睛，暗暗地有了一个计划。

钟源源自从把鞋子毁了以后，看到龚文都有些不自在。

这是心虚的表现。

而看透一切的龚文假装对钟源源的表情一无所知，毫不在意。

“买水。”龚文磨磨蹭蹭了好久才找了个给宿舍订桶装水的借口下楼，来到了钟源源的“地盘”。

“那个，鞋子的事，真的对不起啊！不过你放心，我已经……”钟源源一见到龚文就想到鞋子的事，抠着手指道歉。

提起鞋子，龚文抬头看了她一眼，又默默地低下头，一笔一画地把登记册的信息写完整。

写完，他放下笔，故作冷漠地对钟源源说：“你要是真觉得对不起的话，那就帮我做一件事吧。”

“啊？什么事呀？”钟源源茫然。殊不知，她已经在不知不觉中被龚文下了一个套。

龚文仔细地观察了一下钟源源的表情，觉得她迷茫的神态实在是有点可爱，于是龚文大胆地说出了自己的计划：“以后我的外卖到了，你就帮我送上来。”

“啊？”钟源源的大脑先是空白了几秒，然后才好像对龚文的话有所领悟，意识到龚文到底要她做什么事。

只是龚文的寝室在520，钟源源一想到要跑五楼，就觉得两腿发酸。

但人做了亏心事，不得不低头，钟源源偷看了一眼龚文毫无表情的脸，只好勉为其难地答应了龚文的要求：“好吧，以后你有外卖了就和我说，我给你送上去。”

听了钟源源的话，龚文的嘴角噙着一抹得逞的笑，满意地转头离开。

目送龚文走后，钟源源哀叹一声，趴在桌上，心想自己怎么就摊上这么一个大麻烦呢？

要说钟源源这个人，别的本事没有，就是脑子灵光。

答应替龚文送外卖以后，钟源源心想不能浪费了自己的力气，于是她开启了一项新的业务，就是帮整栋宿舍楼的男生送饭。

不得不说，如今的大学生都懒得很，快递外卖都不愿意自己去拿。钟源源看准了这个商机，就开展了轰轰烈烈的送外卖服务。

无论是送外卖还是快递，都是一元一件。只要添加钟源源的微信，有需要的话就可以让钟源源帮忙拿东西。

得知后续以后，龚文对钟源源的“商业头脑”也表示很无语，没想到自己的一个奇思妙想，竟然给钟源源带来了创造收入的机会。

其实他的本意是想为难一下钟源源，至于这么做的原因，他没有考虑过。或许是因为对钟源源有好感，想看她气急败坏的样子，想多见她几次又苦于没有机会。但是计划付诸行动以后，他又觉得有些对不起钟源源，特别是看到钟源源大夏天满头大汗跑来跑去的样子后。

其实钟源源挺开心的，她不仅可以挣外快，而且就在宿舍楼里，就算是跑来跑去，也不过就是中午和晚上才忙碌一会儿。

正好她觉得在宿舍楼里每天坐着有些无聊，既能运动又能赚钱，真是两全其美的事。

于是在钟源源的神来之笔下，事情朝着一个诡异的方向发展下去。

开启这项业务以后，短短几天钟源源就赚了不少钱，看着微信里的余额乐得在前台打滚。又到了中午，外卖盒子在她桌前摆了一堆，龚文下课回来，几乎都快看不见饭盒后面的她了。

见状，龚文在楼梯上踌躇了一会儿，毅然决然地转身，走到钟源源的面前，说道：“我正要上楼，你有四楼和五楼的外卖就交给我吧，我帮你拿上去。”

正担心今天外卖太多拿不上去的钟源源一听这话就两眼发光，马上很不客气地说：“那好呀，真是麻烦你了。”

龚文左手臂弯里抱着书，两只手尽可能多地提着一大堆外卖，被钟源源目送着上楼。看着龚文远去的背影，她更是觉得龚文勤劳、勇敢，真是一个大好青年。

两手拿着外卖，龚文只觉得自己在自找苦吃，要不是他当初想出这么一个馊主意，如今自己也不必帮别人送外卖。

而钟源源在赚了不少钱以后，才发觉自己有些对不起龚文，毕竟很多时候的外卖都是龚文帮她送的。钟源源一直是一个大方、有情有义、豪气冲天、知恩图报的人，她觉得一定不能亏待了龚文。

周五的晚上，大家都出去玩了，只有龚文依旧回到宿舍。

“龚文！”钟源源忙着看剧，差点就错过了他，赶紧探出身子叫住他。

“你没有叫外卖吧？”钟源源紧张地问。

龚文还没来得及叫外卖，于是摇摇头。

“那太好了，晚上我请你出去吃饭吧，这几天让你帮我送外卖我挺过意不去的。”钟源源说。

其实龚文本不想去的，但是又觉得二人世界机会难得，于是点头：“好，我上楼放一下书，等会儿下来。”

“哎呀，放我这里不就得了，回来再拿呗。”钟源源拖着龚文的手往外走，她已经饿坏了，等不及要出去吃饭。

“你……就这么出去？”龚文指了指钟源源身上的睡衣。

“哦，我忘了。”钟源源不好意思地赶紧回房间换衣服。

三分钟后，她就换了短袖T恤、牛仔裤出来。龚文本以为要等好一会儿，没想到屁股还没坐热就可以出发了。

打量着钟源源的穿着，龚文心里想：她真的有点粗糙啊。

宿舍里的桑秦和楚庄都有女朋友，他虽然没有谈过恋爱，但也经常听他们抱怨女朋友出门要化一小时的妆。高中的时候，每次集会女生们也都是拖拖拉拉的。结果到了钟源源这儿，出门三分钟就搞定了。

难道她一点也不重视和自己吃饭？龚文有点不开心了。

“想什么呢？”钟源源自顾自地和龚文讨论了半天吃什么好，可龚文都没有什么回应，钟源源伸出手在他面前晃了晃，龚文才及时回过神来。

“走神了。”龚文有点小情绪了。

钟源源并不在意，又说了一遍：“我问你想吃什么？”

“哦，我都行。”龚文说完这话，觉得自己的语气好像有些敷衍，于是追加道，“吃你喜欢的就可以了，我不爱吃辣，别的都行。”

上一次宿舍里吃火锅龚文就觉得辣，都没有怎么吃。

“那正好，我也不吃辣。”钟源源早就想好了吃什么，问一问龚文也就是客气一下。

两人在学校后门等公交车，公交车可以抵达学校不远处的商场。

趁龚文不注意，钟源源暗自查看了包里的优惠券，这是新开的龙虾馆发的，今天开业，打八折。

公交车上挤满了学校的学生，毕竟是周五，大家大都会选择出去吃饭。

龚文的外貌出众，公交车上有很多学生频频向他投来目光。龚文仿佛已经习惯了这种暗中观察，目不斜视，抓住头顶的扶手，盯着窗外的景物。

在他身边的钟源源抓住一根栏杆，也看着窗外。她的个头还够不到龚文的肩膀，龚文站在钟源源的身后，看起来有些亲密。

到了下一站，又有人上车了。公交车司机不耐烦地让后面的学生往后走，人潮往后车厢徐徐走去。

待到最后一位乘客上车，公交车马上就启动了，大家都有些站不稳。龚文被人一撞，就碰到了钟源源。

“你没事吧？”钟源源侧过头问。

“没事。”龚文被挤到了后面，也就失去了抓把手的机会。他重新站定，抓住了钟源源一直抓住的那根栏杆。

夏末还有些余热，人们都在干着自己的事。马路的尽头黄昏逼近，落日洒下火红炙热的余晖，晒得人脸红红的。

钟源源倚靠在栏杆上，龚文站在她身后，结实的手臂为她在拥挤的车厢里撑出一小块空隙。身后乘客来来往往，时有推搡，让龚文不得已愈发贴近了钟源源。

她的发梢弥漫的洗发水香味和身上的沐浴露味道像一张网，把龚文密密匝匝地笼住了。

抬头看看窗户上的倒影，钟源源异常娇小玲珑，而龚文的手臂有力地环住她半个身子。

两人如此亲密，像恋人一般。

只是车上人多而已，只能是这样。钟源源自然而然地想到暑期回校的时候坐公交车那一次自己的狼狈，再抬头看看龚文近在咫尺的下颌以及毫不动摇的身子，忽然体会到了一丝心安。

下了车，两人都被挤得有些晕晕的，一路没有说话，到了龙虾馆，还觉得有些失真。

“那个，你想吃什么味道的？”钟源源率先打破沉默。

“哦，我看看。”龚文接过菜单，仔仔细细地研究起来。

“十三香的小龙虾两斤、蒜蓉的一斤，还要一盘拍黄瓜，然后一扎金橘茶。”和龚文商量过后，钟源源点好菜。

龙虾馆刚开业，食客众多，好多年轻人一看就是浦江学院的学生。

“哎？龚文。”两个女生经过时，认出了龚文。

“嗯。”龚文淡淡地打了个招呼。

随后那两个女生找了位置坐下，钟源源看到她们一直在看这边，还指指点点的。

“你们专业的同学啊？”钟源源听不到她们在说什么，只觉得两人吃饭遇到熟人，气氛怪尴尬的。

“不是，是隔壁广电专业的。”龚文解释道。

“我一直都觉得广电专业的女生都好漂亮。”钟源源随口聊起来。

“还行吧。”龚文觉得女生好像都长得差不多。

钟源源这才发现龚文是一个不折不扣的“直男”性格。这下她乐了，想到以前宿舍里开卧谈会有一个室友吐槽自己的男朋友，说自己化没化妆男朋友都看不出来。

“笑什么？”龚文见钟源源低着头笑得怪模怪样。

对于自己心里对龚文的吐槽，钟源源不知道该怎么回答，正好这时服务员把小龙虾端上来，钟源源赶紧借口洗手溜了。

龚文先帮钟源源看着包和手机，待钟源源洗完，龚文也起身去洗手。

等龚文回来的时候，菜都上齐了，钟源源已经帮龚文倒好了饮料，就等龚文回来开动吃龙虾。

夏天吃龙虾简直是爽呆了的事，一天的疲惫好像都被扫空了似的，红彤彤的龙虾浸泡在放了香料的汤汁里，让人食指大动。

钟源源大快朵颐，十三香小龙虾是微辣的，蒜蓉则是不辣的。微微的辣味恰到好处，而辣味与鲜味的碰撞更是让钟源源欲罢不能。

不过毕竟还是不怎么能吃辣，吃了几只以后，钟源源就开始不停地哈气，还吐出了一小截舌头。

“不行了，我吃蒜蓉的了，你可还行？”钟源源喝了一大口冰饮料才觉得舌头好受了些。

“还可以。”龚文觉得这辣度还能接受，小龙虾嘛，不辣不够入味。

钟源源剥虾飞快，明显比龚文快很多。想起上次两人凑一起吃炸鸡结果她堆了一大堆骨头的事，钟源源不好意思地放慢动作，但骨碟里的虾壳还是肉眼可见地比龚文的多出不少。

剥小龙虾的技巧就是，先把虾脚掰下放在一边，然后将虾头扭下来，若是有虾黄就蘸一蘸酱汁吮吸一番。对待虾壳，先用手捏一捏虾壳两边，然后一掀虾壳就可以吃到鲜美的龙虾肉了。待全部吃完，再来一心一意地啃虾脚。

“啊。”结果钟源源吃得太忘我，乐极生悲不小心将食指给划破了。

这只是一个小小的伤口，估计只有一两毫米的样子，也不怎么痛，可是接着剥虾的时候就很不顺，那个小伤口总是泛起针刺般的疼痛提醒钟源源它的存在。

钟源源舔了舔嘴唇，换了中指剥虾，但毕竟没有食指灵活，颇有些吃力。

她别扭的剥虾姿势被龚文注意到了，赶紧劝她："你先去洗洗伤口，小心感染。"

这话不无道理，钟源源乖乖地去洗手，边洗手边觉得这伤口真是扫兴，她正吃得开心呢!

然而当她洗了手回来时，远远就看到龚文往她碗里放了一只虾肉。钟源源呆呆地走近，发现自己碗里已经有了三只虾肉。

"戴上手套再拿虾吃，我来剥。"龚文说着，手上不停。

龙虾馆是准备了一次性手套的，刚开始的时候，钟源源嫌麻烦就没有戴。

"啊？哦。会不会太麻烦你了。"钟源源乖乖地戴上手套。

龚文好像毫不在意似的，给自己剥一只虾再给钟源源剥一只。看着碗里的虾和龚文卖力剥虾的样子，钟源源鼓起腮帮子，觉得挺不好意思。

"你看人家男朋友。"隔壁桌的女生毫不掩饰地娇嗔埋怨，在桌下踢了自己男朋友一脚。

听到这话，钟源源的脸瞬间就红了。她偷偷看了眼龚文，他脸上平静如常，竟然没有什么反应。

呼……龚文人真的很好啊!

两人很快就把三斤小龙虾消灭了，钟源源光吃虾就饱了，龚文还添了两碗饭，吃完结账，打完折一共一百七十八元。

这钱花得值。

酒足饭饱以后，钟源源和龚文洗了手，然后慢吞吞地出了龙虾馆。钟源源向商场出口方向走去，龚文一把拉住她的手腕。

手腕被人握着，钟源源疑惑地转头。被钟源源的眼神看得一阵紧张，龚文差点收回开口的勇气。

不过龚文还是鼓起勇气问道：“你晚上有事吗？”

钟源源疑惑地摇摇头。

“那就好，我买了七点的电影票。”龚文舒了口气。

“你什么时候买的？”钟源源诧异地问。

龚文说道：“刚刚你换衣服的时候。”

“哦。”钟源源又鼓起了腮帮子。

虽然她嘴上没说什么，但是心里还是有奇怪的感觉。怎么突然就要去看电影了呢？龚文是怎么想的呀？不管怎么说，这种情形下一男一女去看电影还是有一些暧昧的，简单的聚餐好像突然变成了约会。

不对，龚文才不是这样暧昧的人，他应该只是想回报我的晚饭吧。毕竟女孩子请客，而男生应该不喜欢占女孩子便宜的。

龚文才大一呢，她都大三了，还是他的宿管，正常人都不会对比自己大还当宿管的她有男女间的好感，更何况她又不是什么美女。

“你想玩？”龚文的声音打断了钟源源的胡思乱想。

“啊？”钟源源一抬头，才发现自己站在一排娃娃机前面。

“你等着，我去换一点游戏币。”若有所思过后，龚文径直去前台换游戏币了。

她只是发呆，不是想玩娃娃机。钟源源急忙跑过去：“不用了啦，娃娃机都是骗人的，根本夹不上来。”

可是龚文腿长，钟源源赶上他的时候，他就已经换好了五十个游戏币。

因为“骗人的”那句话，钟源源又“喜提”了工作人员的一个白眼。

龚文自动屏蔽了钟源源的话，看了看品类丰富的娃娃机，犹豫先夹哪个。

“喜欢哪个？”龚文问她。

“那个小猪吧。”钟源源每一个都喜欢，看得眼花缭乱，但并没觉得两人能夹起来，于是随手指了一个。

转头看龚文，他脸上神情严肃，又带着势在必得的自信。龚文带着钟源源在机子前研究了一会儿，投了两个币进去。

机械爪在龚文的操纵下颤颤巍巍地落下，无力地抓了一把就收了回去。

这机械爪懒洋洋的表现倒是挺像刚刚那个工作人员的。

“我都说了是骗人的啦，我大一的时候就玩过了，从没有夹起来过。”钟源源露出“果然如此”的表情，不免隐隐约约心疼那五十块钱。

对于钟源源的唱衰，龚文没有回答，继续投币。

只见龚文左右摇晃着摇杆，机械爪也跟着左右摇晃，倒数三秒的时候，龚文才按下了按钮。

钟源源正漫不经心地看着，下一秒，一只小猪玩偶就被甩进了取物箱。

“真的假的！”钟源源兴奋地叫了一声，蹲下身子把小猪取出来。

“你好厉害啊，龚文！”钟源源捏着小猪左看右看爱不释手，连声夸赞。

她没注意到其实龚文也松了口气。以前龚文从来没因为夹娃娃而感到那么紧张过，也经常有失手的时候，好在这一次天助他也，能够一步到位。

看到钟源源脸上的神情和又蹦又跳的动作，龚文忍不住露出笑容，又问：“还喜欢哪个？”

“啊啊啊！那个泰迪熊！我大一的时候花了几十块钱都没有夹到！”钟源源彻底来了兴致，拉住龚文的手就往摆着泰迪熊的玻璃柜跑去。

看着自己的手腕被钟源源紧紧拉住，而她面上满是崇拜，龚文偷偷地笑了一下。

“这个！超可爱！”钟源源趴在玻璃柜旁，指着里面摆得满满当当的泰迪熊。

龚文仔细观察了一下这一柜子泰迪熊，身体是中等大小，一个个端端正正地摆在柜子底部。

这种充棉厚实有分量的娃娃最难抓，而且这机械爪力气又小，怪不得钟源源以前花了几十块都抓不上来。刚刚的小猪比较轻，甩甩机械爪就能把娃娃甩出来，而这个泰迪熊很重，用刚刚的办法是甩不出来的。

不过……龚文看着柜子后边架子上摆着的娃娃计划了一下，心想也不是不行。

泰迪熊是三个币抓一次的。

“哐当哐当哐当”，龚文投币后，就操纵着机械爪往里推。

钟源源正纳闷为什么龚文要避开那些熊往后推，就见龚文用机械爪不停地蹭挂在后边架子上的小熊，蹭啊蹭，小熊竟然有半个身子掉了出来。

橱窗外的钟源源捏着小猪，觉得心跳加速，呼吸都不敢太用力。

龚文盯着那只小熊，又投了三个币。在龚文又一次不断的摩擦下，最终，一只泰迪熊被夹子蹭了出来，还恰巧直接掉到了取物箱里。

“啊啊啊！”第二次获得成功，钟源源对龚文五体投地，开心地抱着龚文蹦蹦跳跳，一把掏出了那只泰迪熊。

“你也太厉害了吧！”钟源源瞪大眼睛毫不掩饰崇拜地看着龚文。

龚文抓了一把游戏币塞到钟源源手心里鼓励她：“你也试试。”

有了成功人士的经验，钟源源跃跃欲试，按照龚文的方法依然去抓那个比较轻巧的小猪。

第一次并没有成功，试了三次，小猪才终于掉了出来。这也足够让钟源源兴奋不已了！她是第一次自己夹出娃娃。

看着两只一模一样的小猪，两人相视一笑，随后“大开杀戒”，夹了不少娃娃出来。一直到只剩下最后一个游戏币才收手。

“没事，留着下次再来。”龚文把最后一个游戏币放进口袋里。

钟源源抱着一堆娃娃，顿时觉得幸福感爆棚。

“走吧，去楼上电影院看电影。”看看时间，已经差不多到了电影开场的时刻，龚文提醒道。

“走吧！”钟源源的笑脸就没有消失过。

坐在休息厅里，钟源源抱着一堆娃娃玩得很忘我，拿出手机各种角度拍了一遍，而龚文则去买爆米花和可乐。

“源源！”三个和钟源源同班的女生也来到电影院准备看电影，走近一眼就看到了抱着好几个娃娃的钟源源。

“哎？你们也来看电影啊！”钟源源笑着与她们打招呼。

“哇，源源你好厉害，抓了这么多娃娃。”女生们小跑过来，羡慕地摸摸一桌子的玩偶。

可惜这些娃娃是龚文花钱夹的，是龚文的娃娃，不然送给同学也无妨。钟源源就没有说话，笑着看她们玩了一会儿。

“哎？你一个人吗？”同学们回过神来才发现钟源源是一个人来看电影的。

“啊……我其实……”钟源源被这个问题吓了一跳，不知道该怎么说好。

“钟源源。”钟源源的话还没说完，龚文就买好了吃的，向钟源源走来。

“哇，好帅！”钟源源的同学用胳膊肘推推身边的人，一群女孩子看着龚文走近。

见龚文手里拿着爆米花和可乐，显然是两人份，三个同学瞬间你看我我看你，挤眉弄眼换上了八卦脸：“咳咳，源源，这是你男朋友啊？”

“不是不是，那个……”钟源源龇牙咧嘴，无助地看着龚文，觉得同学们这个误会大了，她哪有这么帅的男朋友！

“学姐好。”龚文走近四人，彬彬有礼地打招呼。

“哇！还是学弟！”三个女生夸张地抱在一起。

“哎呀，不是！那个是我……”钟源源涨红了脸，语无伦次地解释。说来话长，她也不能说这是自己当宿管时认识的学弟吧？

龚文不声不响地把可乐塞到钟源源手里，然后拿过她怀里抱着的娃娃，对三个女生说：“学姐再见，我们先进场了。”

“哇！”钟源源走出不远，身后又爆发出热切的八卦惊叹。

“哎呀，她们误会了！”钟源源忍不住捶了一下龚文，捶完以后又觉得自己这动作也挺奇怪的，怎么看都像是在打情骂俏。

“什么？”龚文歪着头，喝了一口可乐，表示不解。

看着龚文没有放在心上的坦然面容，钟源源又不知道该怎么说下去。龚文好像根本不知道她几个同学话里的含义。

算了，清者自清。钟源源呼出一口气，专心看电影。

4 深夜病重

电影是龚文选的没错，但这是一部什么类型的电影龚文没有仔细看。就……评分最高的那一部，谁演的？忘了。讲什么？不知道。

看电影不过是一个用来单独相处的借口，谈过恋爱的都知道。

但是钟源源捧着可乐，很认真地吸着，电影她也很认真地看，期间还忍不住打了个气嗝，吃爆米花的动作也一直没有停过。

龚文坐在一旁，鼻腔里都是爆米花香甜可口的气息。

“别吃了，等下肚子会胀。”龚文一直在注意钟源源，她就像桑秦偷偷养在宿舍的那只小仓鼠那样，嘴巴被爆米花塞得鼓鼓囊囊的，从侧面看去，她的神情有一些呆呆的。两人坐在放映厅的中央，投影从后方笔直地打在屏幕上，幽暗的光下，看得见飘浮的尘埃和钟源源头顶微微卷曲的毛茸茸的碎发。

让人好想伸手摸一下。

“哦。”钟源源听龚文的话，不再继续吃爆米花了。的确，喝了两口可乐以后，她摸摸小肚子，感觉好胀。

龚文见钟源源乖乖收手，满意地收回了目光开始看电影。

只不过两人的手肘都放在一个扶手上。空调下，钟源源的皮肤凉凉的，让龚文总也不能集中精神专注于剧情。

生活就已经是很好的故事了。

龚文认真地看了三分钟后电影就结束了。灯光亮起，人们从光影塑造的奇幻世界回到了现实，黑暗中的旖旎荡然无存。观众们都起身往出口走去，心急的就一直往前挤，龚文感受到身后的钟源源被挤得一个踉跄，额头撞在他的背上。

龚文本能地反手抓住了钟源源撑在他背上的手肘，然后准确地顺着手臂下滑拉住了她的手腕。

“小心点，拉住我的衣服。”龚文侧过头对钟源源低语，另一只手拉住钟源源的手放在了自己的腰上。

钟源源迟疑了片刻，最后默默地抓住了龚文的一个衣角，而她的另一只手被龚文有力地握着，微微发热。

出了电影院，龚文很自然地放开了钟源源的手腕。钟源源如梦初醒，也匆忙松开了龚文的衣角。

他的衣角被抓得鼓起了一个小包。

两人没有叫车，谁也不提起，慢慢地散着步往学校走。

“我有些没看懂，那个大 BOSS 为什么一定非要拿到宝石啊？他自己就完全可以碾压其他人了啊。”钟源源叽叽喳喳地讨论着刚刚的剧情。

听闻有关电影内容的问题，龚文大窘，他是真的没有认真看电影。

他胡乱地聊了几句，半真半假地讨论着剧情。

后半段路，两人无声地走着。钟源源和龚文并排，两人的手臂时不时地碰撞在一起。

钟源源尴尬地笑了笑，略微躲开了点。

路灯下，人影被拉得很长。龚文很高，影子也很细长；钟源源人矮，影子都矮人一截。自尊心作祟，钟源源盯着二人的影子快步上前，非要和龚文的影子一样高。龚文不明所以，见钟源源走得快了，也迈开步子上前，两人好像在你追我赶。

钟源源在前方笑得前俯后仰，仰头的时候就看到了天上的星辉。星星很美，她驻足欣赏，不自觉地退步，正好撞进龚文的怀抱。

龚文低下头，对钟源源突然停下的行为表示困惑。

一个伸长脖子仰着，一个低下了头，两人近在咫尺。

鼻息之间，心跳如雷，整个世界都寂静了。

龚文看着钟源源的唇，好像已经了解了那种柔软。

或许是一瓣橘子的滋味，又酸又甜；或许是一罐汽水那样，沁人心脾。

钟源源有些紧张，从龚文的双眸里，她都看得清自己。飞鸟掠过夜空发出嘶哑的鸣叫，钟源源吓得猛地低头，结果用力过猛，额头磕在了龚文的下巴上。

“啊！”龚文弯腰，捂着下巴一声惨叫。

“啊，你没事吧！”钟源源又吓了一跳，赶紧把龚文拉到路灯下查看他的下巴。

钟源源踮脚捏着龚文的下巴凑近看，倒是很像电视剧里一个恶霸调戏良家妇女那样。

路人经过，好奇地看了二人一眼。

龚文咳了一声，拂开钟源源的“罪恶之手”。

“没事，快点回宿舍吧。”龚文催促道。夜色里，谁也看不到他红透的耳垂。

进了学校，钟源源就有意识地避开了龚文。没有理由，钟源源隐隐约约觉得，要是被人看到他俩一起走，好像不太好。

龚文见钟源源越走越慢，心里也有些了然钟源源的想法，于是自顾自地往前走。

站在宿舍楼梯口，龚文用余光看着大门，直到钟源源慢吞吞地走进楼里，他才继续往上走。

“呼。”钟源源瘫倒在沙发椅上，噘嘴，脑袋放空。

呆坐了一会儿，钟源源觉得自己突如其来的怅然的行为神经兮兮的，于是赶紧去洗了把脸清醒一下。脸都洗了，再顺便洗个澡，然后她穿着睡衣坐回了前台。

“叮咚”，淘宝上的消息提示音响个不停，钟源源打开一个，那人发了个店里运动手环的链接，问她女孩子戴会不会太大。

钟源源圈起了自己的手，比画了一下，觉得不大。

回消息的途中，手指翻飞，钟源源不自觉地把目光落在了手腕上。

好像，自己握着自己的手，和被别人握着，不一样。

自己握着的时候，心跳是如此正常。

对钟源源来说，这真是一个心情跌宕起伏的晚上。默念了三遍“颜值影响心智，这是正常的”后，钟源源才平静下来。

落下门锁，钟源源无力地躺倒在床上，看着黑暗中的天花板，不知不觉想起了回来的路上，龚文低头望着她的眼睛。

她第一次发现男生的眼睛好美，像一瓣桃花，那眼睛里好像盛满了江河湖海。

唉，颜值还是扰乱了心智。没想到，龚文连死亡视角都那么好看。

颜值低谷的人群真心的佩服。

这是钟源源睡过去前的最后一个想法。

约莫凌晨，钟源源在睡梦中听到有人在急促地敲着她的房门。

又是哪个小崽子？钟源源郁闷地掀开被子，慢吞吞地摸出手机看了看时间。

都已经凌晨两三点了，这个点有什么事啊？钟源源皱起眉头。

“来了。”打了个哈欠，钟源源回应道，然后摸黑找自己的睡裤。

结果外面那人拍门拍得更响了。

“阿姨，阿姨！开门啊！”听声音有点像马运。

“什么事啊？”一打开门，果然是马运站在门外。钟源源见他满脸着急，心中打起小鼓。

“是龚文！他说他肚子疼！然后脸色煞白，一声不吭！”马运拉着钟源源往楼上走。

钟源源一听是学生突发疾病，撒腿就往楼上跑。

520 宿舍灯火通明，龚文是在十二点左右被疼醒的，一开始只是觉得肚子隐隐作痛，以为是平时消化不良那般肚子疼，没觉得要上厕所的意思，就没在意，但是越到后来肚子越疼，甚至有一些抽筋。

龚文痛得忍不住呻吟。

桑秦到了起夜的时间，迷迷糊糊听到龚文在哼哼，一开始以为龚文是在做梦，就没在意，上完厕所回来，看到龚文疼得蜷缩起来。

“你怎么了？”他凑上去关心。

没想到龚文对桑秦说道：“桑秦，我肚子疼。”

室友们都没有睡熟，听到龚文说肚子疼，全都一骨碌爬起来，围到龚文床前。

“喝点热水吧？”楚庄提议。

这个决议居然得到了其他人同意，于是大家又手忙脚乱地开始烧水。可是烧完水，龚文却没有力气爬起来喝，这下几人才觉得大事不妙，于是指挥马运赶紧跑下去找宿管。

钟源源赶到的时候，龚文正满身是汗地躺在床上，脸色煞白，捂着肚子。

看他的症状，钟源源第一反应是阑尾炎，但是看龚文捂的地方又觉得不对。她是第一次碰到这样的突发事件，有些束手无策。

“还是叫救护车吧。”这种事不怕一万就怕万一，钟源源当机立断，因为上来得急没带手机，于是指挥桑秦打 120，又让马运和楚庄把龚文扶起来给他穿好衣裤扶到楼下。

钟源源则径自先下楼开门换衣服，拿上手机和背包，又联系了保安室帮忙指引救护车。

这时候室友们也扶着龚文下楼了，钟源源拖出自己的躺椅让龚文先坐在上面。龚文蜷缩在躺椅上，疼得闭着眼咬着牙。

“龚文，龚文……”钟源源轻轻地唤他，拍拍他的脸。

龚文有所感觉，牢牢地抓住了钟源源的手。

救护车来了后，医生护士帮忙把龚文抬到车上，龚文神志模糊，一直抓着钟源源的手不放，于是钟源源也跟着上了救护车。

她本来也是打算去医院的。趁着在路上的工夫，钟源源留了消息给刘蓉，让她明早上班帮忙照看一下寝室的情况。

几个室友慌慌张张的，见钟源源上了车，本来也想跟着去，但是救护车坐不下了。钟源源想到宿舍明早还有些事，就阻止了他们，吩咐他们回去锁好宿舍门，第二天记得开门，然后急急忙忙跟着车去了医院。

到了医院，龚文被抬下担架进行一系列检查。做检查时钟源源帮不上忙，于是静下心先去挂号缴费，然后匆匆赶到急诊室查看龚文的情况。

龚文又是抽血又是拍片，折腾了两个小时，检查出龚文体内有个结石。因为结石很小，不能马上做手术取出，只能先挂盐水缓解一下疼痛和炎症。

钟源源陪着龚文挂盐水，医院里冷气开得很足，针扎进龚文的手背后没多久，龚文就觉得身子发冷。

好在钟源源出门前在睡衣外穿了外套，见状脱下来给龚文盖上。凌晨的医院很安静，走廊里除了一个值班的护士以外没有其他人，静悄悄的，只有盐水滴落的水滴声和龚文平稳的呼吸声。

其实这时候应该给龚文的家里打电话的，可是龚文登记的电话号码是他自己的，而且龚文的身体也已经有所好转了，医生说问题不大，于是钟源源也就没有在凌晨打扰辅导员。龚文的家人要等到早上问过辅导员电话号码后才能联系。

钟源源坐在龚文身边，见龚文仰着头迷迷糊糊地睡着了，便帮他调整了一下姿势，让他靠着自己的肩膀。

看着医院雪白的墙壁，钟源源也觉得有些困了。

折腾了一宿，先好好地睡一下吧。

第四章
大约是暧昧 /

1 大约是暧昧

钟源源这一觉睡得很浅，龚文稍有动静钟源源就醒过来了。

醒来的时候，她面对着白花花的墙壁还有些蒙。过了两秒后记忆回巢，钟源源发现自己居然靠在了龚文的肩膀上，而原本披在龚文身上的外套，也落在了自己身上。

很不幸的是，她还在龚文的肩膀上留下了一摊口水。

钟源源看着那摊口水沉默了。

“我吵醒你了吗？”龚文问。

疼了很久，此刻的龚文没有什么力气，声音也带着一些清冷和虚弱。

楚楚动人，身娇体弱。钟源源的脑海里突然冒出了这句话。

她甩甩头，把这些甩出脑袋。

早起还有些困顿，她用力地眨巴眨巴眼睛，发现龚文的盐水已经挂完了，刚刚的响动就是护士姐姐收东西发出的动静。

“没吵醒我。唔，你身体好些了吗？”钟源源摸了摸龚文的额头，但随即反应过来龚文没有发烧。

电视剧都是这么演的……失误失误。

“好多了。”龚文想起昨晚的痛楚，心有余悸。

“那就好。”钟源源拿出手机，看了看时间，如今六点半不到。

“对了，这是你的病历，医生说你身体里可能有一颗结石，后续还有一些补充的检查要做，待会儿还要留在医院。”钟源源把病历交给龚文。

“好。”龚文看都没看就塞进了口袋，只静静地看着钟源源。

钟源源觉得龚文的眼神有些不同寻常的温柔。

呆坐一会儿，钟源源竟不知道自己要干啥，想来想去，肚子却先叫了。钟源源摸了摸肚子，觉得民以食为天，这个点刚好可以吃到热腾腾的早餐。

“你饿了吗？我们先吃点早餐吧。等辅导员上班了再联系你的家长，让他们过来再带你仔细检查一下。”钟源源觉得自己可能干了，把事情安排得井井有条。

龚文却说：“我直接打电话给家人就可以了，不用麻烦辅导员。”

钟源源这才觉得自己有些傻，明明可以让龚文直接联系家长，非要拐个弯找辅导员。

为了掩饰自己的愚蠢，钟源源赶紧扶着龚文起身。龚文当前已经没有大碍，两人一同去洗手池洗了把脸漱了漱口，然后去医院门口吃早餐。

“一碗拌面，一个馒头，一碗粥，一碗豆浆。”龚文要了拌面和豆浆，钟源源要了馒头和粥。

然而钟源源点完餐，忽然想到什么，又赶紧对老板说：“不行不行，豆浆换成牛奶。”

听了这话，龚文不解地看向钟源源。她赶紧解释说：“你有结石不能吃豆制品。”

龚文了然，两人一起落座，等早餐送上后，龚文才发现自己没什么胃口，吃了几口面就吃不下了。

正精神抖擞大口大口吃早餐的钟源源见龚文吃面时一根一根地数着，以为面太油腻不合龚文的胃口，就分了半碗粥给龚文。龚文勉强又喝了点，再不肯吃更多了。

吃完早饭，钟源源本打算和龚文坐在医院大厅等龚文的家长来，但是龚文拿着钟源源的手机想了想，还是没有拨出号去。

钟源源疑惑地看着他。

龚文叹了口气，和钟源源说道：“算了，我自己去看病吧，他们应该没空来陪我，来的也是助理。”

助理？敢情你还是个大户人家的孩子啊。

“你先回学校吧，我看完病再回去。”龚文推了推钟源源，“你陪了我一晚上，回去休息一下吧。”

他的神情怎么看怎么可怜，怎么看怎么落寞。钟源源自然不会放任一个病人单独在医院，于是表示会陪着他。

做完后面的检查，结果显示龚文体内确实有一颗结石，具体位置龚文不愿意说，钟源源也就没追问。医生说这颗结石很小，没有严重到要开刀的地步，依靠自身机能，时间长了可能也会自行排出。

于是开了点药龚文就和钟源源回学校了。

两人都很累了，龚文已经请了假不必去上课，但是钟源源却还要上班。

她也想舒舒服服地倒在床上睡个天昏地暗，或者躺在沙发椅上小憩一会儿，可是来来往往的学生实在是太多了，一会儿要修东西，一会儿要叫水，让钟源源苦不堪言。

下午学生们大多出去上课了，钟源源不必时时刻刻盯着门口防止陌生人进宿舍，于是把门一关，让学生刷卡出入，实在是熬不住，趴在桌上休息了一会儿。

可能是因为太累了，她一觉睡醒的时候，居然已经过了晚饭时间。

钟源源钻进被子里蹭了蹭。

不对啊，自己怎么在房间里？钟源源瞬间醒神了，外面天色昏暗，她瞧了瞧是在自己房里没错。

钟源源急急忙忙地跑出去，就见龚文坐在前台，对着门口发呆。

“你怎么坐在这里？”钟源源顶着鸡窝头，懵懵懂懂的，还没有反应过来。

“你醒了？”龚文见钟源源从房里出来，站起来把位子让给她，又拉开抽屉指着钱说，“这是下午的水费。”

龚文又摊开登记册，和钟源源交代了下午宿舍楼的情况。

钟源源吸了吸鼻子，拉住龚文的手腕问道：“你自己身体还没好，怎么反而在帮我做事？”

其实回到宿舍后龚文睡了一会儿，经历过凌晨的疼痛以后，身体并没有别的什么问题。

他下楼是因为肚子饿叫了外卖，却见钟源源趴在桌上。当时他敲了敲台子，想提醒钟源源披一件外套再睡，但钟源源依旧睡得纹丝不动。

钟源源的脸埋在手臂里，自然卷的及腰头发瀑布一般盖住了她半个身子，使她整个人像一只蜷缩起来的大熊猫一样，圆滚滚的。

龚文盯着钟源源的后脑勺，冒出一个想法。迟疑了一阵以后，他做贼似的左看右看，下午宿舍楼里并没有什么人出入。事不宜迟，龚文抱起钟源源，放到了房间的床上，好让她好好休息一会儿。钟源源睡得和猪崽子一样，根本没有醒来的迹象。

放好钟源源，龚文则坐在了前台，吃完了外卖后就一直没有走开。

坐在这儿，他才知道宿管的生活真的很无聊，像一棵树、一棵草扎根在这里，不能挪动。

在狭小的世界里，思维就变得无限广阔，龚文支起下巴发起了呆。

龚文出生在一个富裕的家庭，父母接管了家族企业，忙着工作，经常出差，有着接不完的电话和做不完的工作，很少陪伴他。

记得小时候，别的孩子参加学校活动爸爸妈妈都会陪伴在身边，只有他，永远和助理叔叔参加学校的活动。

有一年冬天，南海很难得地下了一场雪，银装素裹的世界对龚文来说陌生而新奇。他贪玩雪，得了重感冒，躺在床上烧得厉害，迷迷糊糊的，感觉到妈妈在身边照顾他。他好开心，抓住妈妈的手腕不放，虽然头很晕，呼吸也不顺畅，但他还是好开心。

因为妈妈在身边。

可是退烧了以后，妈妈站在床边用责怪且不耐烦的语气对他说：“你不要生病了，你一生病就耽误我的工作。”

如此冷漠。

高三的时候，是他一生中父母陪伴在身边最长的时刻，他吃到了妈妈煮的菜，等到了爸爸的关怀，家里为了他的学习，连电话线都拔了。

可是他考砸了，一败涂地，一塌糊涂。

考砸的原因是他妈妈在送他去考场的路上接了个生意上的电话，结果出了车祸，龚文的脚卡在了座位里，等被解救出来，已经错过了第一场考试。

即使出色地考完了后面的科目，但毕竟少了一门课的成绩，龚文报不上什么好学校。龚文曾经提出过复读的想法，然而他的父母说：“没必要，大学毕业后你总归是要来公司学习管理的，读什么学校无所谓。”

他妈妈不耐烦地皱眉：“为了照顾你参加高考，我们放弃了很多生意，损失了很多利益，而且这一年事事都要顾及你，这样太麻烦了。”

就这样，龚文来到了南海大学浦江学院，每天打游戏混吃等死，浑浑噩噩一直到了今天。

这一次生病，他在迷糊的痛楚中，捕捉到了不属于男生的香软气息，好像女生都是这样，有着温暖的香气，母亲更是。

他就这样，贪婪而无助地拉住了散发那一抹香气的人，似梦非梦，分不清那是妈妈还是别人。

痛楚减轻以后，龚文就恢复了意识，他睁开眼睛，医院走廊弥漫的消毒水味道涌入鼻腔，盐水缓缓注入他的体内，手背上冰凉凉的。龚文过了好久才反应过来之前发生了什么，室友的叫唤、救护车的鸣笛清晰地浮现在了脑海。

他坐直后，动了动，感受到有毛茸茸的东西落到了他的肩膀上。

他侧过头去，看到钟源源的脑袋落在他的鼻子下方，距离很近，都能感受到她身体的温度。

龚文不敢再有动作，怕惊扰了肩膀上的蝴蝶。

而后又发现自己身上披了一件粉色的外套，龚文的神情立刻柔和了起来，用没有扎针的手摸了摸那件外套，软软的，和钟源源一样。

护士路过，龚文叫住了她，让她帮忙把衣服披到钟源源的身上。吃了一嘴狗粮的护士不停地瞄他俩，神色暧昧。

龚文故作镇定，绯红却一直从脖子弥漫到耳尖。

他发觉，自己好像有点喜欢怀着赤子之心的她，喜欢刀子嘴豆腐心的她，喜欢表面强势内心却柔软的她。

龚文正在胡思乱想，钟源源就冲出房门出现了。龚文见自己心里想的那人突然出现在自己眼前，难免心虚。

见到龚文的种种举动，钟源源真是太满意龚文这个男孩子了，这么贴心，这么知恩图报，让她深受感动。

交接好下午的工作，钟源源神采奕奕精神百倍地坐到了前台。见龚文还站在一旁，钟源源奇怪地问：“你还有事吗？”

“啊……”龚文一时语塞，脑袋飞速运转才找到了一个很老套很实用的借口，“哦，我在等外卖。”

话音刚落，钟源源的肚子就咕咕直叫。

“啊哈。”钟源源尴尬地摸了摸肚子，她确实饿了，又到了晚饭时间。

钟源源无比想吃泡面，配一个猪蹄。

“再帮我看一会儿，我去煮面！”钟源源兴冲冲地跑进了房间。

龚文来不及拉住她，本来想问她要不要一起吃，他叫了两份牛肉饭。

过了四五分钟，钟源源就端着泡面锅出来了。

泡面香气扑鼻，上面那个油光锃亮的大猪蹄，看起来很是可口。

“那个！我也想吃泡面。”龚文突兀地说。

钟源源听后，眨巴眨巴眼睛，没理解龚文话里的意思。

什么意思？他是让自己请他吃泡面，还是说只是有感而发？那要不要请他吃呢？可是自己只有一个泡面锅哎……

一秒之内，钟源源的心思已经千回百转。

龚文说完就觉得自己挺傻的，好端端的说这个干吗，于是尴尬地说：“我就是上次吃了你煮的面觉得味道不错。”

“哦哦，那你要不要吃一点？”钟源源以为龚文是馋了。

事已至此，龚文也不得不借坡下驴，见钟源源大方地把自己的面往他这里推了推，就接过了。

龚文拿起叉子想也没想就吃了一大口，没想到面很长，龚文和钟源源吃一锅，又不能咬断，于是只能一直吸啊吸啊。

钟源源眼巴巴地看着龚文毫不客气地吃面，自己就煮了一包面，还不够龚文吃一口的，心里那个着急啊。

她握紧拳头咽了咽口水，眼珠子都要掉在那一碗面里了。

龚文急得满头大汗，偏偏情形又不受控制，眼看着场面就要失控，他就要在钟源源面前留下贪吃的印象时，手机适时地响了起来。

外卖小哥正站在宿舍门口打电话。

龚文激动地叼着面向门外挥了挥手。

“我去，我去。”钟源源见龚文不方便拿外卖，抹了抹嘴角艳羡的口水，帮他将外卖拿进来。

嗬！老卤味的牛腩饭！超好吃啊！牛肉超大块啊！价格也很贵啊！

龚文在钟源源进门前，总算解决了嘴里的面，如今锅里的面还剩一半多一点。

看到碗里的狼藉，龚文赶紧对钟源源说："这个饭我点多了，你也吃一份吧，面就归我了。"

钟源源一听，眼睛瞬间炯炯有神，泡面哪里比得过牛腩饭!

"这样可以吗？"钟源源假客气一番，手指早就飞快地打开了外卖盒。

真香!

龚文一看钟源源的神情就知道她很满意，于是笑眯眯地继续吃面。

这面，也由咸变成了甜。

2 闹剧插曲

马运等人从外面回到宿舍的时候，龚文正握着手机坐在桌前发呆。

"吃了吗？"

"吃辽吗（吃了吗）？"

"吃了马（吃了吗）？"

室友纷纷油腔滑调地进行不正经的"慰问"。

"吃了。"龚文回过神来回答。

"发什么呆啊！晚上为啥不和我们去网吧？今天赢得超爽！"桑秦还沉浸在游戏当中。

"神经！老龚身体刚刚恢复，你想让他透支吗？"马运拍了一下桑秦的头。

于是两人你来我往地又打闹起来。

"你俩三岁啊？"楚庄看得哈哈大笑。

桑秦和马运于是安静下来。

"对了，龚文，明天中午别忘了选课，体育课要开始分班了。"桑秦怕龚文忘了，提醒道。

“哦，我还真忘了。”龚文打开班级群，看看选课的事情。

“你们选什么？篮球？”桑秦问道。

“我选乒乓球吧，夏天打篮球好热啊。”马运最怕热。

楚庄想了想说道：“我好像无所谓，应该会选篮球吧。”

听说两人要选一样的课，桑秦马上冲过去给楚庄一个拥抱。

“你呢，你选什么？”桑秦走到龚文面前，拍了拍他的肩膀。

“篮球吧。”龚文也没有什么特别想选的。

桑秦得知有两个好友和自己选一样的课，开心得蹦了起来。

“千万保佑我要选上啊！”楚庄双手合十，“要是选不上，可能会被分配到体育舞蹈去。”

“什么舞蹈？”马运好奇地问。

“就……拉丁、健美操什么的吧。”楚庄想想自己在体育课跳舞就觉得整个人都不好了。

“哇，那也太惨了吧，千万要选上。”马运咽了咽口水，觉得有些紧张。

“是，明天下课了就去图书馆占位置选课，你们谁也别和我抢啊！”桑秦双手比成机关枪造型，对着室友一顿扫射。

龚文忽然就想到了钟源源，不知道她选的什么。

钟源源的微信龚文是今天才要到的，在室友进门前，他一直握着手机，想要和她聊聊天，又不知道该怎么开口。

这下他找到话题了。

龚文点开对话框，钟源源的微信已经被标为星标朋友。

龚文：【在忙吗？】

没想到钟源源很快就回了过来，看样子，她在楼下玩手机啊。

钟源源：【不忙，怎么啦？】

龚文：【你体育课选修什么呀？】

钟源源：【我都大三了，没体育课了。】

龚文：【哦，这样……】

钟源源：【啊，你们是要开始选课了吧？】

龚文：【嗯，不知道选什么好，我想来想去应该是选篮球。】

钟源源：【千万别选，篮球老师超级凶，而且一般来说报篮球的男生特别多，你要是选不上，就会把你分到体育舞蹈去了。我们班就有男生被分去了体育舞蹈。】

龚文：【那我选什么？】

钟源源：【你要拿奖学金吗？】

龚文眨了眨眼，他没想过拿奖学金。但是这么说，好像显得自己很没用，没有上进心，于是龚文回道：【想。】

钟源源：【我告诉你，你别告诉别人，想拿奖学金，要绩点高你就选武术。】

钟源源：【选武术的人少，所以很容易抢，我大一大二就是学的武术。老师人超好，期末考试个个都是高分。要是你要拿奖学金，和老师打个招呼，他不会为难你的。而且上武术课的教室是在体育馆楼下的舞蹈室，上课的内容就是打打太极拳什么的，老师怕热，夏天都会开空调。】

钟源源：【不过还是得你喜欢吧，有些人就不怎么喜欢武术。】

龚文：【我都行，就报武术吧，我信你。】

钟源源：【嘻嘻，听学姐的总没错。看在我俩的友谊份儿上，你明天抢课，来一楼我给你联网。你们一般要去图书馆的吧，明天图书馆超级挤，你还是来一楼吧，可以带室友。】

龚文：【好，谢谢。】

他好像很不喜欢“友谊”这个词，怎么办?

聊完选课的事，龚文自然而然地把话题转向了别的地方，两人又聊了会儿，钟源源要洗漱睡觉了，龚文才恋恋不舍地打出“晚安”二字，放下了手机。

钟源源躺在床上，心里暗暗奇怪，龚文原来竟是这样能聊的人吗?

室友们已经躺在床上了，龚文想到钟源源刚刚说的“可以带室友”，坏心眼地想自己才不带。

他又想到室友在他生病时对他的帮助，好吧，还是带他们去吧。

结果到了第二天中午，马运等人约了其他的同学，还是选择了去图书馆占座抢课。龚文只身来到了一楼，钟源源正在吃饭，龚文连上钟源源的网络，选好页面等待抢课。

“其实学校的系统时间和北京时间差了五秒，你提前五秒抢课一定能抢到。”钟源源边吃饭边指导。

眼见着时间差不多了，钟源源也有了当年抢课的紧张感，于是掏出手机登上了龚文的抢课页面，帮他一起抢课。

“抢！”钟源源掐着秒表喊龚文快抢课，两人提前几秒，果然很顺利地抢到了武术课。

几秒后，校网就瘫痪了。龚文想要确认一下自己选的课，结果就已经进不去了。

“放心放心，肯定能抢到的！”钟源源拍拍龚文的肩膀，安慰他。

班群里的消息噼里啪啦的，有的在问初始密码是什么，有的则是因为没有抢到自己想要的课，狂发哭泣的表情。

“以后有事，尽管来问我！”钟源源豪情万丈地保证。

“谢谢。”龚文买了一瓶汽水，送给钟源源。

钟源源盘腿坐在沙发椅上，边吹着空调边喝着汽水，小日子太舒服了。

晚上的时候，陈曼约钟源源出去吃饭看电影，两个好朋友如今除了上课很少再见面了。钟源源神出鬼没的，陈曼根本不知道钟源源在忙什么。

可是钟源源不能说自己正在男生宿舍做管理员，于是就以要学习为借口回绝了她。

陈曼之前约了钟源源好几次都被回绝了，虽然心里有些遗憾，但也不能强行拉着钟源源去玩。她以为钟源源已经开始着手准备司法考试了，几次下来也就打消了找钟源源玩的念头。

钟源源放下手机，默默地叹了一口气，她也想和朋友们去玩啊，但是自己做了宿管的工作，很多事情都不能随心所欲了。

宿舍楼休闲厅的一边是落地窗，窗外是学校的景观湖。临近傍晚，红霞满天，夕阳在湖面上洒下金光，情侣们吃完饭或是漫步在湖边的人行道上，或是坐在长椅上依偎在一起。

连白鹭都是金色的。

“在看什么？”龚文突兀的声音吓了钟源源一跳，转身一看，龚文穿戴整齐站在她身旁。

“在看夕阳。”钟源源指着外面的一片美景对龚文说道。

龚文的宿舍阳台就是对着湖的，这样的场景他每天都能看到，然而他觉得今日的夕阳美景格外不同。

“那里是要干吗？”龚文指着不远处亲水平台上忙碌的学生们问道。

钟源源抻长脖子看了眼，解释道：“是民谣社的表演吧，他们每学期都会举办演出，下周二次招新，估计是为了吸引你们新生吧。”

“哦。”龚文对这些没什么兴趣。

“你看，那个是街舞社的，上次社团扫楼你也知道的吧？估计今晚他们也要表演。”钟源源指的那人正是白芷，在一群女生里，她容貌最出众。

“嘿嘿，看来我今天可以站在这里边吹空调边看演出。”钟源源觉得自己占了绝佳的地理位置。

往年她也会和陈曼挤在人群里看社团的演出，社团演出的地点都不固定，有时候是在学校的咖啡厅，有时候是在操场上，有时候是在体育馆。

今年好了，不用在摩肩接踵的人群里挤来挤去，坐在休闲厅就可以看演出了。

“你晚上也去看看吧，我们学校民谣社的表演很不错的。”钟源源给龚文“安利”。

“嗯，我晚上下来，你帮我留个位置。”龚文窃喜。

这算不算达成了看演唱会的成就，虽然是低配版的演唱会。

夜幕很快降临，湖边亮起了星星点点的灯火，是社团成员布置的电子蜡烛。蜡烛漂浮在亲水平台的湖面上，闪烁着柔美的光芒，连空气都变得动人。

吃完饭散步的学生们三三两两地开始聚拢，找好最佳观赏位置，民谣社的成员们也在调试各自的乐器，准备接下来的演奏。

这是大家最好的青春。

当夕阳的最后一丝光芒隐没在厚厚的云层后时，表演就开始了。吉他就是这样一种神奇的乐器，简单而不单调。少男少女的心事、在远方的愁绪都从琴弦中散发出来。

龚文看着眼前泛着星光的湖面，又低头看一看全心投入其中的钟源源，心里突然也柔软了起来。

钟源源就好像一只蜻蜓，轻轻地荡过了名为龚文的水面，留下了一小圈涟漪；也像湖里的荷花，花瓣掉落了，却在龚文心里留下了莲蓬，底下的莲藕茂密地生长着，莲子播在土里，为下一季的荷花盛开埋下了种子。

民谣社的表演结束以后，街舞社的成员们开始了狂欢，气氛一下子被推到了高潮。离湖边最远的那几幢宿舍楼也能听到欢快的鼓乐。

“白芷真的好美啊！”钟源源看着舞台上灵动的身影，感叹道。

龚文回过神来，其实他不知道白芷是哪一个。

龚文看了一眼台上，许久也分不清哪个是白芷，于是他胡乱地附和了几声。

看表演的时候，几个街舞社的成员在人群里寻找着，但是都没有见到他们想找的身影。直到走过来一些后，才发现落地窗后的龚文。

然后其中一人就一直站在龚文前面。虽然没有遮挡龚文的目光，但是这行为也挺奇怪的。

街舞社的表演结束以后，人群逐渐散去，但是台上的人却没有停止他们的步伐。

几个街舞社的成员把水中的蜡烛捞起来，向男生宿舍这边走来。在靠近休闲厅的那一面的宿舍楼下，他们将蜡烛摆成了一个心形。看客们都没看明白，以为接下来还有表演，于是也纷纷聚拢，围着那个心形蜡烛。

钟源源好奇地跟随着他们，从宿舍楼的这一边走到了另一边，因为心形蜡烛刚好正对着门口，所以一览无余。

白芷从人群当中走出来，站在了心形蜡烛的前面，怀抱着一束洁白的栀子花。

“好像是要告白啊！”人群中有人发出欢呼。

这简直是在大学里才能发生的，刺激到不能再刺激的事情了。虽然之前也有很多人摆着蜡烛在宿舍楼下表白，但是女生向男生告白却是第一次，更何况告白的女生是全校都公认的女神。

钟源源也发现了这个事情，于是兴奋地拍拍龚文：“白芷要表白哎。”

龚文却皱起了眉头。

“她就是白芷？”龚文问道。他想起来这是之前给他送点心的女孩子。

“嗯嗯。”钟源源一脸八卦。白芷不是喜欢龚文吗？怎么现在她要和别人告白了？

见人群向这边靠拢，龚文说：“我们要不走开吧，好像挡住了他们。”钟源源也发现他俩站在了心形蜡烛的正前方，于是侧步一让。

此时，街舞社的成员敲了敲玻璃，示意钟源源看他们。

“阿姨，开门！阿姨开开门。”街舞社的成员们疯狂地敲着玻璃。

宿舍楼靠湖的那一面也是有门的，是一扇玻璃移动门，只不过平时为了防止外人出入宿管发现不了，所以一直都没有开过，只在重大的节假日时才会打开，方便家长停车接送孩子拿行李。

看这阵仗，钟源源再傻也明白了，合着他俩不是站错了位置，人家白芷就是要跟龚文表白呢。

大家都在门外兴奋地敲玻璃示意钟源源开门，钟源源没有办法，只得违规临时把门打开。

见外面的学生都在看他，龚文的眉头越皱越深。

另一边，钟源源开了门就缩在一旁的角落里，好像隐形了一般。

“龚文。”白芷穿着白色的演出服，化着精美的妆，眼角下还贴了几颗亮片做的星星，让她变得比平时更加楚楚动人。她整个人就像一颗星星，散发着星光，灿烂无比。

多美好的女孩子啊！

钟源源心里想：龚文真是好福气，有这么美的女孩子喜欢他，不管从哪个角度来看两人都绝顶般配。我应该祝福才对，可是为什么心里有一些酸酸涩涩的呢？

当着众人的面，白芷站在龚文面前磕磕巴巴地说完了告白语，满心期待地站在原地，等待着男主角的回应。

周围的人都在大声起哄：“答应她！答应她！答应她！”声浪一声高过一声。

不少在场的男生都嫉妒地看着龚文，打量一番以后却又无可奈何。

龚文也是学校里的男神之一。他很低调，不怎么在校园里的公共场合出现，因此更添了神秘的气息，此时大家都忍不住看一看，到底是何方神圣能让校花折服。

“我们好像不熟吧。”龚文完全不知道白芷为什么那么突兀地要向自己表白。

龚文手足无措地转头看了看钟源源，她却已经隐藏在了看热闹的人群中。

此话一出，大家都沉默了，刚刚的兴奋全无，不知道该说什么好。

白芷也没有反应过来，不知所措地站在那里，有些尴尬。

“我们每天都在聊天，你怎么说得出这样的话？”白芷觉得不可思议，颤抖着声音问龚文，“你是在装不认识我吗，还是说你每天对我的细心慰问都是假的，我只是你打发时间的工具而已？”

听了这话，龚文更加觉得莫名其妙，这女孩子看着挺正常，说出来的话怎么没头没尾的？

“你到底在说什么？我从来不和女生聊天。”龚文面色不虞，觉得白芷这话真是令人费解。

除了我们宿管。

白芷浑身颤抖着，脸色煞白，从随身的包里掏出手机。

“你难道要否认吗？你每天都找我聊天，说如果我是你女朋友就好了，难道不是想和我交往吗？”

龚文低下头看了一眼白芷的手机，冷淡地说：“你找错人了吧，虽然我和他的头像一样，但这不是我的微信。”

围观群众开始窃窃私语起来，起初他们以为龚文在玩弄别人的感情，但是现在看来好像又不是这么一回事。

好在白芷还算聪明，用手机打了一个电话。龚文握在手里的手机没有响，反而是人群中另一个男生的手机响了起来。

大家的视线都集中到了那个男生那里，钟源源端着一张八卦脸，看向那个男生，发现他就是上次来龚文宿舍吃火锅的那人。

男生其貌不扬，戴着眼镜，握着手机发呆。

白芷冲过去，一把夺过那个男生的手机，摊开一看，正是自己的号码。

这下真相大白了，那个男生和龚文是一个专业的，对龚文的头像和朋友圈内容都很熟悉。他估计是借用龚文的身份一直在和白芷聊天，导致白芷以为和自己聊天的对象是龚文，在“龚文”的嘘寒问暖之中陷入了爱河，从而今天表白。

围观群众再也按捺不住自己的八卦之心，开始窃窃私语，指指点点。场面有些混乱，最崩溃的应该是白芷了，她似乎变成了一个笑话。

随着时间流逝，围观的人群越来越多，大家都是听说这边有人告白，而且告白的人是校花白芷，对象是龚文，因此从校园各个角落聚集了过来，没想到却看到了这样一个笑话。

见场面有些失控，钟源源赶紧让龚文先回宿舍，她来善后。

龚文不想让钟源源独自面对混乱的场面，但是作为当事人之一，他确实该避一避，留在这里只是徒添白芷的尴尬罢了。

他因为今天的告白成了全场的焦点，虽然最后发现这不关他的事，他只是收到了从天而降的“一口锅”。

作为宿管还是需要维持秩序，钟源源走进人群中，阻止了那些依然在拍照录像的嘻嘻哈哈的围观者，将他们驱散。至于那个男生和白芷，钟源源赶紧把他们推进了宿舍里，然后连忙关上了门。

“都散了，都散了，没什么好看的。”钟源源大声呵斥着那些依然在拍照的围观人群。

街舞社的成员们这时才反应过来，帮着钟源源把外面的蜡烛收拾了。

见没有热闹可看，围观人群这才叹息着逐渐散去。

钟源源回到宿舍楼，看到白芷正坐在休闲厅里的椅子上哭，那个男生握着手，局促地站在一旁。

“你滚啊，你还站在这里干什么？你滚啊。”白芷边哭边挥舞双手让那个男生滚。

等围观人群全部散去，白芷才捂着脸跑走了。那个男生依然傻傻地站在原地，涨红了脸。

男生宿舍楼有三三两两的人正趴在栏杆上看着大厅，兴奋地向进不来的朋友们汇报着八卦。钟源源让那个男生赶紧先回宿舍，男生望着白芷消失的方向纠结了一会儿，最终还是垂头丧气地回去了。

这一场闹剧，从浪漫的喜剧转为一个可以流传很久的八卦，龚文的名字也在人们的口中纷纷流传。接下来几天钟源源班上也有人在讨论那一场八卦。

【你没事吧？】钟源源掏出手机，用书挡着，点开了龚文的消息框。

龚文：【无妄之灾。】

钟源源失笑。

【陪我吃饭吧。】龚文突然说道。

他这几天一直闷在宿舍里，连网吧都没去，室友都用八卦的眼神看着他，出门更是不得了，龚文甚至都逃课了。

龚文：【我们出去找个地方，只有我们两个人，聊聊天，放松一下吧，我真是要憋死了。】

对“两个人”这个词钟源源尤为敏感，她还清楚地记得那一天事情发生的时候，她心里酸酸涩涩的感觉。

她好像有点喜欢这个小学弟，但也仅仅是有一点好感而已，或者说是占有欲。

因为和他很熟悉，所以就不允许别人和她一样?

钟源源并不觉得自己会喜欢上一个比自己小两岁的学弟，也不觉得龚文能看上她。

她觉得自己应该喜欢更成熟的人吧，可是心却好像有自己的想法。钟源源一愣，消息就已经发出去了。

钟源源：【好吧，那我陪你去吃饭。】

捂脸。

或许她摒除杂念以后，他们还可以是好朋友。

3 邪门的约会

这次换作龚文请客。

两个人等到月亮都出来了才敢出门。虽然龚文也不知道为什么自己这么心虚，但是现实就是，他不管走到哪里，都有人悄悄地看他，就因为白芷那声势浩大的告白。

“随便吃点吧。”钟源源提议道，她也有点饿了，想找一家上菜快一点的店。

于是两个人走进了路边的必胜客，点了一个烤鸭比萨、一份意大利面、一份小吃拼盘，还有两杯饮品。这家店的菜单对他们来说再熟悉不过了，两个人很快就点好了菜。

在龚文面前也不用扭扭捏捏的，比萨一上来，钟源源戴上一次性手套直接用手抓起两块比萨，狼吞虎咽地吃起来。

龚文在家的时候也会这样吃，但是跟朋友在一起的时候还是会选择使用刀叉，今天看钟源源这样不拘小节，他笑了笑，也用手去拿比萨。

这大概是两人吃过的最愉悦的一顿饭，不用刻意掩饰自己的食量，不用故作文雅，两个人都很开心。

他们还分食了同一碗面。哦，当然是用各自的叉子。

酒足饭饱以后，钟源源像一只翻着肚子的小青蛙倚靠在座位上。见对面的龚文优雅地擦擦嘴，钟源源也扯过一张纸巾，随意地抹了抹嘴，开玩笑地说：“哎，我记得上次我和你出来吃了一顿饭以后，你回去就肚子疼了，今天不会也和上次一样吧。”

龚文有些一言难尽，难得不雅地瞪了她一眼：“你别乌鸦嘴。”那种痛没经历过的人是想象不出的。

钟源源大笑，她只不过是随口说说而已，哪有那么巧的事，不过她也想到了龚文的身体：“哎，你那结石，最后怎么处理的呀？”

“医生说靠吃药和挂盐水的话，应该会自己消解掉，但也不一定。”龚文觉得自己像个蚌精似的，体内还有颗结石，况且那颗石头还时不时引发疼痛，还是让人挺郁闷的。

吃完饭，两人依旧走回宿舍，在快到宿舍门口时错开，一前一后像没事发生似的走进宿舍。

其实本来就没什么事，只是吃了一餐饭而已，他俩这番姿态倒是有些此地无银三百两。

晚上九点多的时候，钟源源正在宿舍楼下发呆，突然手机微信就跳出了一条消息。

钟源源打开一看，是龚文发来的，他说自己肚子疼。

钟源源眼皮跳了跳，她连忙按住自己不安分的眼皮，发了一个搞怪的表情，还附言道：【哈哈哈哈哈！】

龚文肯定是在骗她。

没想到龚文又发了一句：【是真的疼，好像和上次的情形差不多。】

不是吧？钟源源无语地看着手机，真有这么巧的事吗？

钟源源手指翻飞，快速回复道：【很疼吗？要不要去医院啊？】

龚文：【暂时还没有那么疼。】

虽说暂时没那么疼，但是谁都不知道会不会更严重，于是钟源源只能打起精神各种没话找话地跟他聊天，分散龚文的注意力。

到十点的时候，龚文那边突然没再回复消息了。

钟源源的眼皮又开始猛跳，她不停地往楼梯口看去。

一分钟后，马运从楼梯上匆匆跑下来，说道：“阿姨，龚文又肚子疼了。”

早有准备的钟源源赶紧冲上楼去。

因为还没有到洗漱睡觉的时间，所以大家衣服都穿得好好的，龚文也只是趴在桌子上捂着肚子。

“赶紧去医院吧！”钟源源扶起龚文，然后指挥着其他室友把龚文抬起来，“走吧走吧走吧，赶紧去医院。”

这次因为发现得及时，龚文倒也没有像上次那样因为时间拖延，疼到走不动路，于是室友们半抬半扶地把龚文弄下了楼。钟源源也没有叫救护车，而是去了学校后门，让保安通融一下叫了一辆出租车进来。

钟源源怕待会儿到了医院抬不动龚文，还让马运也跟着一起去。

三人到医院以后，钟源源深刻地觉得自己这个想法是对的，因为龚文在去医院的路上越来越疼，下车后根本就走不动路。马运和钟源源一起搀扶着他去医院，然后就是一系列的检查。

结果也没有检查出新的问题，跟上次一样，照样是结石引发的疼痛，只要一天没有消除结石，就会继续痛下去。

眼看着锁门的时间要到了，钟源源就让马运先回去，免得等会儿进不了学校，顺便让马运把宿舍大门给锁了，和上次一样。

接着就是和上次一样，她陪着龚文挂盐水。

“又一次麻烦你了。”龚文嘴唇泛白，十分虚弱。

“啊？”钟源源转过头去，不自在地说，“哦，没什么啦，也怪我乌鸦嘴。”

想到这事，龚文的眼角抽了抽，这么说来，还真是巧。

“哎，你说我俩是不是相克啊？我一共就和你吃了两次饭，你两次都肚子疼，也没有这么巧的事吧？”钟源源挠挠头，有些哭笑不得，“对了，你属什么？你难道是属虎？”

“嗯，我是6月生的。”

“6月啊，那你是双子座还是狮子座？”

“是双子座。”

“我是水瓶座哎，我查查我们是不是相克？”钟源源兴致勃勃地打开手机开始星座测试。

过了一会儿，她拍拍一旁的龚文：“哎，鼠和虎相克，两个人脾气都很冲，我觉得好有道理哎，你看我俩一开始不是经常看不顺眼吗？但是我一看星座，哎，咱俩又是绝配。”

“你想跟我一对？”龚文突然出声。

“啊？什么？”钟源源傻眼。对哦，他俩又不是情侣，为什么要看配不配？

气氛突然尴尬。

这要是在电视剧里，观众该说一句“该死的暧昧期”了。

钟源源突然就不说话了，她不好意思看龚文，就左顾右盼地，一下子看看盐水，一下子又抬手去抠椅子上的一个掉漆的小缺口。

龚文挂着盐水，转过头去暗笑钟源源脸皮薄。

小腹还有一些痛，龚文刚刚疼得太厉害，这时稍许有些脱力。盐水凉凉的，流进皮肤下面的血管里，让人无端起了一层鸡皮疙瘩。

两人陷入沉默以后，还有些微微的痛楚侵袭着龚文。一旦不说话，注意力就被疼痛吸引了，龚文脸色惨白地坐在不怎么舒适的医院长椅上，觉得甚是煎熬。

“是不是觉得冷？”钟源源触碰到龚文带着凉意的手臂，还看到了他皱着的眉头和抿起的唇。

虽然龚文平时也常常皱着眉，但都不似生病时这样惹人怜惜。

有了上次的经验，钟源源从包里掏出一块毯子给龚文盖上，是她刚刚出门前随手塞进包里的。

龚文其实有一些小别扭，不习惯用别人的东西，却又不好拒绝。毯子盖到身上时，龚文小心翼翼地嗅了嗅，没有什么奇怪的味道，反而有淡淡的香味，好像开学第一天时钟源源塞给他的那床被子，干净极了。

龚文往下坐了坐，缩在毯子里，像小学时校门口卖的小鹌鹑，窝在一个暖和的地方，觉得很有安全感。

盐水挂了一半的时候，龚文其实就不痛了。他侧身看了看钟源源，钟源源正在玩赛车手游，可惜技术太烂跑在了最后。

“转弯的时候可以刹一下车，这样不会撞到。”龚文也是无聊，自己生着病还指导钟源源玩赛车游戏。

按照龚文说的技巧，钟源源试了几下，果然技术大增。

“你打游戏好像很厉害，不如帮我做一下任务。”钟源源来劲了，把手机塞到龚文手里。

“我在挂水。”龚文无奈地抬了抬左手示意。

“没关系吧，动动手指就可以了。”钟源源觉得龚文应该没问题。

既然钟源源对自己那么大期待，龚文只好接过手机，帮钟源源做任务。钟源源也没闲着，很感兴趣地凑过去观战，头发扫落在龚文的手臂和锁骨上，让人痒痒的。

好像是心痒。

他一分神，游戏里的赛车像龚文此时的心神一样不知漂到哪里去了，结果就是任务失败。

“哎呀。”钟源源可惜地叹了一声，面上的表情好像在说“你也不怎么样嘛小老弟”。

“你挡着我了。”龚文给自己找了个借口。

钟源源皱了皱鼻子不置可否。

一个病人家属经过，惊恐地指着龚文的手：“哎哟，出血了啊！”钟源源和龚文转头去看他输液的手，血已经从胶布里溢出来了。

好在盐水也快挂完了，钟源源和龚文被护士骂了一顿，然后灰溜溜地离开了医院。出门时一看，深夜十二点半了。

十二点半的南海还很热闹，夜宵摊子摆了一排。这个点，宿舍门已经锁了，也没地方去。钟源源见龚文没什么大碍了，就问道：“吃夜宵吗？”

龚文真是怕了，每次和钟源源吃饭病都要发作，他赶紧摇了摇头。

“那我们找个宾馆休息一下吧。”钟源源困了，打了个哈欠。

这话听着很奇怪，龚文惊悚地看着她。钟源源见龚文面色奇怪，问道：“怎么了，不舒服吗？”

龚文僵硬地摇摇头。

见龚文没有拒绝，钟源源抬抬手，拦下一辆出租车，把龚文塞了进去，然后和司机说去最近的酒店。司机从后视镜里悄悄地看了二人一眼，若有所思。龚文注意到了司机的神情，不自在地别过头去。

“身份证。”酒店门口，钟源源摊开手示意龚文拿身份证。

龚文的身份证塞在左边的裤子口袋，他左手上还贴着创可贴，有些不方便。钟源源看了看，直接把手伸进了龚文的裤兜。

随后龚文只觉得有一只手在他的大腿上胡乱摸索。

钟源源可真是……不拘小节啊。

“见过大世面”的宿管没察觉到龚文的别扭，大剌剌地和前台说：“开房。”

前台见多识广，对男女深夜来酒店的好奇心没有司机那样重。她懒洋洋地说：“只有大床房了哦。”

“可以。”钟源源点点头。

大床房？可以？龚文的脸瞬间红了。

他不淡定了，但还是要维持表面不屑一顾、高冷、见过大世面的表情。钟源源开好房拿上房卡转身，见龚文反应很迟钝，脸又通红，奇怪地问：“你很热吗？”

在一种奇奇怪怪的氛围里，钟源源带着小媳妇一样的龚文刷开了房门。

“我先洗个澡。”钟源源率先冲进厕所，留下龚文不知所措地站在外边。他坐在床沿，随手拿起一个东西把玩以掩饰自己没有开过房的尴尬。咦？

手感好像不对。

他低头一看：造孽啊……

龚文吓得将东西随手一丢。

卫生间里，钟源源只是简单地冲了个澡。毕竟她也没有换洗的衣服，将就一晚，早点回学校才是正经事。钟源源洗完澡原模原样地走了出来，龚文假装冷漠地坐在床头看电视。

“去洗澡吧。”钟源源拍拍龚文。

龚文在浴室胡乱地冲了下，出门时钟源源已经躺在床上了，连衣服都没有脱。

实话实说，钟源源是真的没想那么多，其一，她虽然对龚文似乎有一些好感，但这种好感并不是说她想要和龚文有什么发展，就好像你路过一个橱窗，看到一条昂贵的项链，你内心知道自己不可能拥有它，但是你每天路过都会看一看它，如果哪天它被人买走了，你会失落，但是就算如此，你也不会想要砸开橱窗将它占为己有；其二，钟源源是一个很自律的人，对看上去没什么结果的事，她根本不会把力气浪费在那里；其三，龚文今天病恹恹的，面如菜色，钟源源是疯了才会想要做些什么。

龚文小心翼翼地掀开被子，钟源源已经背对着他躺下了。床很大，睡四五个人也不会有什么问题，龚文躺下去，钟源源一丝动静也察觉不到。

就这样，两人毫无旖旎地睡了一晚，钟源源起床时也算精神饱满。龚文却被钟源源的呼噜声折磨了半宿。

钟源源对自己睡着后的行为一无所知，两人洗漱完毕，吃过早饭后就退房回学校。酒店前台的服务生联系了保洁查房，结果保洁说他们用掉了一盒计生用品。钟源源听完瞪大了眼睛，她可什么都没干，哪怕脸皮再厚，此时钟源源都觉得全身微热，坐立不安。

身旁的龚文也愣了几秒，他突然想到昨晚自己随手一扔，估计把那东西扔在了哪个角落，导致保洁没有发现。龚文支支吾吾解释不清，自己吓得将东西扔了？藏起来了？怎么说都不对啊。

钟源源看龚文窘迫的样子，也知道酒店没有坑他们，这事实在是让人尴尬，钟源源没有细问就赶紧付了房费。

出了酒店的旋转门，面红耳赤的二人呼出一口浊气，自发远离对方一步。

车上，两人各坐一边，开窗吹风散散脸庞的热意。龚文把房费转给了钟源源，钟源源盯着手机，欲言又止。

“我没用那个！”龚文赶紧声明。

在学校后门下了车，两人鬼鬼祟祟地前后脚进了学校。龚文快步走在前面，钟源源两只脚再长都追不上他。

唉，难受，她真的好想问问龚文，那玩意儿真的能吹气球吗？

4 台风与恋爱

从酒店回来以后，龚文很长时间都难以面对钟源源。

太窘了吧！这是一个正常男生都难以承受的误会，偏偏还不能去解释，因为怎么做都很奇怪。钟源源是没有这样的觉悟的，她的神经一直很大条。

“源源！”钟源源刚吃完午饭，刘蓉就抱着资料来了。

“学姐！”钟源源热情地打招呼。

刘蓉和她闲聊几句后拿出资料：“最近有台风，记得今天把资料发给学生，提醒学生注意安全，另外要把阳台上的花盆和杂物收起来，免得掉落砸伤人。”

钟源源看了外面一眼，目前还是晴空万里，不过她也从新闻了解到这次的台风等级比较高。

送走刘蓉，钟源源吩咐层长来领取《抗台风手册》后，就去检查宿舍外是否有不安全因素，检查门窗是否牢固。

到了傍晚，气温有些下降，风也大了起来，吹得门窗砰砰作响。钟源源不安地看了眼宿舍大厅的落地门窗，暗暗祈祷建筑商靠谱点。

今天下课时，风已经很大，许多树叶和树枝被吹落。学校已经接到教育局的通知，从明天开始暂时停课。

听闻可以放假，马运等人吹着风，很中二地大喊大叫：“让暴风雨来得更猛烈些吧！”

桑秦心情很好：“明天休息，不知道这次台风大不大，不然我们还可以出去‘开黑’。”说完，振臂欢呼。

“我看还是先囤点粮吧。”楚庄的老家在台风区，每年都要受灾，很有危机意识。

马运和桑秦听了不以为意，觉得应该没什么。龚文在宿舍里还有很多吃的，于是只有楚庄一个人去了学校的超市。桑秦和马运打算先回宿舍吃点东西，然后溜出门去网吧。

楼下大厅钟源源正在指挥师傅们把外墙的宿舍楼牌子固定一下，干得热火朝天，转身刚好看到 520 的几人下课回来，就和他们打了个招呼。

龚文猝然和钟源源目光交会，本能地转过头去。

看着龚文微微泛红的耳朵，钟源源歪着头思考：怎么总觉得龚文最近在躲着我呢?

龚文回到宿舍，又觉得刚才自己的行为有些不礼貌，也许会让钟源源误会。他拿出手机犹豫了一下，还是发了消息过去。

龚文：【今天有台风是吗？】

结果等了十几分钟，钟源源也没回消息。

师傅走后，钟源源坐回前台。外面的风越来越大，路上已经没有什么学生了，大家都躲在宿舍里，大厅也空空荡荡的。钟源源也不是胆小的人，坐在空无一人的大厅里，风从缝隙里灌进来，听声音还是有些可怕。

因为台风，很多商家提前关门了，连外卖小哥都没有像往常一样等在门口。

她觉得自己很兴奋，甚至想看一部恐怖电影。

台风天、恐怖片、薯片加可乐，不能更刺激。

突发奇想下，钟源源没有看手机，而是去卧室里搬来了电脑，将大厅的灯关掉几盏，营造出一种幽暗的氛围。

窝在舒服的沙发椅里有一种奇妙的安全感，钟源源全心全意投入看片。

可怜了龚文，正握着手机，时不时去看看消息，可惜他期待的红点迟迟不出现。

晚饭叫不到外卖，520宿舍的几位决定煮泡面对付一下。龚文吃着自己的泡面，总觉得没有钟源源煮得好吃。

“唉，可惜锅子被收走了，不然台风天咱们还能煮火锅吃呢。”桑秦遗憾地看了看手里的泡面。

龚文一听越发觉得自己手里的泡面无味。他胡乱地吃了几口，发了会儿呆，看到椅背上的脏衣服才回过神来，和室友们说道：“我下楼去洗衣房洗衣服。”说完，他一阵风似的出门了。

几个室友目瞪口呆。

好一会儿桑秦才回过神来，说道：“他没病吧，台风天洗衣服，衣服不想要了吗？”

见龚文下楼，之前嚷嚷着要去网吧的两人也坐不住了，他们收拾好东西准备下楼去网吧。

“不想要衣服”的龚文正快步向大厅迈进，下了楼梯，龚文觉得大厅有些昏暗，前台闪烁着荧荧幽光，打在前台钟源源的脸上，而她脸上还挂着一丝诡异的笑容。看到这样的场面，龚文迟疑了。

“你在看什么？”龚文走近钟源源身后看了眼屏幕，猝不及防看到一张鬼脸袭来。

“啊！！！”这是龚文叫的，被鬼片吓的。

“啊！！！”这是钟源源叫的，被龚文吓的。

因为太过激动，钟源源忘记自己正盘坐在沙发椅上，一起身，沙发椅就整个向后倒去。钟源源的头磕在墙上，发出一阵闷响。

听起来好像摔得很痛的样子，龚文大惊失色，赶紧丢掉衣服去扶起钟源源。钟源源一起身，还没看清楚来人是谁就猛地在那人胸膛上拍了两下，待冷静下来才发现是龚文。

“人吓人吓死人，你不知道啊？”钟源源心有余悸地顺了顺自己的心口。

见钟源源除了有些生气以外，身体一切如常，龚文捡起自己的衣服，虚惊一场。

“头没事吧？”龚文抬起手想摸摸她的头，又觉得不好意思，停在半空中不知道该怎么办。

“怎么会没事，头磕在墙上那么响，隔壁宿舍楼都要听见了吧。”钟源源一边没好气地说，一边摸了摸自己的后脑勺，很快摸到了一个鼓起的包。

她的眼神瞬间变得哀怨。

“你下来干吗？”钟源源问龚文，“今天送水的师傅不来。”

“嗯。”龚文有别的心思，动机不纯，窘迫了一阵，回答道，“我去洗衣房。”

钟源源的眼睛像是会说话，每一次眨眼仿佛都在说傻瓜二字。

“唔。”龚文摸摸鼻子，“那我改天再洗吧。”

话音刚落，湖边的一棵树被吹断了一根粗壮的树枝，砸到玻璃上发出巨响。两人都被吓了一跳，齐齐往窗边看去。

“天哪，风真的好大啊。”钟源源怔怔的，忽然想到什么，于是问龚文，“你宿舍里有吃的喝的吧？”

“有。”

“那就好。”

听到这样简简单单的普通问候，龚文突然心生欢喜。

“吃饭了吗？”龚文温柔地问。

在龚文下楼前，钟源源正专心在看电影，还没有吃饭。

“哎，吃焖饭。”钟源源挠挠头，不小心挠到了那个包，龇牙咧嘴地往房间里走去。

“我也没吃。”龚文看着钟源源突兀地出声。

钟源源敏锐地察觉到这是暗示。

“一起吃？”钟源源试探地问了一下。

“谢谢。”龚文没有拒绝的意思，仿佛得到了许可，眼睛亮亮的，熟门熟路地向钟源源的房间走去。

刚走进房间，去网吧的两人就从楼上下来了。

钟源源自然是不知道龚文已经吃过一碗面了。所谓焖饭就是在电饭锅里放上米，然后在上面放上牛肉卷和一些蔬菜一起蒸熟，最后加入香油、酱油搅拌均匀就可以吃了。因为龚文的加入，钟源源煮了好大一锅。趁着煮饭的时候，钟源源又打了三个荷包蛋，煮了一碗汤。

龚文习惯性地戳了下蛋黄，但是并没有流出蛋液来。

这动作被钟源源察觉了，她随口问道：“你喜欢吃溏心蛋？”

龚文顿了顿，看了自己碗里老得都要殡天的蛋一眼，又看了看钟源源的脸色，思索了一会儿摇摇头：“我不喜欢溏心的。”

没想到钟源源叹气道：“唉，可惜了，我喜欢溏心的，这个煮过头了，看来你和我的口味不一样啊。”

龚文：糟糕，马屁拍到了马腿上。

焖饭很快就拌好了，龚文没有吃过焖饭，觉得很新鲜。吃饭的时候，外面下起了雨，大风大雨甚是骇人。

钟源源打开手机看了看气象预报，发现台风的等级很高。

吃完饭，钟源源在洗碗，龚文站起身，再没有理由待下去，却眼尖地看见阳台门缝附近有一摊水渍：“那是什么？阳台漏水了吗？”

钟源源走过去看了眼，也觉得奇怪。她打开门，没想到一股水漫了进来。

两人目瞪口呆。

台风夹着细雨，天色又暗，吹得钟源源看不清外面，风雨从门外吹进来，灌进来不少水。

“关门！”龚文眼疾手快地关上阳台门。

“我的妈呀！”钟源源被眼前的场景弄得有些反应迟钝，过了一会儿想起什么，跑到大厅查看。

大厅的地势比房间要低一个台阶，钟源源打开大厅所有的灯，跑到门边一看，发现学校湖里的水已经漫上来了。好在大厅的玻璃门密封性比较好，只看到浅浅的水波在门外荡漾，好像水族馆的鱼缸。

这算是在台风天受灾了？

眼看着水还在上涨，钟源源赶紧打电话给刘蓉。刘蓉早就下班了，正窝在家里看剧，听到钟源源的描述，刘蓉也惊呆了。按照天气预报的提示，离台风正式登陆还要好一会儿。于是刘蓉急急忙忙打电话给校领导，校领导又打电话给教育局……

趁着层层汇报的时候，钟源源先把自己的东西抢救出来，要是大厅真的被淹，倒霉的只有她。因为大厅除了她就没住别的学生。

龚文帮着钟源源把东西都清理了出来，放在第二层楼的走廊上，二楼的走廊上有一个小的休闲厅。

刚整理完，钟源源就明显感觉到阳台上的水变多了，房间里像是下水道堵塞的浴室，铺了浅浅的一层水。看看大厅那边的水又涨高了一点。

“谢谢你啊。”龚文一直都在帮忙搬东西，钟源源觉得又麻烦他了。

“你今晚住哪里？”龚文放下钟源源的行李包，环顾四周，休闲厅只有一张短短的沙发椅和一个茶几而已。这个天气，钟源源根本出不了门，自然也不能住在外面。

钟源源坐在二楼的休闲厅，看着大厅的水越涨越高，却又无能为力。

“唉，今晚先在休闲厅待着吧，不知道学校有什么打算，水要是再上涨，你们也只能被困在宿舍里了。”钟源源还是挺担心宿舍楼的学生的，虽然学校发了通知让大家准备好食物和水，但肯定有不把通知放在心里的人。

“哗……”

真是怕什么来什么，钟源源正担心大厅继续有水灌进来，湖边的树就被吹倒了，还很巧地正好砸到了落地窗的玻璃上，于是水就从窗框里灌了进来。哦，还有猛烈的台风。

“我的妈呀。”钟源源被一声巨响吓了一跳，然后就被迎面而来的风吹了满脸。

这下就算是在休闲厅也不能睡着了吧，一躺下就是呼啸的风，这怎么睡？

因为巨响，好多人都从宿舍里出来看热闹，大家没有表现出害怕的神情，而是兴奋地拿起手机开始拍照发朋友圈，还有人想下楼蹚水，被钟源源阻止了。

钟源源担心有学生会不顾劝阻偷偷下楼，于是趁着水位不高，把一楼的电闸拉下，以防有电器漏电造成危险。

看完了热闹，人群也就散了，钟源源盘腿坐在休闲厅的沙发上托腮思考人生。龚文本是要上楼的，看到钟源源这副傻傻的样子，忍不住笑了出来。

“你还笑？”钟源源对龚文的表现很不满。

“你今晚就睡这里吗？”龚文指了指沙发，与此同时，灌进来的风吹乱了他的头发。

“不然呢？你把床让给我睡？”钟源源没好气地瞥了他一眼。

“可以啊，我没意见。”龚文满不在乎地回答。楚庄去隔壁宿舍过夜了，另外两个刚刚说去了网吧，龚文盘算着，内心还有些浮想联翩。

钟源源撇撇嘴。

无奈被台风侵袭的休闲厅实在太冷了，钟源源思量半天，听龚文说宿舍里没人，就“勉强”上楼一趟。

龚文的宿舍算是男生宿舍里比较整齐干净的，除了马运的床位有些许杂乱。

可惜钟源源一进宿舍就后悔了，到男生宿舍避风这算是什么烂俗剧情啊。

比起有些不自在的钟源源，龚文就比较自然，他打开手机指着赛车游戏说："来一局？"

于是钟源源打开游戏，和龚文在游戏里大杀四方，征战星球……

龚文其实是愿意和钟源源玩通宵的，但是钟源源的老年人体质挡也挡不住困意。她打了个哈欠，摇摇头说："不行了，好困啊。"

"你要在这里睡吗？"龚文拍拍自己的床铺，那上面还铺着钟源源给他的棉被。

钟源源看着被子，忽然就脸红了，还是老脸通红那种。她当然知道龚文的意思，他把自己的床让给她，他自己可以睡室友的床，可还是有些暧昧啊。

刚刚打游戏的时候，钟源源就已经做好了打算，找到了睡觉的地方——宿舍楼里有一个曾经漏水的空房间，钥匙钟源源这里都有。

听说钟源源的打算，龚文淡淡地"哦"了一声。

钟源源感觉他的语气有一些不开心，于是转头看帮她提行李的龚文。他是有些不开心吗？还是她的错觉？

5 敲定你

躺在闲置宿舍的床上，钟源源暗自舒了一口气，今晚她和龚文两人之间的气氛太奇怪了，总有一丝怪异感，好像两个人都在隐藏着什么，又有些忍不住表露出来，偏偏这种心情又没办法和别人说。

或许，龚文有一点喜欢她吗？

这个念头一产生，钟源源就把它摁灭了。男女之间可以有很多种情谊，对一个外表美好的男生产生不可描述的幻想也是常态，但是千万不能把这种感情转化为幻想，幻想别人也同样对自己有好感。

这种幻想就比较可怕了，通俗来讲就是自作多情……

外面狂风大作，屋内也有细微的水滴声。

没办法，这间宿舍就是因为有一个地方漏水才没有人愿意住，要不是大厅的房间被水淹了，钟源源也不会到这个房间里来。

先不说扑面而来的灰尘和霉味，一个人躺在有三张空床铺的房间就很容易让人想入非非了。

她脑海里立马跳出了日本恐怖电影里的画面……

台风天，漏水的房间，潮湿的霉味，瑟瑟发抖的女大学生，还有满脑袋的恐怖画面。

钟源源走后，龚文也躺在了床上。宿舍没有人，桑秦和马运估计是滞留网吧回不来了，楚庄早就说了要在隔壁宿舍打牌打个通宵，房间里第一次只有龚文一个人……偏偏他心里还装着一个人。

睡不着，龚文拿出手机，侧着身子打字。

钟源源正枕着手臂发呆呢，手机就收到了龚文的消息。

龚文：【你那边怎么样？】

钟源源心里叹气，这应该只是朋友间普通的问候吧？

钟源源：【不太好，房间里有一股难闻的味道。】

两人有一搭没一搭地聊着，很快就到了深夜。

深夜，这种柔情时刻，一对无感的男女坚持聊天的可能性有多少？几乎为零吧？钟源源实在是忍不住了，有一句话她憋在心里很久了。

她都已经把“或许，你对老学姐我有意思”这句话编辑在对话框里，只要点击发送，她的心里就会少装一件事。然而这话发出去，不管收到什么样的回答都让人一言难尽。

龚文的答案要是否定的，那这之后足以让钟源源看到龚文都羞涩难言绕道走。

他的答案要是肯定的，钟源源就傻眼了，窗户纸都捅破了，问题不就又抛给她了吗？那是要在一起，还是不在一起呢？钟源源想到自己出门可以拉着一个人高马大、英俊帅气的男朋友，就疯了。

乐疯的。

因为钟源源盯着手机浮想联翩纠结不已，半天都没有回复，屏幕那边的龚文以为钟源源困了，于是利索地说：【晚安。】

浪费了一个知道真相的机会啊！钟源源愤怒地捶了一下坚硬的床板。

整个晚上，她耳边都是铁马冰河般气势的台风呼啸，心里还藏着少女心事。

第二天醒来时，钟源源浑身散发着怨气。起床的时候才六点，台风倒是不怎么吹了，雨却依旧还在下。钟源源做的第一件事就是跑到一楼查看情况。

结果情况比较糟糕……

经过了一晚上的风吹雨打，大厅已经被倒灌的湖水淹没，水位目测有八十厘米高，水上漂浮着一些不知道从哪里漂来的垃圾和脸盆之类的东西，还有很多树枝。

刘蓉昨晚一直没有回复，于是钟源源直接打电话给了后勤部的领导。领导恍若刚从睡梦中惊坐起，对钟源源不分场合的打扰颇有意见。领导说了半天，无非是让钟源源先在宿舍里待着，安抚好学生情绪，等一会儿上班时间他再来处理。

钟源源搬了把椅子坐在楼梯口，望着一汪水发呆。宿舍楼里万籁俱寂，大概不少人才刚睡下吧。钟源源百无聊赖，看着不知道哪里游来的鸭子大摇大摆地从宿舍楼横穿过去……

打开朋友圈，倒是有不少新闻和别人发的洪水实况。钟源源录了个鸭子的小视频发到朋友圈，大概时间还早，她等了一会儿也没有人点赞。

打打游戏，时间倒是过得很快，不怎么无聊。到了上班时间，刘蓉终于回了电话过来，学校大部分地势低的地方都被淹没了，校领导让大家老实待在宿舍里，饭点时会有食堂的员工划船为大家送餐。钟源源于是把消息告诉了层长，层长再通知各个宿舍长。

已经有学生陆陆续续起床了，大家通过各种渠道知道学校被淹了，都莫名觉得有意思，好多人在休闲厅看热闹，拍拍照发发小视频，玩得有滋有味。

等到饭点，果然有食堂员工划着船来送餐了，水路畅通无阻，可以直接划进宿舍楼。这下男生们更激动了，抛却台风带来的经济损失，这也太好玩了吧。

钟源源甚至看到居然有人叫到了外卖，外卖小哥是划着龙舟来的。恰好浦江学院附近有一个湿地景区，每年端午都会有划龙舟活动，那些每年拿出来用一次的龙舟忽然有了用武之地。

看来大家并没有因为天气原因而失去了对生活的热情啊……

“喂。”一杯热乎乎的奶茶出现在钟源源面前，只听声音，钟源源就知道来人是龚文。

心猛地跳动了一下，钟源源的目光从晃荡的奶茶，顺着有力的手臂看向龚文，好像是因为刚起床，龚文整个人都软绵绵的，靠在栏杆上。

“趁热喝，配送费比平时贵了五元呢。”龚文帮钟源源取出吸管，稳稳地插在正中央。

钟源源的脑中又浮现出了那个问题。

她吸了一大口奶茶，慢慢地咽着。奶茶喝完了，钟源源鼓起勇气开口……

“龚文！”

啊，这一声不是钟源源叫的。

钟源源和龚文一同向门外看去，但是什么也没有啊。

“一定是我们宿舍那两个傻子。”龚文想到室友，粲然一笑，三步并作两步往楼上走廊尽头的窗户跑去。

钟源源听到楼外几人叽里呱啦地说了一通，过了一会儿，龚文就歪歪扭扭地又跑了下来。龚文蹲下身子，一只手扶着钟源源的椅背，另一只手指着楼梯口说：“快看。”

只见马运和桑秦坐在两个硕大的澡盆里，艰难地划水前进，盆子里还装着很多零食。

“走，文文，坐船头，马哥哥带你去潇洒潇洒！”马运威风凛凛地拍拍自己的“交通工具”。

龚文已经笑倒了，钟源源也跟着捂着肚子笑起来。等笑够了，二人把澡盆拉近，好让马运和桑秦下来。

钟源源觉得自己也许是一个纤夫，管理着一个码头。

下午，湖里开了闸，湖水顺着河道泄了出去，积水总算退去了，留下一片狼藉。

大厅的卫生有保洁人员清理，钟源源看了眼自己的房间，简直惨不忍睹。不过好在有龚文帮忙搞卫生，在晚饭前，钟源源把卫生搞干净，把自己的东西搬了回去。

这好像变成了一种习惯，龚文又留在了钟源源这里蹭吃蹭喝。

那话钟源源在心里憋了一天了，看到龚文背对着自己打游戏，钟源源尽量语气平稳地开口问道：“龚文，或许……你是不是对我有那么点意思？”

“什么？”龚文发出一阵怪叫。

这……这么激动的吗？钟源源浑身一僵，愣愣地去看男孩的反应。然而事实是龚文并没有听到钟源源的话，他只是因为游戏里的情节感到惊奇。

大概是钟源源的目光有些热切，几乎要把龚文的后背烧出一个洞来好看看他的内心，龚文终于有所反应，眯着眼迷茫地转过头来。

“饭好了吗？”龚文抻长脖子看了看锅里，然后又缩了回去。

啊啊啊！钟源源疯了，他他他……居然还歪头！

钟源源不能忍了，她快步走到龚文身旁，一脚踏在椅子上，一手撑着桌面，另一只手拎起龚文连帽衫的领子，把他拉近，然后居高临下地问道：“龚文，我掐指一算今天很适合脱单。而且我发觉你真的很适合当我男朋友，你觉得我这个提议怎么样？”

“咕噜……咚……”这是龚文手里的手机滑落到腿上，又滑到地上的声音。

龚文整个人是蒙的，他听得清钟源源的话，但是久久不能理解这一大段话的意思。

地面的手机里，龚文的游戏人物被敌人发现，一通扫射后变成了一具尸体，直挺挺地、无助地躺倒在杂草丛生的荒岛上。现实中，龚文被他的宿管揪起，逼问他愿不愿意做宿管姨夫。

一阵沉默过后，龚文觉得自己又被拉近了。他和眯着眼、表情有些狰狞的钟源源，近在咫尺。

他惊醒过来，握住扼住他脖颈的“罪恶之手”，颤巍巍地说：“我……我觉得这个提议很不错。”

告白速度来得比台风还要迅猛，两个人就如此简单地结束了短暂的双向暗恋，一同脱单了。钟源源也没有料到自己随口一说，龚文就这样简单地答应了。

他们势必要把狗粮洒满人间。

在龚文看来，美中不足的地方就是他想象中的场景，或许两个人的角色应该调换一下。

龚文干脆地回答后，钟源源眨巴眨巴眼，有些回不过神来。好像搞定得有点快！她原来竟是这么有魅力的女人吗？

“水开了。”龚文镇定地反手指了指锅里的开水，他听到水溢出来的声音了。

“哦哦。”钟源源原地转了一圈，总算找回了一些理智，又回到了锅边。

这时候，她的心情才完全平复，“扑通扑通”的心跳声让钟源源实实在在地感受到了真实。

她搞定了一个学弟！长得帅到让人想说脏话的那种！宿管嘴角不可控制地洋溢起笑容，贼兮兮里带一点小确幸。

这一餐饭两人都吃得云里雾里的，完全不明白自己在咀嚼着什么，突如其来的对象就很值得人回味了，哪里还记得食物是什么味道。

龚文偷偷地抬起头看钟源源，钟源源正好也抬起头来看他，两人目光一交接，就不由自主傻傻地笑了起来。

真好，我喜欢你的时候，你恰好也喜欢我。

当钟源源坐回前台的时候，龚文一步三回头地往楼上走去，钟源源大概说了一百声“拜拜”他才真正消失在钟源源的视线里。

钟源源叹了口气，双手托腮支在台面上，微微笑着，在别的学生看来，很诡异。

搞定了恋爱事宜，钟源源总算想起要学习了。她刚翻开一页课本，回到宿舍的龚文就发来了消息。

热恋中的男女都是这样的，恨不得时时刻刻黏在一起，即使见不到面，也要做个“网友”。等到钟源源从手机的世界里钻出来，已经到了休息的时间。

两人确定了恋爱关系后，反而比以前更小心翼翼起来。钟源源不敢告诉刘蓉和陈曼自己谈恋爱了，她这也算是办公室恋情了吧，宿生恋？听起来会不会有些不伦不类？她总不能说自己是近水楼台先得月，当了宿管从而搞定了学弟吧！

龚文也不敢和室友说，让室友知道自己和宿管恋爱了。对这些室友来说这还是比较刺激的吧，龚文不想让他们受到刺激，还是让室友以平缓的心情度过大学生涯比较好。

哎哟，恋爱以后心情怎么这么好?！

第五章
偷偷 /

1 偷偷

这是今天桑秦第三次转头去看龚文了，从几天前的那个晚上开始，龚文就像中了毒一样，时不时看着手机笑一下。

这很不寻常。

龚文的个性其实有些冷淡有些酷，平时很少说话，好像这种类型的男生很受女孩子的欢迎，然而桑秦刚刚才意识到，常常笑的龚文更有魅力。

如果说龚文以前是高不可攀的高岭之花，而这一笑，忽然就从山崖上落了下来，没有了那种距离感，散发着“来摘我啊，来摘我啊，莫待无花空折枝呀”的信息。

“龚文，你最近有什么好事啊？说出来兄弟们听听。”桑秦憋不住，问道。

沉浸在各种想象之中的龚文听到有人叫自己，回过神来，一抹笑意还在脸上。

“没事啊。”他心思全在手机上，回答得很敷衍。

“他刚买了个游戏套装，结果开出了那个新出的极品钻石皮肤，市价都炒到八千多了，他能不开心吗？”楚庄给桑秦解释。

这下桑秦的注意力都被吸引了过去，他起身和楚庄开始讨论起那个套装，还吵着闹着要龚文打开游戏给他们开开眼界。

龚文正和钟源源聊天呢，一个躲闪就爬上床了。而那个极品套装，此时正穿在钟源源的游戏角色身上。

钟源源今天刚玩这个游戏，她起了个名字叫“癞子喵”。龚文很嫌弃她的名字，但新手不能改名，于是龚文只好带着这个有奇怪名字的角色杀怪，钟源源的游戏角色只需要跟在他后面经验就噌噌往上涨。

一个新手穿着极品套装，一下子就吸引了大家的目光。好多玩家跟在钟源源屁股后面研究她的装备，感慨钟源源暴殄天物，又羡慕钟源源有钱有运气。这一切钟源源浑然不知。

癞子喵：“你手机里到底有多少游戏啊？”

龚文退出去看了看手机界面，回答道：“二三十个吧。”

二三十个！钟源源倒吸一口冷气，她知道龚文在玩的几个游戏等级都不低，这是花了多少时间和金钱在游戏上啊。

说出口以后，龚文也觉得有些荒唐，听到钟源源的感叹不免有些心虚，他除了和钟源源聊天以外，确实都在玩游戏。

准确地说，从填写高考志愿开始，他就抱着无所谓的心态，反正分数不是他满意的，自然只能填一个不是他喜欢的学校，随便选了一个他不喜欢的专业。因为未来也被父母定好了，他大学四年干什么都无所谓。

在游戏里，他更快乐，更容易着迷。

钟源源见龚文没有回复，大概也知道龚文平时的生活状态了，想想他俩还不熟悉的那几天，龚文也是这样天天往校外的网吧跑。

游戏可以是消遣方式，但是不能是生活。这下钟源源突然没了玩游戏的兴致，借口要看书下了游戏。隔着手机屏幕龚文都感觉到了钟源源的失望。看着钟源源变灰的头像，龚文咬着唇不知道在想什么。

自从确定恋爱关系后，两人反而越发小心了起来，虽然每天都能见到好几次，但也是尽量自然地保持不接触的状态。不过一道银河都划不开牛郎织女，两人虽说小心谨慎了起来，日子还是有滋有味的。

龚文好像也感觉到昨晚钟源源对他沉迷游戏有一丝不满，好在他不是真的沉溺其中，只是因为没别的事可做。既然钟源源有些反对他玩游戏，他就不玩了呗。于是龚文很快就想开了，早起参加学校组织的晨跑的时候，他观察了一下钟源源，钟源源并没有生气的样子，还偷偷对他眨了眨眼。

跑完步，再去食堂吃早餐，龚文先快速吃了三个包子、一碗豆花、一个蛋，然后找了个借口抛下室友，转身就去了食堂二楼，帮钟源源打包一份早餐。钟源源只需要在手机上指挥龚文，就可以得到一份美味的早餐。

从食堂回来时，龚文故意慢吞吞地走，避开来往的学生，将早餐悄悄地放在前台桌角。

两人对视一眼，心照不宣极有默契地移开目光。钟源源过了一会儿才打开袋子，里面是她想吃的热乎乎的皮蛋瘦肉粥和油条。好香啊！钟源源捧着热粥，虔诚地吃完了。

吃完早饭，钟源源打开手机，看到龚文发来的照片，是他手机的截图，他还发了三个字：【删掉啦！】

钟源源愣了一会儿才明白过来他说的是游戏。

其实钟源源并没有把这件事放在心上，刚进入大学的学生总是容易迷失在无人看管的自由里，到时候慢慢引导就好了，没想到龚文把她每一点小情绪都记住，直接删了那些游戏。

想到这一点，钟源源心里还有些甜蜜，刚想回复，结果不巧就有别的消息跳了进来。钟源源打开一看，是体育部的消息，最近部门招新，要求钟源源等老成员去开个会，商量招新的事。

钟源源大一时就加入了体育部，那时候她什么都不懂，陈曼拉着她去面试她就去了，然后稀里糊涂地面试上，成了体育部的小干事。

体育部以前还是很有爱的，最初的老部长是她的直系学长，认真负责，后来换了别的专业的学姐，钟源源忙着上课也没怎么顾及部门的事。等到今年，很不幸，部长变成了和钟源源闹过矛盾的前室友王雨。

说起来钟源源对王雨也是有很多意见，当初在宿舍里，电费都是大家平摊，偏偏王雨有意见，说另一个室友用电多，又是卷发棒又是大功率吹风机，非要那个室友多交钱，于是两人吵了一架，那个室友搬出去了。

钟源源从那时起对王雨就有些不满，卷发棒能用多少电，非要那么较真干吗？

后来有一次，三个室友一起点外卖，是钟源源下的单，钟源源有一张三块钱的优惠券，她没注意自己用了优惠券，算账的时候按原价给两个室友算了钱。结果王雨去看了外卖单子，发现钟源源每人多算了一块钱，就一直喋喋不休。钟源源把钱退给王雨后，王雨还是一直数落钟源源不仔细，好像钟源源就是故意贪了那一块钱似的。

就这样和锱铢必较的室友相处了两年，去年上学期快期末考试时，王雨又因为室友多算了一块二毛钱的打印费开始噼里啪啦地数落。钟源源正好因为家里的事心情不好，忍无可忍和王雨吵了一架，两人算是彻底闹翻了。和这样的室友一起住，钟源源苦不堪言，直到今年做了宿管才算是脱离苦海。

本来大三的学生参加部门的就不多了，但是钟源源要入党，缺一点工时，在学生会里有更多的机会，于是她依然在体育部里。

因为宿舍的工作，钟源源脱不开身，好不容易卡着点到了开会的教室，新上任的部长王雨已经在台上开讲了。看到钟源源，王雨冷哼一声，然后接着讲招新的事情。这些事是轮不到钟源源做的，开完会，钟源源拍拍屁股就走，回去的路上正好碰到下课的龚文。

龚文发了个消息让钟源源去学校湖边的公园。

钟源源好久没在学校闲逛过了，小公园是学校暑假里新建的，此时正是秋意浓的时候，小公园的芦苇在夕阳下，美不胜收。两人坐在长椅上，好像被芦苇包围了一般。

“年糕条。”龚文把在路上买的年糕递给钟源源。

钟源源又被龚文投喂了。她津津有味地吃着年糕，还有些担心：“你不怕我吃胖？”

“你本来也不瘦。”龚文脱口而出。

最怕空气突然安静，恋爱气氛陡然变质。

“你看那里有白鹭的巢。”龚文强行转移话题。

钟源源顺着龚文指的方向看去，没有看到白鹭，但是看到了帅学弟的侧脸。行吧，原谅他，帅的人说真话也这么可爱，真是不得了。

“今天怎么出门了？”龚文想起这段难得的独处时间是因为在路上捉住了钟源源，钟源源当了宿管以后轻易不出门，而且龚文记得今天她也没课。

“啊，是体育部的事。”钟源源晃荡着脚，解释了一遍。

龚文点点头：“今天班里也说了部门的事，让我们尽量去参加。”

“去试试吧，大学里做点别的事，也是挺好的。”钟源源内心补充：总比玩游戏好。

“好啊。”龚文最近也想有一些改变。

既然说到了这件事，钟源源忍不住提醒龚文：“虽然大学里比高中时轻松些，但是你还是得注意一下课程安排。要是期末挂科的话，补考很麻烦的，考不过还要重修，既要交钱又费时间。”

钟源源刚进大学的时候，在各种事情上也走了很多弯路，亏得有刘蓉在一旁提醒才省下了很多力气。这会儿轮到她教育小学弟，学弟还是男朋友，应该要更上心。

听完钟源源语重心长地劝勉，龚文应了一声，想了想，似乎要开口说些什么，但最后还是没有说出口。表决心没有用，实干才是真道理。龚文在心里默默地决定，他一定会让钟源源对自己刮目相看的。

两个人从黄昏坐到日暮，又一起回了宿舍，才恋恋不舍地分别，一个往楼上走去，一个坐在大厅。

钟源源坐下后，一个声音冷不丁响起：“肥源，你的视力还是这么差啊。”

这声音她再熟悉不过了，钟源源转头看向休闲厅，那人正坐在休闲厅阴影处的沙发上，歪着身子，双手交叠放在腿上。

“康宥诚。”钟源源站直身子，静静地看着向她走来的人，各种回忆交织袭来。

2 交心

“不欢迎我？我们都两年多没见了，要不要出去喝一杯咖啡？”康宥诚丝毫不在意钟源源的抵触和排斥，自说自话。

“毛病。”钟源源坐回座位，抱着手臂问他，“你来干吗？”

“哦。”康宥诚举起手里的袋子，“李威廉帮你买的鞋子到了，正好我要回国，就顺便帮你送来了。你是不是该请我吃饭？”

钟源源瞥了一眼袋子上的标志，应该是要赔给龚文的鞋子没错了。

这个李威廉，也太不靠谱了吧，把鞋子丢给快递寄回来很难吗？就非要让自己的前男友“人肉”背回来？而且她没记错的话，他们不在一个城市吧，这也能顺路带回来？

钟源源大概猜测到李威廉的用意，他对康宥诚甩了钟源源这件事，比钟源源自己还要不满，估计李威廉就是想让康宥诚知道钟源源买了双男款球鞋。

这双鞋也算是跨越了千山万水，饱含几人不同的感情期待了……

“谢谢啊。”钟源源内心吐槽了一万字，口中却只有三个字。她想一把夺过袋子，但是康宥诚并不松手。

两人抢夺了一番，康宥诚收回手，但是带着探究地说道：“这是双男鞋，肥源。”

“关你什么事。”钟源源不客气地说出口。

“你买这么贵的礼物送给他，就不怕他和你在一起的目的不单纯吗？”康宥诚说话永远都是这样夹枪带棒，阴阳怪气。

钟源源这才掀起眼皮看了康宥诚一眼，讽刺道：“你去了国外，别的变化没有，看人的本领倒是越来越刻薄和无知了。”怎么在他的眼里，好像人人都在算计经营。

拿到鞋子，钟源源也不理康宥诚，自顾自地玩起手机。

看到钟源源的态度，康宥诚叹了口气：“我们连好好说句话也不行吗？”

“我很酷，不聊天，男朋友除外。”钟源源露出一个假笑。

“你恋爱了。”语气笃定。

钟源源翻了个白眼：“你是觉得我找不到男朋友吗？”她想说自己不仅有男朋友，而且男朋友还是个极品。

要不是因为康宥诚是她前男友，钟源源不想给龚文添堵，按照钟源源的个性，她应该打个电话叫龚文收拾好下楼来给康宥诚开开眼界。

糟糕，炫耀的心思按捺不住了。

“你幸福就好。”康宥诚依然保持着得体的笑容，让人看不出他的真实想法。

看到这样的笑脸钟源源就觉得别扭。钟源源以前觉得这是彬彬有礼的表现，后来才发现那不过是一副面具罢了。

钟源源的父母还没有离婚的时候，钟家和康家是邻居，自然很熟悉。后来钟源源和陈丽雯离开了老房子，但是在学校里钟源源和康宥诚还能常常见面。康宥诚比钟源源大几岁，钟源源总是和他说心事，非常依赖他。在钟源源高考后，康宥诚突然和她告白了。

因为没有预料到的表白，钟源源的初恋开始得莫名其妙，结束时她也是一脸茫然。钟源源读大一的时候，康宥诚和她说自己要读研，要和她分手，然后第二天就飞去了美国。

整件事很让人疑惑，不管恋爱，还是分手，钟源源好像只是被通知了一下而已。

这让钟源源心里很不舒服，她倒没有因为多喜欢康宥诚所以觉得分手了就天塌了，让她很不爽的是这样被安排来安排去，而且自己并没有得到明明白白的解释。

钟源源也懒得追问诸如“那你当初为什么和我告白”“你当初真的喜欢过我吗”“你是不是爱上了别人”之类的问题，那段恋情好比被蚊子叮了一下，痒了几天就算过去了。

大概是钟源源太好说话，所以康宥诚才这么没皮没脸地当作一切都没有发生过吧。

送走了康宥诚，钟源源愉快地打开鞋盒，没错了，托康宥诚的福，这鞋估计是坐豪华头等舱回来的，崭新崭新的呢。看着新鞋，钟源源把康宥诚抛到脑后去了，兴高采烈地拍了一张照片发给龚文。

那头龚文发了三个感叹号过来，几十秒后，他就出现了。

好多男生看到喜欢的鞋子心就先软了，小心翼翼地护着，恨不得穿着鞋子又最好脚不沾地。

钟源源松了口气，还好当时托李威廉买到了一双，不然在龚文心里，还是会有一些遗憾吧。龚文当场就穿上了这双来之不易的鞋。穿上鞋子，龚文好像小时候过年穿新衣服一样开心。

一个男生路过，忍不住盯着鞋子多看了几眼，舍不得地收回目光，又小心翼翼地看了两人几眼。龚文反应过来，说道：“谢谢阿姨帮我捡我晒在楼上掉下来的鞋。”

男生听完恍然大悟地走远了。

钟源源腹诽：我们还是不是好情侣了？

两个人亲亲热热地说了几句话，龚文拿着鞋子回了宿舍，很快就被室友围住。

“哪来的鞋？不是上次那双，哪来的啊？”马运奇怪地问道。

“阿姨赔你的吗？”桑秦也挤过来看鞋子。

“怎么可能，你又不是不知道这鞋多少钱。”楚庄揉揉桑秦的头，目光像看傻子似的。

桑秦避开楚庄的贼手，理了理头发：“也不一定啊，宿管的工资很高的好吧，我有个亲戚……”

好的，成功歪楼。

为了防止被人发现端倪，龚文对外宣称这鞋是他妈妈买的，妈妈今天路过学校时，就把鞋子放在宿管那里了。

欣喜过后，龚文才开始思考钟源源是怎么买到鞋子的，明明之前见面的时候还没有说起鞋子的事，而且这鞋子这么贵，他记得钟源源说过自己是因为缺钱才当宿管的。

因为这双鞋，他的内心惴惴不安起来，要是这鞋给钟源源增加了负担，那他宁可不要。

此时钟源源还趴在楼下的桌上想事呢，她本来都把自己有个前男友这事抛到九霄云外去了，现在想来，好像龚文还不知道她以前谈过恋爱。同样的，她也不知道龚文以前的事。认真说来，她除了知道龚文的专业和宿舍，以及他是南海人以外，对他的其他方面一无所知。

算不算色令智昏呢?

钟源源指尖无意识地捏起一支笔转起来，一段感情开始得太快，是不是有点草率？这样的喜欢是真的喜欢吗？钟源源对此表示怀疑。

那龚文又是怎么想的呢?

就这样，钟源源钻进了牛角尖，一边唾弃被美色迷得昏天黑地的自己，一边又担心未来的事，一下子皱眉，一下子若有所思，一下子笑起来，让前来修大厅玻璃的师傅们觉得毛骨悚然。

部门招新的日子，龚文早早填好了报名表，直奔体育部。因为外貌和上次的告白事件，龚文在新生里也算是小有名气了，他在别人面前又不太爱讲话，更让人觉得他神神秘秘的。他出现的时候，大家都转过头来看他。

“哎，学弟，有没有兴趣加入礼仪队呀？我们部门有很多美女哦！”一个文艺部的学姐前来搭讪。

龚文还算礼貌地拒绝了。

面试的过程很简单，只需要自我介绍一下，说一下特长和为什么想到部门来的理由就可以了。剩下的，就交给部长们来选择，想都不用想，龚文铁定入选了。

长得好看的人哪怕是在部门吃闲饭，也是赏心悦目的花瓶。

面试完之后，龚文还碰到了白芷。白芷是外联部的部长秘书，她见到龚文，无措了几秒后就调整好了表情，大大方方地礼貌性地点了点头和他打招呼，倒是让周围看热闹的人出乎意料。龚文也意外于白芷的落落大方，他以为遇到这样的事，女生会尴尬地避开呢。

刚回到宿舍，龚文就收到了王雨的添加好友申请，通知他已经入选了体育部。他转头就把消息告诉了钟源源。

听完他的描述，钟源源撇撇嘴，刚刚群里还在讨论今晚的面试呢，面试还没有结束，龚文就收到了消息，这也算是内定了吧。

本来部长才不会管通知这种小事，一般都是由秘书和副部长做的，而且也不会私加好友，都是直接将人从新生群里拉到部门群里来的。

钟源源暗想：王雨的举动有鬼哦。

如果说钟源源身上最像女人的地方，可能就是超准的第六感，直觉告诉她王雨是想和龚文有私交。可是已经晚啦！钟源源占尽了天时地利人和，老天都在帮她，不服不行。

想到这儿，钟源源得意地跷起了二郎腿。

宿舍里，龚文坐在桌子前，低头就看到了鞋柜上的那双鞋，他忍不住旁敲侧击地问钟源源最近钱够不够花。钟源源看了信息差点没把嘴里的水喷出来，看来在龚文眼里，她是真的灰姑娘了，还是不会变公主的那种。

钟源源：【没事的啦，我还是很有钱的，只不过和家里有些矛盾，所以现在都尽量不用家里的钱，自己赚一点。】

他看了钟源源的解释消息，以为钟源源和父母吵架了，父母卡了她的生活费。

他想想自己和家里的关系也是降到了冰点，和钟源源莫名建立了革命情谊，惺惺相惜了起来，之前在唇舌间辗转了好久的话，如今好像突然变得不那么难说出口。

龚文突然有了宣泄的欲望，几个月来压在心底的那块石头都变成了碎屑，一开口就自然而然地随风远去了。

他把自己无处倾诉的话都告诉了钟源源，说完以后，他轻松了不少。

两个人互相自嘲，很容易就知悉了对方最难以宣之于口的秘密。

听说龚文高考时错过了第一场考试，钟源源不由得想起了几个月前她看到的新闻——“高考首日，最担心的事情发生了！考生因车祸错过第一场考试。”

一切尽在不言中，钟源源打出“666”表示世事难料。

当事人龚文那时候挺失落的，没注意新闻写了什么。钟源源见状，把当时的新闻内容找了出来，两个人嘻嘻哈哈地调侃了起来。

气氛融洽，钟源源感觉是时候聊一下前任。

3 风波

钟源源在脑海里组织好语言，想尽量轻飘飘地带过这件事，刚敲下第一个字，就听到有人在外面大喊：“有人跳楼！”

声音很响，离宿舍楼很近，吓得钟源源一个激灵。

钟源源很快反应过来发生了什么事，撒腿就往外跑。楼下已经聚集了不少学生，对着六楼某一处指指点点。

钟源源抬头看去，608 宿舍的阳台上，一个男生坐在阳台栏杆上，靠着墙，晃着脚。

“同学！有事好好说！”劝慰在此时显得很苍白，钟源源头一次遇到这种事，只知道先打电话给公安、消防和医院。

520 宿舍的人自然也听到了外面的动静。龚文听到了钟源源撕心裂肺的一声喊叫，连忙跑到阳台往下看寻找钟源源的身影。

钟源源打完电话，才想起来联系层长。层长得知消息后从外面匆匆往学校赶，先让男生的室友联系了钟源源。

原来男生正在和女朋友闹分手，当时他们宿舍里的人都在干自己的事，他在阳台打电话，情绪激动。不一会儿，室友的余光瞄到男生坐在栏杆上，还跨出一只脚，吓得室友赶紧想去拉人。但是男生不许他们接近，说室友一接近他就跳下去。

男生坐在栏杆上，一边哭一边打电话给女友，但是一直没再打通，于是他号啕大哭起来。

这种事学校从没有发生过，现在在下面看着也没用，钟源源连忙一边联系了校领导，一边往楼上跑去。在楼梯口，钟源源遇到了龚文，钟源源看了他一眼，来不及说话，继续往上赶。

龚文见状，不放心钟源源，也跟着上了楼。

出事的宿舍外围着很多同学，有人手足无措地站在那里，有人窃窃私语，有人鬼鬼祟祟地张望，还有人在手机上和朋友聊起这件事。也许没有人真的关心男生会不会跳楼会不会死，他们只关心这个消息够不够劲爆。

钟源源压下心底的不舒服，让层长帮忙驱散了无关人员，自己和一小部分与男生关系好的学生进了宿舍。

“别过来！”男生的情绪很激动，一手扶着墙，一手还握着手机。

听到男生情绪激动的话，钟源源不再往前走。

“同学，你先冷静点，我们不会过来，但是你别做傻事。”钟源源觉得但凡这男生再有一点动作，她就脑袋发晕。

双方就这样僵持了几分钟，钟源源听到远处传来警笛的声音，知道是消防人员来了。

很快，气垫被铺好，校领导和民警也到了现场。

作为宿管，钟源源在宿舍门口和民警讲事发经过和原因，还没说完，就听到男生朝外大喊大叫：“你们都给我滚！今天见不到婷婷我是不会下来的！”他一遍又一遍地拨打电话，可是一直都没有打通。

钟源源咬着嘴唇站在一旁什么忙也帮不上，龚文悄悄地靠近她的身后，拍了拍她的背，又偷偷地捏了捏钟源源的手鼓励她。

随后专业的谈判专家进了宿舍，和男生聊了聊天，过了一会儿却出来了，环顾四周找到钟源源，问道：“你是宿管吗？轻生者想让人帮忙打电话给他女朋友，但是只愿意让你接近。”

听到这话，钟源源和龚文同时一愣。

过了一会儿，钟源源才反应过来：“啊，是，我是，那我……”

其实钟源源挺莫名其妙的，为什么男生只愿意让她接近？他是觉得她是女孩子比较柔弱有安全感吗？

谈判专家也没想到钟源源其实是个大学生。其实很多人都是这样，因为宿管的身份先入为主了。

进门前，钟源源恋恋不舍地看了龚文一眼。龚文担心她，无意识地迈近一小步，眼神里的担忧让钟源源眼睛一酸。

钟源源的手暗暗发抖，人命关天，她不想看到活生生的学生出什么意外。民警把钟源源叫到一边，和她交代了几句，让她不要害怕，消防已经在顶楼准备踹人救援了。

在众人的鼓励下，钟源源走进宿舍，用自己的手机开着免提给女孩子打电话，男生的全部注意力都在钟源源的手机上。

电话接通了，传来一个女孩子不耐烦的声音。

有些紧张的钟源源磕磕巴巴地和她说了前因后果，没想到女孩子只说了一句话："他想死就去死啊，神经病。"然后就把电话挂了。

这话说得太突然，谁也没想到女孩就这样挂了电话，按照原本的计划，钟源源应该要长时间地吸引男生的注意力，让消防人员做好准备工作，一举把人踹下栏杆。

男生听着电话里的忙音，发疯似的怒吼一声。

下面的人群发出尖叫，钟源源也被这一声怒吼吓得没了脾气。门本就是虚掩着的，门外的人一听怒吼声就冲了进来。钟源源的世界突然一片寂静，眼前的场景变得有些不真实，像电影里的慢镜头。男生咆哮着转过身子，在细细的栏杆上似乎要纵身一跃，钟源源本能地扑上去抓住了要坠下的人影，而她在瞬间感觉到自己也被拽着往下坠。

紧接着，身边闪过两道人影，撞得钟源源一个踉跄，两道人影飞奔到阳台，抓住男生的手。一个人是民警，另一个就是见义勇为的龚文。

紧接着，一个橘色的身影从天而降，一起拉住了半个身子悬在外边的男生。

血液在心脏里涌动的那一下，钟源源感觉时间从来没有这么慢地流逝。

闹剧很快因为救援成功而结束，男生被两个民警控制住带下楼去，他的室友也紧张地围过去，钟源源被挤到角落里。大家都在关注男生，她静悄悄地缩在一旁没有人注意。

身后有熟悉的气息传过来，钟源源转身抱住龚文，很紧很紧。

"你想吓死我吗？你很了不起吗？你有没有想过万一你也被带下去了呢？你这样做值得吗？"龚文的语气严厉。钟源源听着训斥，眼里却带着泪意。

随后，楼下的人群慢慢散去，呼啸的警笛也远去，直到听不见一丝回响。万籁俱寂的夜里，这场闹剧渐渐不见痕迹。

时光好像在这间宿舍凝住了，月光温柔地洒在小声抽泣的钟源源身上。她哭得一把鼻涕一把泪，胡乱地蹭在龚文的胸前。她抬起头，眼眶红红的，像龚文小时候那个爱不释手的小兔子玩偶。

“对不起，我知道你不想看到一个活生生的生命在眼前消失，不然你一定会害怕，会记一辈子。但原谅我的自私，我更不想你出事。”龚文摸摸她的后脑勺，又把她揽入怀中。

感受到后脑勺有力的安抚，钟源源撇撇嘴，又想哭了。

刚刚她真的很害怕，她只是故作坚强，可是怎么在男朋友的面前，一下子就软弱了呢?

钟源源想要握住龚文的手，却摸到了一片血渍。

“怎么回事？”龚文穿着黑衣服，刚刚她竟然没有看出龚文受伤了。

“刚才着急拉你，手不小心在栏杆的钉子上划了一下，没事。”伤口不大，在手腕处，但是流了很多血，看着很吓人。

“你傻呀，还不赶紧去包扎！”钟源源拉着龚文的手往外走。

龚文由她拖着，看着她带着一脸泪痕翘班，就为了送他去包扎。

从诊所回去的路上，钟源源的精神松懈了，肚子却咕咕咕叫了起来，可能是因为先前的紧张消耗了太多能量。

看来看去，附近只有一家沙县小吃店还开着。

钟源源掏出一张五十元大钞，很豪迈地对龚文说：“随便吃。”

结果最后也才花了二十多元。

龚文的手不方便，当然只是在女朋友面前显得不方便，他张开嘴，乖巧地等钟源源喂他。

沙县小吃的老板夫妇揣着手，露出和煦的微笑，静静地看着整个店仅有的一对客人坐在角落的位置，你一个我一个地喂着蒸饺。

哦！年轻真好!

吃完饺子都已经快到就寝的时间了，钟源源和龚文手牵着手走出小吃店。钟源源新奇地偷看两人牵在一起的手，龚文的手温暖而柔软，但温柔中又积蓄着力量。牵着手的时候，两个人距离很近，钟源源莫名害羞了，她长这么大了，还没和男生牵过手。

之前那次恋爱，康宥诚比她年纪大，心理更成熟，自然不会和钟源源做牵手这样有些幼稚的事。

钟源源心情很好地晃着手，犹豫了片刻，还是决定坦白康宥诚来过的事。

龚文听了没有什么意外的表情，反而很开心地看着钟源源。

“你是不是傻子啊？”钟源源低下头小声吐槽。听她说了前男友，这人怎么这么开心？

“我看你才是傻子。”龚文“居高临下”地摸摸她的头，“我猜到你有事和我说，你端了一天的便秘脸了，没想到你憋在心里的是这样一件小事。”

钟源源腹诽：感情无小事好吧，你知道多少情侣因为隐瞒这种事分手的吗？她不自在地理了理自己的头发。

“那你呢，谈过恋爱吗？”钟源源仰起头反问道。

龚文很娇羞地摇了摇头：“多谢你带我脱单。”

听了这话，钟源源笑着抱拳：“小同志客气了，为人民服务而已。”

说开了以后，两人对对方的认识又更进一步。龚文拉住钟源源的手，所谓爱不释手，就是这样的吧。

“哦，对了，你那双鞋，是我前男友从美国带回来的。”钟源源补充说明。

龚文一听，脸色一变，说：“明天就转卖。”

4 约会

这话不是开玩笑，龚文真的把鞋给卖了，丝毫不顾及这是钟源源送给他的第一件礼物。

龚文固执地说：“这是你赔给我的，本就是我的，不是送的。”

看着龚文强词夺理，钟源源试图畅所欲言但欲言又止。情感博主常常说千万不要在有关前男友的事上反驳现男友，不然你懂的。

鞋子很好出手，龚文一转卖，轻轻松松小赚了一笔。这笔钱被龚文单独拿出来，用作他和钟源源约会的资金。

对于这种幼稚的行为，钟源源视而不见。

像龚文和钟源源这样在大学时期住一幢楼的情侣大概不多，然而明明住在一幢楼，但是不能约会很少见面的情侣也真的仅此他们一对了。龚文很想出去约会，他俩还真没有出去单独约会过，龚文好说歹说软磨硬泡，钟源源终于同意翘班和龚文约会。

钟源源和龚文周末一大早就出门了，“有事外出，联系电话：×××××××××××”的牌子就端端正正地放在了前台。他们一路上躲躲闪闪，到校门口坐车的时候还左顾右盼，鬼祟的动作把司机看得一头雾水。

出了校门，钟源源觉得自己已经不适应这个社会，学校后门开了好多新的小吃店，她都不知道。

南海有个著名的景区叫天宫，是在一座山上。爬山钟源源是很喜欢的，一点也不排斥，天宫也可以坐缆车上去，但钟源源还是决定爬山。

从学校到景区并不远，只需要四十几分钟的车程，钟源源穿着和龚文一起挑的情侣鞋、情侣服，背着情侣包，兴致勃勃地开始爬山。

秋天的山路铺满了金黄色的松针，远处的枫叶如火如荼。虽是周末，但是游人不多，很是惬意。龚文腿长，钟源源腿快，两人一鼓作气爬到了天宫门口。

天宫门口并不是大家以为的“门口”，而是景点名字，因为天宫门口有一道著名的阶梯，一共 999 阶，被称作“永结同心梯”，其实是这个旅游景点的噱头。

钟源源和龚文是本地人，知道这里本来只有 920 级台阶，后来是承包商多造了一些，凑了 999 级。阶梯两旁是铁栅栏，上面可以挂永结同心锁。

嗯，骗小情侣的那种。

但钟源源觉得自己和龚文作为小情侣，是有必要被骗一骗的。

两人买了一把锁，让老爷爷当场刻上两人的生辰八字和姓名，然后爬了 999 级台阶，将锁挂在最高的地方。

这 999 级台阶真要了钟源源的老命，不仅窄还很陡，多亏龚文的搀扶，钟源源才能颤颤巍巍地顺利登顶。

合卺嘉盟缔百年，多美的誓言。

“秋天也太美了吧！”钟源源趴在栏杆上，望着种满了枫树的山谷，偶有雪白的飞鸟划过，留下一阵啼鸣，“好像在甜甜圈上撒上糖霜。”

龚文咽下快到嘴边的“雪里的火焰”一词，微笑地表示赞同钟源源的比喻。

游山玩水一整天，钟源源只想被投喂一顿火锅，龚文一听两人要出去吃饭，心里一紧。钟源源和他目光相对，只可意会不可言传地露出古怪的微笑：“小伙子，没事，肚子疼找阿姨，阿姨带你打针针。”

纠结一番以后，两人终于还是坐在了火锅店里。肥牛肥羊小肥猪，生菜青菜金针菇。

两人都不吃辣，点了一个番茄锅和一个清汤锅吃得津津有味。

龚文拿着约会基金去结账的时候，钟源源的手机响了，钟源源一看居然是体育部的干事打来的。

“学姐！今天有活动你忘了吗？”学妹的声音传来。

钟源源这才想起今天部门有迎新会，早就发过通知，可能就是因为太早发通知了，钟源源早就忘了这件事。

龚文付款回来，手机也适时响起。看着陌生的号码，龚文犹豫要不要接电话。

“可能是部门的人，今天有迎新会。”钟源源提醒道。

龚文这才想起确有此事，接了电话，果然是王雨打来的。

“呵呵，我根本不记得这件事了。”钟源源不好意思地笑笑。

龚文耸耸肩，两人打车回学校。

急急忙忙赶到活动教室的时候，大家正在做自我介绍，钟源源悄悄地从后门溜了进去。龚文倒是想悄悄地进去，可惜一露脸就被王雨锁定了。与他相比，钟源源的存在感几乎为零。

哦，也不对，钟源源落座的时候旁边的干事皱了皱眉头，因为钟源源挡着她看龚文了。

王雨见到龚文眼前一亮，拉住他让他做自我介绍。过于热情的部长令龚文下意识地看了眼钟源源，钟源源并不在意，兴致勃勃地加入吃瓜群众的队伍。龚文开始自我介绍：“大家好，我叫龚文，是广告专业二班的新生。”

简单说完，龚文就想落座，他早已经瞄好钟源源身边的位置了。但是几个单身的副部长拉住了他，缠着他问道：“是哪个 gong 呀？”

龚文心想：填资料的时候你们不是都知道了吗？但是他表面上还是礼貌地回答：“龚自珍的龚，文明的文。”

“是上面一个龙下面一个共的那个龚字吧，这个姓很特别呀。”一个学姐接话道。

龚文不知道该说什么，只是礼貌地笑了笑。

“龚文今天来晚了，我们是不是要惩罚他一下，让他表演个节目？”王雨突然提议道。

表演节目？小学生吗？龚文几不可见地皱了皱眉。

“好！”钟源源像海豹一样鼓掌，看热闹看得很开心。

龚文被突兀的掌声吸引，眯着眼假意瞪了瞪捣蛋的钟源源。既然女朋友都说好了，龚文只好清唱了一首歌。

众人起初期待万分，然而听完龚文唱歌，全场都陷入了沉默。好一会儿才有人从歌声里回过神来，教室里开始响起零星的掌声，最后掌声越来越响，宛若雷鸣。

在众人的注视下，龚文淡定地坐在了钟源源身边，王雨继续主持。

“你……”钟源源沉默了好几秒，实在是憋不住了，用颤抖的声音评价龚文的表演，“你唱歌真的好难听。”

难听到百分之八十的女生收回了星星眼。钟源源同情地转过头看了他一眼。

龚文短促地一笑，没有辩解。

迎新活动很快就结束了，龚文坐在门边，很快就溜了出去，留给剩下百分之二十试图与他搭话的女孩们一个背影。钟源源的手机一振，收到了秘密小情人龚文发来的消息：【走慢点。】

钟源源不解，但还是应了他的要求最后一个出教室门，磨磨蹭蹭地落在大家后面，然后就被拖进了教学楼阴暗的小角落。

“别动。”龚文低沉的嗓音在钟源源头顶响起，他将钟源源牢牢禁锢在墙壁和他的胸膛之间。

“干吗呀？”靠得太近，她有些害羞呢，钟源源试着推了推。

“你是我最最动听的情歌，是人间四月天……”龚文的歌声缓缓响起，在夜晚空荡荡的教学楼里显得很空灵。

钟源源瞪大了眼睛。

“我愿与你长眠于地下，做一对十年后的蝉，挑一个春暖花开的时刻，吻一吻你湿润的芳泽。当盛夏的流火逝于九月，我会化成白色的灰烬，浩浩荡荡地落在秋天的芦苇荡里，变成隆冬的雪花……”

他的声音越来越近，落在钟源源的耳边，因为唱歌喷出潮湿的水汽，勾得她心痒。

为什么心跳这么快，它怎么这么没有出息呢?

啊，嗓子也好干。

好想犯罪啊。

“你的心跳好快啊，学姐。”龚文的头一偏，气息落在了钟源源的脸颊。

她滚烫的脸颊，告诉了龚文钟源源现在有着怎样一张红红的脸。她脸皮这么薄，真的想让人欺负呢。

钟源源觉得心脏要爆炸了，全身都麻酥酥的，仿佛触电一般。

“我唱歌难听吗，嗯？”龚文的语气里带着一点得意。

苍天啊，这是什么神仙尾音?

说着说着，龚文的嘴唇轻轻地擦过钟源源的耳垂。

“说话呀。”龚文抬起手捻了捻被压在墙上的钟源源那软乎乎的耳垂。那么小，好像正适合放在指间呢。

说什么话! 钟源源感觉浑身的血液已经涌上大脑了，她揽住某人径直吻了上去，吻得以为自己占了上风的龚文一个措手不及。

如果教学楼的电闸不曾拉下，钟源源应该有幸见到龚文如偶像剧女主般瞪大的双眼。

钟源源充分发挥了自己的优势，把小学弟吻得七荤八素的。

“怎样，过瘾吗? 还要继续说吗？”不知过了很久，钟源源终于松开了那张会唱歌的嘴，还得意地揩了揩龚文的嘴角。

龚文还处于被反攻的震惊之中。

“嘴，不一定要用来唱歌说话。”钟源源大着胆子拍了下龚文的屁股，生动形象地饰演了一个恶霸，“它还有很多别的用处呢，懂吗？”

钟源源从龚文的手臂里钻了出来，笑嘻嘻地说道：“不要欺负学姐，学姐走过的路比你吃过的饭都多呢。”她看到龚文傻眼的样子就觉得有成就感。

然而下一瞬，龚文的眼神一下子深了。

钟源源心中暗叫不好,刚转身要溜就被他的长臂拉回了那个阴暗的小角落。

“是吗？”龚文的声音带着不同寻常的喘息，“话不多说，多谢学姐赐教……”

“唔……”

一声暧昧回应湮没在夜色里，钟源源很快体验到了“教学成果”。

520 宿舍，马运看了看时间，疑惑地问：“龚文怎么还没回来？”

“可能在网吧吧。”桑秦边打游戏边说。

正说着，龚文就走了进来，神色自若。

“你晚上干吗去了，这么迟才回来？”马运问道。

面对室友的质问，龚文的身子僵了僵，勾起嘴角一笑，认真地回答道：“在学习呢。”

马运一头雾水：谁？龚文？学习吗？

“啊？学得咋样了？”

学得怎么样？龚文一下子就想到某人软着腿被他一把捞起的样子。

“学得很不错，基本功练扎实了，还要继续学习新的内容。”龚文说完，扔下书包进了浴室。

留下面面相觑的室友们。

还有楼下蒙着头深觉耻辱的钟源源。

5 体育部

加入体育部以后，龚文除了上课还有部门的事要做，日子突然就变得充实起来。部门里的人都很喜欢他，不仅因为他外表好看，还因为他话不多。

话不多这一点算是当代交友的首选条件了，他不仅意见不多，抱怨也不多，重要的是不会在背后嘴碎，说别人的私生活。

龚文其实并不是很明白部门要做什么，只是吩咐他做的事他都认真完成了而已。

就这样，他竟然还被部门里几个男生排挤了。

在钟源源房间蹭饭，哦不，交换晚餐的时候，龚文顺口提了一句，钟源源对龚文的麻木和后知后觉表示同情。

“在部门里做事当然有好处啦，不然谁会牺牲自己的时间去干活呀！入党啦，期末综合评定啦，拿奖学金啦，转专业啦，升入本部啦，申请助学贷款等都会比别人更有优势。”

“升入本部？”龚文抓住了关键信息。

“你不知道？”钟源源奇怪地看了他一眼，“我们学校是南海大学浦江学院，算三本学校吧，而南海大学是一本重点，你难道不知道我们学校成绩好的人能转到本部去吗？”

龚文完全不知道这件事，奇怪地问：“你是指去本部上课？”

“笨，当然是连毕业证也是南海大学的啦。”钟源源点了点龚文的额头。

龚文表示自己对此一无所知，想了想，又催促钟源源继续讲，心里隐隐约约有一个想法……

钟源源看了看龚文，见他很认真地期待着自己将更多消息传达给他，好像对转入本部很有兴趣。

于是钟源源清清嗓子，继续说道：“两年四个学期各门专业课的成绩都达到年级前五，同时分数全达到九十分以上，没有挂科的科目，最后总成绩排名第一就可以转入本部了。”

“你想转入本部啊？”钟源源夹了一块排骨给神情略微严肃的龚文。

龚文不置可否，但是内心那股子不甘心开始发芽。

“你难道不想吗？”龚文反问。

“学渣”钟源源没心没肺地摇摇头：“我能考上这学校已经是托高三时我妈给我找的一千块一小时的课外辅导老师的福，走了狗屎运了。我的本事自己清楚，我没那个能耐。”

然而龚文已经无心吃饭了。

钟源源看他那样，叹了口气：“你有什么好纠结的，你是有实力的人，如果真的想试试看，我绝对支持你。我们学校虽然冠着南海大学的名头，实际上可是天差地别，如果有这个机会，我建议你去试一试。”

“你觉得我可以吗？”龚文跃跃欲试。

“可以。喏，多吃点，变聪明。”钟源源又给他夹了两块排骨。

“好，吃完饭你再和我仔细说说吧。”龚文笑着吃掉了三块排骨。

吃完饭，钟源源唾沫横飞地向龚文科普了一下转入本部的事，龚文莫名觉得读书有了动力。

“那如果想转专业又想转本部呢？”

钟源源被龚文的雄心壮志噎了一下，说道：“哪有样样都做到最好的，转专业和转本部能做到一样就很不错了，你怎么没学会走就想着飞呢？”

她又觉得自己的话说重了，解释道：“我的意思是说，你不要顾此失彼，还是要循序渐进，而且转本部竞争激烈，不一定能成功。”

龚文看钟源源费劲地解释，揉了揉她的头，安慰道：“我明白的，你不会害我。”

可是刚刚那个想法还是植入了他的内心。

钟源源知道龚文是广告专业的，却不知道他理想的专业是什么，就问了一嘴：“你想转哪个专业？”

“建筑。”龚文回答道。

浦江学院的建筑专业自然是一般水平，但是南海大学的就不一样了，既要求学生的理科成绩好，画画功底好，还要学习材料、模型、历史和风水等专业知识，非常适合学霸们。南海大学的建筑系是非常有名的，更何况南海大学的校园建筑本身就是传统和现代建筑理念融合的产物，整个校园的建筑还被编入了很多教科书。

钟源源听到建筑专业就瑟瑟发抖。

因为龚文心里这个远大的理想，钟源源连带着觉得龚文都高大上了起来。龚文是真的把这件事放在了心上，第二天他就跑去辅导员办公室咨询了相关的情况。他回来和钟源源复述后，钟源源觉得一系列需要达到的目标和各种复杂的操作，还不如退学重新高考。

钟源源这样的鸟雀是不可窥探鸿鹄之志的，她也没有阻止龚文，人一旦有了理想，精气神就完全不一样了。

不像钟源源倒在前台，如废柴一般，并且她不引以为耻，反而安于现状。她跷起二郎腿，打开因为谈恋爱而耽误了几天的书本。

男朋友这么上进，女朋友也要努把力吧。

所以当 520 宿舍，甚至是全楼的人都在游戏中厮杀的时候，龚文和钟源源这一对情侣的思想已经得到了升华。有一套“房”的好处立刻显现出来了——钟源源房间里的小餐桌成了龚文自习的场所，钟源源则坐在外面看书，一墙之隔，各有一番天地。

这么正能量的恋爱钟源源是没有谈过的，他俩也并没有因为各自奋斗而觉得无聊，这不还有体育部的活动嘛，干活的时候悄悄腻歪一下也令他们非常开心。

体育部一年中最忙碌的时候要到了，那就是学校的秋季运动会。

大学的运动会并不要求人人到场观看，不参加的学生就可以直接放假，但是各个部门就到了忙碌的时刻。

钟源源的工作是管理这次运动会体育部的经费，龚文则是坐在学院的棚子下干一些杂事。

两人在外人眼里看来应该是八竿子打不着的，于是他俩各自矜持，保持着“礼貌而疏离”的微笑。龚文将部门里准备的水递给钟源源的时候，还要装作连她的名字都不怎么知道的样子。

“那个，学姐，给你水。”

跟着演戏的钟源源甜甜地说：“谢谢哦。”

王雨从辅导员那里回来，指挥大家动起来，再过一会儿比赛就要正式开始了。钟源源虽然管的是经费，但也要帮忙搬一些重物。

因为钟源源一直是盘腿坐在塑胶跑道上的，起来的时候脚一麻，差点坐在地上。龚文一直用余光关注着钟源源，见状赶紧拉了她一把。

两人都没想过有没有其他人注意，钟源源吐了吐舌头，两人就接着一前一后地动身了。

走了几步，钟源源才发现一旁的王雨目不转睛地看着她，刹那间她有一些紧张，回想刚刚有没有和龚文太过亲密。这一副心虚的样子看在王雨眼里，就成了别的意思。

“呵呵，你还是一样虚伪做作。”王雨没头没脑地讲了一句就走开了。

钟源源虽然不明白她为什么这么说，但还是很给力地翻了一个大大的白眼。

第一天的运动项目很快结束，钟源源跑东跑西觉得有些累。

龚文一整天都坐在棚子里，收拾场地的时候，龚文帮钟源源收拾了一会儿，两人很快就完成了任务。

“这椅子好重啊。”一个女干事娇滴滴地埋怨道，眼睛却一直在瞥龚文。

钟源源看了看女干事那边，只是两张塑料椅子叠在一起。不过钟源源还是给龚文递了一个眼神，毕竟是男生嘛，多出点力也是应该的，龚文只好去帮忙。这一来，本来可以提前走的两人就和大家一起完成了打扫。

部长王雨提议大家一起去聚餐，钟源源和龚文不想去，但又怕显得不合群，于是只好和大部队一起浩浩荡荡地向校外的餐馆进发。

没想到龚文一落座，王雨和刚刚那个请龚文帮忙的女干事就一左一右地挤开了钟源源，坐在了龚文旁边，钟源源只好坐在上菜的位置。大家没注意这点小动作，高高兴兴地点菜，还一定要喝酒。

然而钟源源很快就知道坐在上菜口的不妙，一旦缺菜少饭，王雨就喊她去看看菜。钟源源好不容易坐下吃了两口，又被喊去做别的事。

白天钟源源跑了一天，已经很累了，现在吃个饭还要受罪。更可恶的是，聚餐都是 AA 制!

被人包围的龚文也不好过，他本来只想安安静静地和女朋友吃口饭，欺负欺负她，结果现在被两个不熟悉的女生夹在中间，一会儿告诉他这个好吃，一会儿问他要不要那个……

这顿饭吃得两人都不舒心，但是除了他俩，别的干事们都很喜欢聚餐，大家吹吹牛喝喝酒好不愉快。

好歹快要坚持到最后了。

最后的主食是一碗汤面，上菜的时候王雨又指使钟源源去拿酒，就是这么巧，钟源源撞到了服务员，服务员惊叫着，但危急时刻也知道避开自己，结果半碗面汤都洒在了钟源源的大腿上。

万幸的是面汤不是太烫，钟源源只是觉得有些疼，外加黏腻的汤洒在身上不舒服罢了。

两个离她较近的女干事赶紧帮她擦干了身子，钟源源觉得自己浑身都飘着油腻的菜香。

这样一来，钟源源忽然没了继续敷衍的兴致，直接说自己要回宿舍了，拿起包就走。不过她刚下楼梯，龚文就追了上来。

“你怎么也跟着下来了？”钟源源愕然。

龚文弯下腰去查看钟源源被烫到的地方：“你都这样了，我难道要继续在饭桌上和不熟的人虚与委蛇吗？”

“哦。”钟源源心生甜蜜。

“王雨没拦着你啊？”钟源源幸灾乐祸地想到王雨的表情，就觉得开心。

“我发现你有点坏。”龚文开玩笑道，“我看你和部长不对盘，你既然想让她失望，不如直接说出我们的关系，我又不介意。”

钟源源美滋滋地摇了摇头：“不要，我就是小人得志，就是要让她做无用功。你没看她今天那样子，为了让你吃好喝好，倒是指使起我来了！”

当然，钟源源相信，就王雨那斤斤计较的个性和记仇的习惯，就算没有龚文，她也不会放过自己的，这小鞋可还有得穿呢。

钟源源忽然觉得不对，转头狐疑地问：“你早就知道王雨对你有意思？”

龚文一撇嘴：“我又不是傻子。”

眼见钟源源又要开口，龚文赶紧亲了她一口转移话题，顺势打横抱起钟源源。

“干吗呀！”虽然四周没人，但钟源源还是觉得害羞。

“你的腿今天历劫了，我帮它渡劫。”

“我发觉你平时看着话少，关键时刻骚话一句不少啊。”钟源源捶了他肩膀一下。

“别捶了，你本来就重，再捶我就抱不动了。”龚文龇牙咧嘴。

结果他得到了更猛烈的捶打。

男友不打，上房揭瓦。

第六章 灵感 /

1 争执

龚文的室友们终于意识到了龚文最近不对劲。

桑秦看龚文每天早出晚归，有些疑惑："文哥怎么最近老往外跑啊？"

"哎，你也发现了啊，我也觉得他最近不着家。"马运附和。

"什么不着家，你俩真逗。你俩不也总是出去，要么约会，要么去网吧不回来吗？"楚庄吐槽。

楚庄又接着说："可能他谈恋爱了吧，我昨天看到他对着手机笑，你们想想他平时会笑吗？"

众人想想龚文平时的样子，摇摇头。

"不至于吧，咱们学校谁配得上文哥呀？他那脸、那身材，我看了都羡慕，而且他连白芷都不感兴趣。"桑秦想想又觉得不可能。

"笨，对象就非得在学校找？"马运恨铁不成钢地看了桑秦一眼，"不过我觉得他不一定是在谈恋爱，他最近不是经常看书吗？可能是嫌咱们打游戏吵，去图书馆了吧？"

"啊，是啊，他最近都不和咱们出去打游戏了，咱们吵着他了啊，那多不好意思。"桑秦不好意思地挠挠头。

当晚龚文回来，觉得宿舍特别安静，大家都拿出了专业书看得认认真真的。

龚文是挺忙的，忙着学习，忙着恋爱，还有部门的事。

今天是运动会的最后一天了，钟源源陀螺似的转了三天，龚文看着都觉得累，但除了暗暗帮助她以外，也没别的办法。他听钟源源讲了王雨和她的往事，知道王雨看她不顺眼，于是也连带着躲着王雨。

要说王雨这人吧，长得挺清秀的，不是白芷那种一目了然的美丽，因此不会给人难以接近的感觉，而是个漂亮的、有亲和力的小姑娘，因此追求者也不少，时间长了，难免有些骄傲。这种骄傲就是一旦有人不怎么搭理你了，不捧着你了，就难受。

比如对待龚文，其实王雨内心知道龚文和她应该不会有什么偶像剧般的剧情，但是她不想看到有人和龚文更亲近，有一种虽然我得不到，但我也不想别人得到的心态。

可是这几天运动会，王雨总感觉钟源源和龚文之间有些不大不小的互动，比如一起去搬东西，比如偶尔的交流，有时候两人还在一起有说有笑的。这让她觉得很不舒服。

在班级里也是这样，钟源源总是能和男生称兄道弟，打打闹闹的，不知道用了什么手段。

这也是女生间暗暗较劲的小心思罢了，要说害人之心她是没有的，顶多有些嫉妒，盼望着对方倒霉。

大概举头三尺有神明，王雨不知道感动了哪路邪神，钟源源还真的倒霉了。

运动会结束后，部门里要核算支出和收入（运动员的奖励由学校统一发放给部门，再由部门分别发放给本系的运动员），结果将奖金发放给运动员后，部门里的收支对不上了。

“你们怎么回事啊，这点小钱都管不好！”王雨在部门开会的时候对着几个干事和副部长大发脾气，其他干事也在一旁惴惴不安地挨训。

副部长算了好几遍，账目没有算错啊，可卡里的余额就是少了好几百块。

这些钱少了，估计得由王雨补上，怪不得她那么暴躁。

“算不清楚，你们就平摊补齐后再交给我吧。”王雨撂下这么句话。

这下别的干事不同意了：“你们把钱弄丢了怎么算在我们头上啊，我们为部门做事还要倒贴钱吗？谁管钱的谁贴呗！”

“就是啊！”众人纷纷起哄。

“有没有搞错啊，关我们什么事啊。”

大家都很生气，谁都不想掏钱来补这个漏洞，就算平摊后一人二十几块钱也不愿意。谁的钱不是钱呀。

小小的会议室里充斥着各种各样的声音，只有钟源源和龚文没有开口。

龚文坐在钟源源的前面，钟源源偷偷地在他后背写字。龚文也很配合钟源源，转过头去偷偷地告诉钟源源答案。

“我看根本不是算错了账，而是有人故意花了这笔钱吧？”有个干事愤愤不平地站起来，环顾四周。

钟源源抬起头。

大家又开始窃窃私语：“有道理啊。”

“对啊，六百多块怎么算错啊，肯定是有人故意的。”

质疑的声音越来越多，王雨按了按眉心，然后抬起头扫视了四周，说道：“从开学起碰过部门经费的人都站起来。”

于是之前站着的一些干事坐下了，几个副部长站了起来，还有一个干事，以及钟源源。

“我也是。”王雨举起手来示意。一个部门里当然不是什么人都可以接触经费，有哪几个人能动用经费她其实心里门清。

王雨看了看站起来的人，见没有遗漏才继续说道：“你们把自己接触经费的时间说一下。”

王雨先说了自己开学时收钱的情况，因为没有活动，那时候经费只有去年剩下的钱和几个副部长和部长凑的钱，一共也才五百多块。几个副部长接着开始说自己因为哪些活动动了经费，都是小数目，都和账簿对得上。

轮到钟源源和一个干事，她俩只在运动会期间动了经费。运动会的支出很杂，光钟源源记的账就有采购矿泉水、药品、纸巾、各种奖品、功能饮料、横幅的费用，还有桌椅的租借费、遮阳棚的租借费、志愿者的服装费、号码牌遗失补上的费用等，小干事只记了一笔买彩笔的费用。

梳理了一遍后，事情经过一目了然。最后一次记账的也是王雨，内容是运动员的奖励。

全体人员的目光都集中到了他们三人身上，其实是两人身上，王雨毕竟是部长，要是想拿好处，机会多得是，又何必把事情拿到台面上。她将大家叫到一起开会，就是心怀坦荡的表现。

见只有两人站起来，钟源源挑了挑眉，她没做过，那么就是小干事把账记错了咯?

没想到小干事也跟着大家一起把目光转到了钟源源身上。

龚文皱起眉头，想开口说两句为钟源源解释一下，但是被钟源源一个眼神制止了。

那边王雨将电脑里的表格打开给大家看，每一笔账目都清清楚楚地记着，至于之前运动会上临时的纸质表格早就在打扫的时候扔了。

钟源源作为嫌疑人，虽然莫名其妙的，但她还是快速地将事情经过在脑海里过了一遍：部门的活动费用都是放在一张饭卡里的，因为学校所有的店铺都可以使用饭卡；在王雨当部长以前，饭卡都是放在部长手里的，以防有人挪用，王雨贪图方便，不乐意挨个地方跑，于是将饭卡交给了下面的人，自己只保留账本；账本是手写的，再由副部长做成表格，而账本在运动会期间交给了钟源源。如果其他人有支出，就由钟源源核对以后记账，除了小干事那笔不到十元的买彩笔的费用。

现在的问题是卡上的余额少了，而钟源源接手之前的账都挺清楚的，唯独运动会期间的有问题。

几百块钱不是小数目，肯定不是有人不小心记错的，而是偷拿了。钟源源非常怀疑那个小干事，因为运动会结束的时候是小干事记的最后一笔支出，当时钟源源正和龚文一起搬杂物，账本就放在桌上。

那就是个普通本子，别人拿去也没用，钟源源很放心地任由它躺在桌面上。然后钟源源就把它交给了副部长和王雨，她俩一起把账本做成表格，扔掉了纸质的账本，直到给运动员的奖励分发结束后，才发现了不对。

大家都心知肚明有人偷用了经费，一时间，窃窃私语的声音多了起来，看向钟源源的目光也有些奇怪。

钟源源不羞不恼，只是有些不耐烦。

“买东西的又不是我，就算有人有小动作也肯定是你们报账的时候多报了，关我什么事？”钟源源分析道。

王雨看到钟源源和龚文一前一后地坐在一起，一个往后仰，一个趴在桌上，距离不到十厘米，非常来气。此时她压抑住幸灾乐祸，装作严肃地说道：“怎么不关你的事，我让你管经费，你记账的时候有一笔笔核对吗？”

钟源源心里有些恼火：“你好奇怪啊，不去查到底谁有问题，反而怪我这个记账的？”

“你的意思是有人故意挪用？”王雨转身问大家，“是谁？现在站出来我就不计较。”

见王雨这样做事，钟源源惊呆了：这样问谁会站出来啊？王雨是不是傻？

“哎，不对啊，怎么买水花了将近四百元啊？”副部长突然出声。

“明明是两百四十元啊，水是我买的。”另一个副部长举手，“因为两元一瓶，一箱二十四元，买了十箱呀。”

“哎呀，横幅也比以前贵了不少。”

“纸巾也是哎，我记得运动会用的纸巾是十二元一条的……这里写了二十二元。”

大家再把账目梳理了一遍，发现运动会期间的几笔账都被多记了，多出的部分，因为个别前来记账的干事记不清了，粗略算了下，正好是六百元左右。

众人哗然，看向钟源源的眼神好像在看一个小偷。

这下钟源源才有点生气。

被不知道情况的人怀疑也就罢了，另一个嫌疑犯先发制人是多厚的脸皮啊!

钟源源冷冷地看着那个小干事，小干事瑟缩了一下，又理直气壮地瞪了回去。钟源源简直要被气笑。

“这么说来,你们是认定我拿了这笔钱咯?”钟源源的舌头舔着后槽牙，手指敲着桌子。

“别这么说，现在只是在查证，是你记错了也不一定呢。就算你真拿了也没关系嘛，如果有困难，大家都会帮忙的。”王雨含着笑，她早就知道钟源源家里条件一般,以前同住一间宿舍,钟源源的吃穿用度都不怎么样。

王雨表面上像是在帮钟源源说话，但事实上有种欲盖弥彰的意味。

“哦，那你现在决定怎么办呢？”钟源源直截了当地问王雨。她是看出来了，王雨是在幸灾乐祸呢。

王雨清清嗓子，缓缓说道：“不管是不是你拿的，总归是你管理的时候出的差错，我看啊，这笔钱你先垫上吧，作为你工作失误的惩罚。现在只是六百多元，以后工作了要是有这样的失误，可能就不是垫上能解决的了。”

钟源源真是烦死王雨这副“我是为你好”的嘴脸了，说是因为她工作“失误”，在别人看来就是部长为了她的面子，把钱还了就不追究了，更让人觉得她肯定偷拿了钱。

真是有点贱贱的，让钟源源想对王雨展示一下自己练散打这么些年的成果，不过理智拦住了她。

钟源源假笑一声，说道："不可能，我清楚地记得我记在账本上的账不是这样的，是不是你们誊写进电脑的时候记错了还不一定呢，还有……"钟源源在人群中找到小干事，小干事在钟源源的目光下最终还是别过了脸，"有些人阴险得很，做了错事还要找个替死鬼。"

钟源源径直走到小干事面前，说道："可惜我不陪你玩，你找错人了。"

看着两人剑拔弩张的样子，窃窃私语又多了起来。

王雨咳了一声，说道："也对，你们都有嫌疑，那就你们两个平分吧。"

"事情还是查清楚比较好。"龚文此时才开口。

自作多情的王雨以为龚文这是在帮她讲话，她认定现在在场的所有人，包括她自己也这么以为钟源源肯定是拿了部门经费。

下一秒，龚文走到那个小干事面前，说道："运动会结束的时候，是你最后一个记账的，钟源源没有亲手写，而是你自己记的，对吗？"

小干事想了想，觉得这话没错，硬气地说道："对啊，那又怎么了，我记的那笔没错啊，只有几块钱。"

龚文继续问："那为什么只有你记的那笔账是正确的呢？"

小干事愣了愣，迟疑道："因为……因为那笔账太少了，做手脚会很明显吧。"

"你亲手记的账吗？"龚文继续逼问。

"是……是啊。"

"那也就是说，你记的那一笔账的字迹和别的不一样？"

这下小干事涨红了脸。

龚文此时百分百确定这人有问题了，他转头问记账的副部长："副部长，你们记账的时候，看到的账本上的字迹是一样的吗？"

副部长迟疑了好一会儿，不确定地说："好像都是一样的。"

说完，她和身边的人惊讶地对视一眼，轻声交流。

龚文随手拿出钟源源包里的笔记本，给副部长看："是这样的字吗？"

钟源源的字很有特点，那就是丑得离谱。

因为过于有特点，副部长一看就摆摆手说：“肯定不是这个。”

这下钟源源的嫌疑彻底洗清了，有人趁运动会结束大家在收拾的时候伪造了账本，但那个人绝不是钟源源。

“要让大家看看你的字迹吗？”龚文的声音很冷淡，居高临下地俯视头已经快低到地上的小干事。

看到小干事这样的表现，答案不言而喻了。

钟源源突然很想哭。

之后的事情，钟源源没有看到，她当着大家的面说要退出体育部。这个部门变了，不是以前那样温暖的大家庭了，成员之间没有信任，只有互相猜疑，互相争抢功劳，背地里诋毁甩锅。

怀疑她的人虽然情有可原，但确确实实伤了钟源源的心。共事了那么多年，却没有一个人愿意站出来帮她说话。

“我也宣布退出体育部。”龚文站出来表态。

“龚文，你……”王雨惊诧于龚文帮钟源源洗清了嫌疑，更惊诧于龚文竟会跟着钟源源退出。

“是啊。”龚文无所谓地说道，“女朋友去哪里，我就去哪里。”

这话好像一个惊天巨雷，会议室一下子沸腾了。

当着大家的面，龚文拉起同样傻眼的钟源源，大步走出会议室。

钟源源回宿舍的路上一直低着头，很是落寞的样子。

“我看你很想哭啊，学姐。”龚文最近都这样称呼钟源源。

“唉，人间不值得。”钟源源仰头长叹。

“是，别为别人哭，眼泪金贵。”龚文揽住她。

钟源源双眼饱含泪水，问道：“你就相信不是我干的？还有啊，你怎么直接说出了我们的关系啊？！”

龚文毫不迟疑地点点头："我相信你啊。我们谈恋爱是什么见不得人的事吗，为什么不能说？你没看见王雨张大嘴的表情吗？你不觉得解气吗？"

这话又把钟源源感动了。

为了给钟源源撑场面，龚文居然自愿做钟源源的炫耀工具。

感动过后，钟源源又苦恼了，龚文进校的时候就因为长相被一些人注意，之前果断拒绝白芷的告白后，更是被人称为"高岭之花""眼光高"。现在，这朵花被她采了，真不知道要被多少人在背后阴阳怪气地说闲话。

尤其是王雨，绝对要在班级里找她的麻烦。

这就是人之常情啊，人们总习惯说"配"这个词，好看的人配好看的人，聪明的人配聪明的人。这些方面钟源源是一样都沾不上，非要说的话，唯独武力值高一点，运气好一点。

但她远"配不上"龚文。

恋爱以来，他们一直低调，一方面是因为钟源源当宿管的事本身就是在学校规则的边缘疯狂试探，另一方面钟源源恋爱的消息连好朋友陈曼都没有说，就是怕别人说她"配不上"龚文。

钟源源也是有自尊心的呀，不被人看好的恋情，当事人心里能好受吗？所以即使在部门里，钟源源也硬是要捂着恋情。何况部门里还有个王雨，这大嘴巴一说开，班里的同学肯定好奇万分，每天都会调侃她。

一旦他们的恋情公开了，别人就会探究他俩是怎么认识的，他俩怎么会喜欢上对方。万一哪个男生八卦，发现她是宿管呢？钟源源头大无比。

钟源源埋在龚文怀里，思来想去，唉，说到底不就谈个恋爱嘛，她就是厉害，不行吗？她就是人格魅力爆棚不行吗？这么一想，本就脸皮厚无所畏惧的钟源源安心了。

两耳不闻流言蜚语，开心就好了，管别人怎么想呢。至于宿管的工作，不干就不干呗。班里那些小子要是敢调侃她，她就免费展示一下散打技术。

这么一想，钟源源简直开心得要蹦蹦跳跳了。不过还有一件事她没想清楚：“但是啊，那个人是怎么拿到六百多元经费的呀，钱都在饭卡里，不能提现呀。”

“钱是用来干什么的，花的呗，不能提现但是可以花掉。”

“你是说，偷钱的人一直在用部门的钱当作自己的花销？”

“不是一直，如果是一直在花的话，很快就会被发现账目对不上，而且部门的经费平时并不多，只有活动期间才会批大笔的经费。那人应该是趁运动会的时候在学校的各种店里花费的，这也是王雨偷懒的结果，把存有部门经费的饭卡交给很多人。运动会期间，那人就算买很多东西，也不会有人觉得奇怪，因为大家都在采购。”

钟源源听了也觉得无语：“胆子是真的大。”

“其实王雨有一点说得没错，运动会期间的经费是由你保管的，你应该更仔细一些。”龚文直接说道。

钟源源吐吐舌头，无力反驳。她确实是粗心了一点，好在托男友的福，事情完美解决，钟源源舒了口气。

“来，学弟，亲亲。”钟源源不要脸地噘起嘴。

龚文嫌弃地看了她一眼：“猪屁股似的。”

钟源源看到龚文嫌弃自己，更是来劲，她已经无所畏惧了，扑腾着噘着嘴去“祸害”龚文的脸。

龚文心中一笑：傻子，上钩了。

这厢钟源源正拉扯着龚文，没想到龚文突然转身捧住了钟源源的脸，钟源源噘着的嘴稳稳地印在了龚文的唇上，发出响亮的“啵”声。

钟源源赶紧看了看四周，还好暂时没有人路过。

“这可是学校的大马路上哎。”钟源源是真害羞了，她只是想欺负欺负龚文，看他害羞躲避的样子，没想到龚文的脸皮比她还厚，每次都反击得很彻底。

“不是如你所愿吗？色狼，就想我亲你。”龚文不顾钟源源的挣扎，依然捧着她肉嘟嘟的脸。

“我才没有！你乱讲！”钟源源继续挣扎。

“坏人，亲完就翻脸不认人了。”龚文又亲了钟源源一下。

“你太恶毒了，你居然撒娇？”钟源源脸红到要爆炸。

“撒娇怎么是恶毒了？”龚文的眼睛充满了迷惑。

钟源源大言不惭颠倒黑白：“你明明知道我对你有所企图，你撒娇就是在故意勾引我犯罪！”

龚文听不下去了，手钳制住钟源源没空，那只好以口封口了。

狭路相逢，龚文胜。

正当两人专注于接吻的时候，听到了最不想听到的声音。

“天啊！”

龚文和钟源源同时僵住，缓缓转过头去。

不远处，马运、桑秦、楚庄站成一排，个个都将嘴张大到最大程度，很戏剧性的，马运手中的购物袋跌落在地，一个柚子缓缓地滚到了两人的脚边。

天啊，谁来告诉钟源源，她今天是造了什么孽啊。

“Hi！”她咧开嘴，发出了人类最友好的问候。

她要是说她眼睛里进沙子了，龚文乐于助人帮她吹眼里的沙了，但是没对准，会有大学生信吗？

钟源源欲哭无泪。

2 识破

半个小时后，五个人坐在了校门口的烤鱼店里。

铁锅里的鱼咕噜咕噜地冒着香气，五个人大眼瞪小眼。

钟源源咽了咽口水，默默地拿起铲子把烤鱼翻了个面。龚文帮钟源源夹了一块鱼肚子上的肉，肥肥的，还均匀地沾满了汤汁。

其余三人直勾勾地看着二人的互动。

钟源源摸摸鼻子。

“不吃吗？”龚文怡然自得地又给自己夹了一筷子，斯文地吃了起来。

“哦哦。”三人机械地拿起筷子。马运夹了一筷子纸巾，桑秦迷茫地举着筷子，楚庄夹起一块姜塞进嘴里。

“正式介绍一下吧，我女朋友，钟源源。”龚文大大方方地给大家介绍。

看着平平无奇的钟源源，三人更木讷了……

好一会儿，桑秦对室友使了个眼色：文哥真恋爱了！对象是宿管阿姨！

马运在桌下掐了他一把：废话，用你说？

桑秦龇牙咧嘴地摸了摸大腿。

“那个……阿姨，啊不，钟小姐，啊不……”桑秦有些语无伦次。

楚庄无语地捂住脸，不敢看桑秦的糗样。

“嗯？”钟源源强大无比，内心毫无波动，甚至想去电视台宣布一下自己的恋情。

一般遇到新的情侣，都会问问两人怎么认识的，谁追的谁。可是桑秦一个问题都问不出口。

“叫她学姐就可以了。”龚文解围。

“哦哦，学姐……嗯？学姐？”桑秦瞪大了眼，而马运直接从椅子上摔了下去。

楚庄扶起马运，镇定地问：“学姐是我们学校的吗？”

钟源源咽下鱼肉，清了清嗓子：“自我介绍一下吧，我是法学专业的，大三学姐，目前在宿舍兼职当宿管。”

桑秦莫名松了口气，刚刚他还以为龚文有恋母情结呢。

趁着大家没注意，马运仔仔细细地看了钟源源一眼，毛糙的头发，普通的身材，黑黑的皮肤，平庸的五官，真的是一副大妈相，不然她也不会被学生认为是阿姨了。

龚文的……审美趣味好像真的没有设置底线。

马运从军训开始就是龚文的忠实“狗腿”了，他看到龚文的女友竟是这样一个人，有些替龚文愤愤不平起来。忽然又想到这到底是龚文的女朋友，看龚文好像很爱护她的样子，他又无力地垮下肩膀，消极地夹了口菜放入嘴里，机械地嚼着。

其余二人倒是没觉得有很大问题，只是稍感遗憾罢了，他们觉得只有白芷那样的女生才配得上龚文。但这说到底毕竟是别人的私事，不好置喙，何况钟源源和他们也挺熟悉了，毕竟天天见面还友好地打过招呼。

几人算是不尴不尬地吃了一顿饭。

钟源源也不是不会看脸色的人，大家知道她和龚文在一起，难免会替龚文感到不值，也许还会拿她和白芷比较，只是没想到会这样快面对。

吃完饭，其他人要去网吧，龚文则陪钟源源回宿舍。龚文低头看看身边的女友鼓着嘴，走路也不像平时那样东跑西跑，就知道她心情不好。

感受到龚文关切的目光，钟源源抬起头来笑了一下：“干吗，想安慰我啊？你应该庆祝我魅力四射，找了你这么好的男朋友。”

龚文低声问：“你觉得我好吗？”

“嗯。”钟源源疯狂地点头，“哪哪都好。”

“我也觉得你很好，全世界最好。”龚文认真地说道。

钟源源停下脚步，静静地看着龚文，龚文也静静地看着她。

忽然，钟源源跳到了龚文的怀里，龚文接住她，钟源源就像猴子一样挂在龚文身上。

“嗯，我们都很好。”钟源源说。

钟源源很快就想开了，她没有什么不满足的，被人背地里说几句又不会掉肉，早上醒来，还是有“龚美男”给她发早安。把钟源源送到宿舍，龚文就准备去网吧和室友打游戏了。钟源源很贴心地挥挥小手说：“去吧去吧，早点回来，不然扣分。”

几人在网吧里厮杀一阵后，桑秦瘫倒在椅子上，看了看时间：“以后是不是可以迟点回宿舍，毕竟宿管都是自己人了。”

龚文的嘴角翘起一抹弧度：“她说学法的很不在乎大义灭亲。”

桑秦虎躯一震。

“而且，我不想让她睡不好觉。”

三人腹诽：哦，随便秀，反正我们也有女朋友。

宿舍里，钟源源坐在前台，看着接近门禁的时候，520宿舍的四人乖乖地回宿舍了，心情顿时无限舒畅。

钟源源第二天愉悦地去上课了。

刚进教室，钟源源就被陈曼一个熊抱：“啊！王雨说你恋爱了？！”

虽然有些意外消息传得那么快，但知道也就知道了吧，她也没指望王雨给她保密。钟源源点点头，扫了一圈教室，发现王雨正看着自己。

钟源源不理睬王雨，坐到陈曼旁边。

“不够意思，这么大的事你都不和我说。”陈曼没有埋怨钟源源对她有所保留，反而很为钟源源高兴。

因为瞒着朋友，钟源源心里内疚死了，但说出口的话还是一如既往地欠揍：“嘻嘻嘻，那你不得嫉妒死。”

“我是真嫉妒！王雨说得没错吧，是广告专业那个帅帅的小学弟吗？”陈曼端着八卦脸，双眼炯炯有神地问。

钟源源还没回答，肩膀就被人拍了一下，班里与她要好的几个男生如她所料，纷纷前来调侃。

“钟源源，你真给我们专业长脸啊！哈哈哈，我觉得你太牛了，听说校草成了咱们专业的女婿。”

钟源源心想：龚文怎么都被传成校草了？

“钟源源，我真的佩服，你老牛吃嫩草啊！哈哈……”

钟源源知道他们是在开玩笑，没有什么恶意，也笑着回怼了几句：“来来来，叫姐姐，认我做姐姐你们也能找到校花当女友！”

“姐姐！”

“姐姐！”

教室里响起了此起彼伏的叫声，让走进教室的老师一阵茫然。

上课的时候，钟源源也听到后排有人在窃窃私语，偶尔听到她和龚文的名字，但她浑不在意。

只是八卦的陈曼上课了也没消停，逼着钟源源给她讲讲经验，顺便问问龚文的朋友是不是也很帅，能不能介绍一下。因为之前恋爱的事对好朋友有所隐瞒，钟源源还挺不好意思的，于是就和陈曼一五一十地讲了自己当宿管的事，还道了歉。

陈曼听得连连感叹，惹得老师向她们这边看了好几次。

“这有什么对不起的，虽然我们是好朋友，但你不想说的事也不用说啊。你愿意说，我就愿意听，大家都有秘密的嘛，何况你确实有自己的苦衷。”

有这么好的朋友，钟源源又被感动到了。

她真的很幸运啊。

“但是以后要是再遇到极品，不许私藏啊！”陈曼开玩笑地“威胁”。

两人上课时光顾着聊天，啥也没听进去，下课了还在学校的咖啡厅接着聊。一直很八卦的陈曼对龚文抱有极大的兴趣，钟源源立马发消息给龚文：【亲友约见，来否？（来嘛，来嘛。）】

龚文立马回了消息：【下课就来。】

于是龚文下课后刚走出教学楼就给钟源源回了个电话，钟源源告诉他地点，龚文不过五分钟就到了咖啡厅。

探头探脑的陈曼正对着大门，龚文一走近，她的眼睛就仿佛雷达般锁定了人群中的靓仔。

“你男朋友来了。”陈曼说完，钟源源就向后看，和龚文对视后，钟源源兴奋地挥了挥手。

龚文调整了刚刚匆匆赶来的脚步，从容不迫地走至钟源源身边坐下。

“你好啊，我叫陈曼。”

“你好，我是钟源源的男朋友，龚文。”

哟哟哟，还带前缀的，陈曼对着钟源源挤眉弄眼，暗示她“训夫有方”。钟源源骄傲地抬起下巴，虽然龚文的好也不是她训练的。

一开始听说钟源源找了男朋友，并且男朋友还是小两届的学弟时，陈曼还觉得有些不靠谱，但陈曼见龚文虽然外貌条件优秀，但是并没有轻浮和吊儿郎当的表现，对钟源源也很耐心细心，心中的大石头总算是放下了。

她就怕龚文对钟源源不认真。

确认了龚文目前还是很可靠的对象以后，陈曼也不好打搅二人，于是找了个蹩脚的借口回宿舍了。

钟源源和龚文打包了一个蛋糕回宿舍，庆祝恋情公开后的轻松。龚文还叫了钟源源爱吃的炸鸡，两人在钟源源的房间大快朵颐。

龚文回 520 宿舍的时候，几个室友正在补明天要交的小论文，龚文早就完成了，慢悠悠地去洗漱。

“哎，女朋友在楼下，真幸福啊，鞋子也不用换就可以下去约会了……”桑秦唉声叹气，手上忙着写论文，嘴巴还不得空。

龚文看了看脚下的拖鞋……唔，是不是太不讲究了。

“那也得女朋友是宿管才行，还能蹭网呢。”楚庄笑道。

龚文看了看手机里下载好的综艺，唔，没错呢。

此时此刻，龚文露出了中年男子常有的幸福笑容。

真好啊。

3 新的灵感

日子一晃而过，很快就到了期中考试的时候。

大一大二的学生有期中考，大三的则是老师单独进行小测验，分数作为期末成绩的一部分。

龚文因为想要转入本部，对期中考试格外重视。其实浦江学院的考试都挺简单的，只要稍微用功一些，都能取得好成绩。

虽然没吃过猪肉，但是见过猪跑的钟源源提醒龚文，虽然有实力，但最好和老师“打个招呼”，副课老师不会在这些事情上故意为难学生。

钟源源说这话的时候挺不好意思的，对刚上大学的龚文说这些与利益有关的弯弯绕，会显得太市侩。

果然，龚文瞪大了眼睛：“还能这样？”

“哎呀，反正我就和你这么一说，就怕你不说，别人说了，你吃亏嘛。”钟源源不想深入探讨这个话题。

龚文想了想，也想通了，良久后说道：“嗯嗯，我看情况吧。”

作为学渣只要及格就行，钟源源的期中考试就准备得很轻松了，更何况这次的测验是写论文。龚文在一旁蹭网，顺便看了几眼钟源源的论文。

钟源源见他看，就指挥他帮忙查一些资料，她去外面前台坐一会儿。等到休息时间，钟源源才回过神来，龚文居然一上午都没有出声。

她跑进房间一看，龚文还在老老实实地查资料。俗话说，隔行如隔山，钟源源其实也没指望龚文在课业上帮她什么忙，所以她只是粗粗一看，就催促龚文去打饭。

龚文乖乖地往食堂走去，钟源源坐下来，托着腮很随意地浏览龚文查找的资料，没想到龚文整理得很认真，仔细一看，竟然都可以直接用。

于是钟源源脑门落下一滴惭愧的汗水，忽然对学霸肃然起敬。

期中考试一天就考完了，然后是一天的假期。钟源源要回一趟家，让原本打算两人一同去约会的龚文很不开心。

钟源源不知怎么想到了网上流传的一句很多女生觉得被冒犯却还蛮多男生认同的话：女生答应和男生出去就是愿意和他发生关系。

想到这儿，钟源源狐疑地看了龚文一眼，缓慢地摇了摇头，觉得龚文好像不是这个意思，也不是这种人。

两人这才谈恋爱多久啊……

本打算去南海市新开的游乐园约会的龚文，并不知道他一句话就让钟源源想了很多。

既然钟源源要回家，龚文也不愿意在学校待着，至少家里有网啊。两人一起打车回市中心，钟源源本是要坐公交车的，但龚文习惯叫车，于是龚文先把钟源源送回家，再回自己家。到了市里他们竟发现两人的家离得不远，只隔了两条街。钟源源倒是没心没肺地蹦蹦跳跳回家了，龚文却突然失落了起来。

唉，初恋的男孩子，唉，姐弟恋。

虽然是周末，可是钟源源家并没有人，陈丽雯和丈夫一起住在丈夫靠近郊区的别墅里，钟源源自顾自先整理好了行李，然后给自己做饭吃。

和钟源源一样，龚文家也没有人，因为父母还在公司忙。

刚煮好面，陈丽雯就打来了电话，问钟源源今天是不是放假。钟源源挺奇怪的，陈丽雯是怎么知道这件事的?

“我忘了和你说了，你欧阳叔叔的女儿也在你们学校，今年大一，叫欧阳雪。欧阳叔叔今天把她接回来了，她和我说的。”陈丽雯解释道。

钟源源知道妈妈现在的丈夫叫欧阳锋，有个女儿，这个女儿并不跟着他生活，而是跟着他前妻住在隔壁市，其他就不清楚了。

因为想和龚文去看电影，于是钟源源说道：“哦，我现在在市区，明天打算回学校。”

陈丽雯闻言马上说：“你欧阳叔叔说要请你吃饭，之前你在家里他出差没见上，今天在饭店订好了包厢，咱们一家四口也没见过面，互相认识一下也好。”

这样的尴尬家庭聚会场景对钟源源来说已经不陌生了，钟源源沉默了一会儿，觉得此时拒绝倒是拂了亲妈和继父的面子，于是不怎么爽快地答应了。陈丽雯松了口气，愉快地告诉了钟源源饭店的地址。

钟源源虽然答应了，但觉得待会儿“一家四口”见面的场景怪尴尬的，于是心不在焉地吃了一碗面。下午她和龚文闲聊几句，刷刷微博，等到了晚上饭点时，她才不紧不慢地赶往了约好的饭店。

为了今晚，陈丽雯显然是精心打扮过的，正站在大厅里翘首以盼等钟源源，看到钟源源不修边幅的样子，还拍了拍她的背，说她没个女孩样子。

钟源源跟着陈丽雯到了包厢，欧阳叔叔和欧阳雪已经落座了，冷盘也已经被端上来。钟源源看到欧阳雪的盘子有些油渍，猜想在她来之前大家应该已经吃了几口菜了。

“你好你好，我是欧阳锋，你叫我叔叔就行。”欧阳锋是一个有些魁梧的男人，看上去性格很豪爽，钟源源之前看过他的照片。

“叔叔好。”钟源源礼貌地打招呼。

“这是我女儿小雪，比你小两岁，听你妈妈说你和她是一个学校的。”

欧阳雪是一个皮肤白净的女孩子，马尾扎得高高的，还有一些高中生的稚气。不过她脸上没什么表情，看到钟源源也不过象征性地抬起眼皮点头应付了一下。

钟源源没在意欧阳雪的冷淡，反正她俩也没血缘关系，属于半路姐妹。

只不过这样一来，气氛就有些冷场。

这次吃饭钟源源很给面子地没有玩手机，欧阳锋抛出的问题钟源源也礼貌地回答了。欧阳锋和陈丽雯两人找话题圆场，陈丽雯还很热情地帮钟源源和欧阳雪夹菜和倒饮料，欧阳雪也只是冷着脸接过算是回应，钟源源则是直接拒绝了陈丽雯的热情。

她依旧对这份热切的亲情不习惯。

最后，“一家人”总算顺利地结束了第一次，也许是最后一顿聚餐。

后来钟源源才了解到，原来欧阳锋离婚不到两年，欧阳雪难免对陈丽雯和钟源源有些敌意。钟源源则不同，小时候就明白爸妈离婚，一直住校的她早就习惯了。

吃完饭走出包厢，钟源源打开手机，发现龚文几个小时前发了一条消息：【好，我今晚也要出去吃饭。】

刚放下手机抬头，钟源源就看到了不远处的龚文。

这一恍惚，钟源源以为自己的眼睛出问题了，她眨眨眼，眼前是龚文没错啊。

和钟源源傻傻的脑袋不一样，龚文早就看到钟源源了。见钟源源对着他眨巴眼睛，他以为她是在使眼色，于是飞快地看了眼周围，见没人注意，也抛了个媚眼过去，然后继续保持刚刚稍有些骄傲矜持的表情。

钟源源被这个充满爱意的媚眼砸得头晕眼花。

另一边龚文的父母正在和欧阳锋热切交谈，钟源源才知道两家竟是生意伙伴。欧阳锋和陈丽雯再婚时举办了一个小型的婚礼，龚文的父母也参加了，所以对陈丽雯也较为熟悉。

不过欧阳雪和钟源源都没有参加父母的婚礼，所以并不清楚父母与友人之间的关系。

家长们见面，总要聊聊孩子，龚文的父母也不能免俗。

聊孩子嘛，孩子小就聊学校聊成绩，孩子大了就聊工作聊对象。问到孩子的学校，两边的家长都有些迟疑，钟源源在后头险些笑出声。

诚然，南海大学浦江学院并不是什么值得炫耀的学校。

龚文的母亲和龚文不仅长得很像，而且给人的感觉都有些清冷。

她缓缓开口道：“他是在南海大学……”

真好，我喜欢你的时候，
你恰好也喜欢我。

势必要把狗粮
洒满人间。

双向暗恋

多谢你带我脱单。

你是我最最动听的情歌

我愿与你长眠于地下
做一对十年后的蝉

《靠近你的每分每秒》

不料，欧阳锋会错了意，惊喜地说道："我的两个女儿是南海大学浦江学院的。"两个女儿是指钟源源和欧阳雪。

其实南海大学浦江学院是独立学院，实际上和南海大学没有什么关系，但是在大人眼里，至少占了半个名字。

龚文的妈妈微抬了抬眼睛，略微舒了口气，说道："哦，那他们三个是一个学校的。"

既然孩子们的学校都不好，家长就心理平衡了。

寒暄了几句，几个家长鼓励孩子们互加微信，钟源源和龚文装模作样地问了问微信号，然后又不情不愿地加了欧阳雪。

加了好友以后，龚文直接就把朋友圈对欧阳雪关闭了。

陈丽雯在一旁没话找话，说道："那你们两个都是大一吧？"

"对，我们龚文是广告专业的。"

"啊，真巧啊，我们雪儿是广电专业的，源源已经大三了，读法学专业。"陈丽雯为这样的"缘分"很是兴奋。

欧阳雪也罕见地没有对陈丽雯的话表示反感。

"那雪儿和我们龚文可以经常交流了。"龚文的父亲客气地说道。

说这话的时候，大家自动地把大两岁的钟源源排除在外。

他俩是一个学院的，那他俩应该以前见过咯？钟源源想到这里，看了看龚文，见龚文皱着眉头思索，就知道他应该不记得了。

"嗯，我见过龚文哥哥。"欧阳雪一反刚刚刻薄的样子，变得害羞。

流水有意。

龚文你这个芳心纵火犯，爱情惹祸精！

几个人分别后，钟源源执意要回市区，陈丽雯拦不住她，就随她去了。

车里，龚文坐在后座，目光还追随着钟源源一家，直到车转弯的时候他才收回目光。

“你不会真的看上那个女生了吧，别告诉我你的眼光这么差。”龚母淡淡地提醒龚文。她指的是欧阳雪。

龚母的话有些不礼貌，龚文听了却没有讲话。

比起龚母，龚父显然要开明一些，说道：“我觉得欧阳的女儿挺可爱的。我们这么多年老朋友了，也知根知底。”

这话龚母不赞同，她淡淡地哼了一声，看着龚文若有所指：“考上那个学校的女生，什么档次你心里得清楚。”

闻言，龚文平静地说道：“我觉得她和我很配，我不也是这个档次吗？”

龚母呵呵一笑：“你是因为意外，她也是吗？你要真想读书，可以考研，还可以考国外的大学，她能吗？”

龚父忍不住说妻子：“好了好了，别人家的孩子，说这么多干吗。我也就是说笑而已，你还真当一回事了。”

这下龚母别过脸去不说话了。

车内的气氛一瞬间有些凝重。

过了一会儿，龚父开口，想舒缓一下气氛：“今天我总算是仔细看了眼欧阳的妻子，挺有气质的，听说她自己也做生意，收入还不错。怎么她女儿和她一点也不像。”

龚母想起钟源源，也皱起眉头：“确实，可能像她爸爸吧。”

龚文听到父母在说钟源源，心中有些不悦，但又没立场开口，于是憋了一肚子气，到家后就回了房间锁上门。

洗完澡，他忽然有些想念那个人。

4 依偎

在龚文的记忆里，他没有过叛逆期，从小都是很安静的孩子，在外人眼里，甚至有些沉默寡言。

即使是在高考那几天，他也是相对平稳地宣泄着自己的情绪，无声无息，他的反抗对象——他的母亲，甚至没有感觉到他的愤懑。

他发着软绵绵无用功的脾气，只惹恼了自己。

而这样的龚文，却在洗澡后穿着睡衣翻墙出了家门。父母在客厅看电视，屋内灯火通明，谁也没想到龚文悄然离开了家。

他想去见心上人，但是没有立刻赶去钟源源的面前。路边有一个馄饨摊，老奶奶守着一锅开水，用小勺子慢吞吞地包着馄饨。

如果是在平时，龚文是不会吃这些路边摊上的东西的，可今天他却觉得塑料篷下的那束灯光格外温暖。

老奶奶每天都要见识形形色色的人，深夜，一个迷惘的男孩子，她见怪不怪。

龚文吃了一碗荠菜馄饨，还打包了一碗猪肉馅的给无肉不欢的女朋友，这才慢吞吞地向钟源源的小区走去。

他完全不知道钟源源是否在家，她家里是否有其他人。他给钟源源发了消息，但是钟源源没有及时回，应该是没看到。一栋公寓楼里，挨家挨户都亮着光，他眯着眼寻找，一无所获。

也是凑巧，钟源源洗了衣服，唱着歌摇头晃脑地去阳台晒衣服，无意间就看到楼下站着一个人。

她觉得自己的眼睛可能真的出问题了。

但是那道身影太过惹眼，她仔细辨认，过了几秒，像一头小豹子般冲了下去。

楼下，龚文也看到了阳台上的钟源源，这也真是巧，随后他看到单元门打开了，又关上了，钟源源如一阵小旋风从楼道里冲出来，稳稳地扑进他的怀里，把他撞得后退了几步。

“你怎么来了？”钟源源仰头看着龚文，叽叽喳喳问个不停，身上带着洗衣皂的香味。

“吃小馄饨吗？”龚文举起手里的打包盒晃了晃，答非所问。

“走吧走吧，我家没人。”钟源源拉起龚文的手就往上走。

第一次到女友家，龚文总有些紧张。尽管他们只是单纯的吃碗馄饨，但总有些做贼心虚的味道。

钟源源独享了其实量不多的馄饨，满意地摸摸睡衣下的肉乎乎的肚子。

糟糕，没穿内衣。

钟源源浑身一僵，悄悄地低头看了看酒柜玻璃门上自己的影子，好像因为平胸，也没有不妥。

“怎么了？”龚文俯身问。

钟源源假笑。

突然，楼梯间传来熟悉的脚步声。

“不好，是我妈。”钟源源大惊失色，把龚文推进了自己的房间。

龚文一脸蒙。

钟源源刚把龚文推进门就后悔了，躲什么呀，自己都这把年纪了，还不能找个男朋友？何况他俩只是吃个夜宵。

但是陈丽雯已经进门了，龚文此时从房间里走出来才更奇怪吧。

钟源源在房间里傻了眼。

“源源！”陈丽雯在玄关叫她。

“哎！”钟源源这声回应完全是条件反射，用力地拍了自己的额头一下，暗自懊恼。

龚文看得好笑，径直拉开了门。

钟源源呆住了。

“你的房间装修得很不错。”龚文边说边走了出去。

钟源源心想：太假了吧，大哥。

她无奈地捂着半张脸出了房间。

此刻的陈丽雯觉得自己这个当妈的好像一片汪洋大海里的小舟，没有方向，遇到了惊涛骇浪和海上的迷雾。

她对眼前的状况完全摸不着头脑。

龚文彬彬有礼地自我介绍：“阿姨好，我们第二次见面了，我是龚文，钟源源的男朋友。”

钟源源背过身去不敢看妈妈精彩纷呈的表情。

陈丽雯实在是受到了不小的冲击，她本来都已经回别墅了，但想到许久未回家的钟源源一个人住在市区，她不忍心，于是赶回来想给钟源源做一顿夜宵。就在她出门前，欧阳锋还在和她夸龚文，很是希望他做自家女婿的样子。

欧阳锋的梦想算是成真了，继女的老公也算女婿吧。

龚文安安静静地站在那里，等陈丽雯回过神来。待陈丽雯回过神后，笑容就一直挂在她脸上。

有点骄傲是怎么回事？陈丽雯是一个很爱美很爱打扮的人，偏偏钟源源和她对着干，陈丽雯越是让钟源源打扮，钟源源越是随意。

陈丽雯看着钟源源一天比一天粗糙，内心真的很惆怅，但是她又不敢再说钟源源了，钟源源也实在是不听她的话。

她也偷偷想过，除了康宥诚那个冤大头对钟源源知根知底，和钟源源谈恋爱真是老天有眼。可惜后来他俩分手了，陈丽雯心都碎了，担心钟源源会孤独终老。

如今嘛……

老天有眼啊！

钟源源看着妈妈满意的样子，嘴都咧到后脑勺去了，不由得撇撇嘴。不是说丈母娘要高冷吗，这样才显得女孩子矜持。

仔细打量了龚文，陈丽雯更高兴了，怜爱地让龚文坐下，仔仔细细地问了龚文的事情。龚文也仔仔细细地回答了，越说陈丽雯越满意。

当然，龚文没有出卖钟源源，陈丽雯问到他们怎么认识的时候，他只说是在社团认识的。

陈丽雯神情更柔和：我女儿厉害啊，干活还能交到男朋友。

其实原本今天陈丽雯是要住下的，这下她改变主意了，连外套都没脱，坐了下就要走，想着给小情侣留出独处的时间。

钟源源看着妈妈暧昧的眼神就脑袋发晕。陈丽雯向来没有什么眼力见儿，丝毫没考虑女儿钟源源的表情意味着什么。

出门前，陈丽雯还拉着龚文说："记得戴套。"

因为思想过于开放的母亲，钟源源吐血三升。

陈丽雯走后，钟源源就不自然了，看着龚文总有一种想要逃的感觉。

龚文没觉得被冒犯，嘴角的笑容一直没有消失。

他的钟源源这么傻乖，一半随了陈丽雯。当然全世界也只有龚文觉得钟源源傻乖。

陈丽雯走后，钟源源和龚文离得三尺远，尴尬地看电视。

"你不回去啊，很晚了。"钟源源看了看时间说道。

"不回去。"龚文坦然地说道。

这下钟源源彻底傻眼。

钟源源傻乖不傻乖别人不得而知，在龚文面前，傻是一定的。

况且龚文出门的时候只穿了睡衣睡裤和外套，此时坐在钟源源的床前再和谐不过。

既然龚文铁了心要留下，钟源源只好弯腰帮他套被子，在昏黄的台灯灯光下，龚文觉得好温暖。

不知道黑暗中，人是否能感受到更柔和的事物，龚文似乎闻到了钟源源身上散发的香气，世界上最昂贵的香薰也比不过的那种，两情相悦的气息。

龚文忍不住走过去抱住钟源源，小小的软软的肉肉的。

可惜钟源源满脑子黄色废料，瞬间就不纯洁了。

她别扭地扭了扭身子，结结巴巴地开口："被子套……套好了。"

龚文把脸埋进钟源源的脖颈。

“你身上有奶味。”他小声说道。

啊？钟源源惊了，这……这是暗示吗？让人怪不好意思的。

钟源源到底是个黄花大闺女，平日再威风此时也萎靡不振。龚文抱着她，她更别扭了，扭来扭去，推推搡搡，不小心就把龚文绊倒了。

她倒在床上，男孩压在她身上。

尽管知道这只是一个意外，但龚文快要笑死了，他故意调侃钟源源，轻轻地说：“学姐，你妈妈说了，要戴套。可我没有哦。”

钟源源羞愤不已，在粉色空气里阵亡。

5 家长

第二天当晨光透过窗帘缝隙照到龚文眼睛的时候，龚文从兵荒马乱的梦里清醒过来。

不属于自己房间的甜香味弥漫在鼻尖，龚文满意地揉了揉眼睛，浑身酸痛满身疲惫地坐起来。

昨天两人睡在了一张床上，但是两条被子。虽然钟源源的床和酒店里的一样宽敞，但整个晚上，钟源源都在睡梦里“追随”龚文，然后把自己的大象腿压在龚文平坦却藏着腹肌的小腹上。

之前两人也被迫睡过一张床上，但那时的钟源源规规矩矩，双手交叠放在肚子上，哪像现在。如果说那时候的钟源源是一条冻鱼，那昨晚的她就是活的八爪鱼。

钟源源睡得四仰八叉，呼噜声震天响。昨天半夜龚文还听见她磨牙了呢。

龚文被钟源源压得尿意暴涨，去厕所解决后又躺了回去。

睡梦中的钟源源似有所感，嘟囔着缩进龚文的怀里，然后她的呼吸静了几秒，龚文就见她缓缓地滚了回去。

其实钟源源已经醒了，这会儿是因为发现自己躺在男朋友怀里，黄色废料回涌，于是害羞得假装什么都不曾发生过，翻了回去。

“起，床，啦。”慵懒的男声在她耳边响起。

呜呜呜，太诱惑了吧。钟源源认命地爬起来。

钟源源看着镜子前刷牙的二人，确定今天过后两人的感情一定会得到升华。

于她来说，龚文连头发翘起的时候都如此帅气性感；于龚文来说，他连钟源源这副蓬头垢面的样子都忍了，那铁定是真爱了。

洗漱完，龚文吃了钟源源做的早餐，两人洗完碗筷，然后打算一起回学校。

好在龚文的睡裤是一条宽松的运动裤，钟源源说道：“放心吧，一般人看到你只会全心全意看你的脸，不会在意你穿了什么的。”

于是两人就打车向学校奔去。

到了学校，龚文打开手机，没有一个未接电话。

他第一次“离家出走”一夜未归，但好像没有掀起什么风浪。

他主动打了电话回家。电话里，龚母问道：“我马上要开会了，你起床了吗？有什么事？”

龚文瞬间觉得堵心，敷衍几句就挂了电话。

说起这件事，钟源源只有羡慕的份儿，陈丽雯就是太关心她了，而她不需要那么多关心，她喜欢自由自在。

“我俩真是投错胎了。”钟源源仰天长叹。

这神奇的脑回路在一定程度上治愈了龚文的心灵。

放假后，期中考试的成绩出来了，龚文的成绩暂时在班里排第一，两人都舒了一口气。

龚文之前没有听从钟源源的建议和老师打招呼的，如今成绩出来了，他也有了底气。于是龚文现在才和老师提了一句，期待期末的时候老师能帮帮忙照顾一下。

老师向来喜欢有实力又上进的孩子，很爽快地答应了。

接下来又是没羞没臊的大学生活啦。

期中考试一过，天气很快转凉，钟源源在网上买了厚厚的睡衣，恨不得裹着棉被坐在大厅里。坐在门边，学生进出都会带来一阵风。

龚文看着钟源源对着电脑很辛苦地加加减减，打了一页草稿纸，势必要在双十一当天拿下最优惠的折扣，想起了网上“二十四孝男友”的标准。这么恶俗的“标准”当然是几位室友给龚文看的啦。

龚文忍不住说：“你别算了，我帮你清空购物车吧。”

没想到钟源源不领情，听完很嫌弃地说：“不要，双十一购物的愉快之处就在大力算满减，而你竟然想剥夺我唯一的乐趣。”

龚文于是悻悻地保留了钟源源的乐趣。

可惜钟源源买的睡衣由于双十一爆仓，好几天以后才拿到手，在那之前钟源源光荣地感冒了。

对于感冒这种小事，搁在以前，钟源源喝喝水就熬过去了，可现在她的待遇不一样了。龚文看着钟源源顶着黑眼圈（其实是熬夜追剧熬的）、肤色暗沉（其实是熬夜加天生皮肤黑以及秋冬天气导致的）、连饭都吃不下（其实是因为之前吃了零食），一定要让钟源源喝药。

钟源源很感动龚文竟然不是一个只叫她喝热水的废物男友，于是怀着感恩的心喝了龚文递给她的一杯药。

“噗！”不妙的口感让钟源源将药悉数喷了出来。

啊！为什么是双黄连，而不是甜甜的感冒冲剂？

然而龚文受到了“二十四孝男友”的蛊惑，坚持要盯着钟源源把药喝完才会满意地离开。钟源源真是苦不堪言，甚至对龚文那张帅气脸庞都免疫了。

于是她把自己想象成身娇体弱的公主，龚文则是默默守护的侍卫。

“学姐（公主），喝药。”

“文文，你喂我喝。”

“不，不好吧，大庭广众的。”龚文害羞了。

突然，梦醒了。因为有一个男生匆匆跑下楼，连鞋都跑掉了一只：“阿姨，我的室友打起来了！”

打架之事可大可小，男生嘛，一言不合就干上了。钟源源打量着男生慌乱的神情，估摸着这事不小啊。

钟源源乐得不喝药，于是把杯子往桌上一放，飞快地跑上楼去了。操心的龚文只得也跟上去。

果然，钟源源刚出楼梯口就见两个男生扭打在一起，身旁的人在劝架，两个男生听了反倒越打越勇猛了。

这些掐啊打啊摁啊的招式，在散打爱好者钟源源看来就是王八拳而已，于是她自信满满地冲上前去，想把掐着身下的男生脖子的那位一脚蹬开，没想到下面那个男生突然一个神来之笔，整个人翻了起来。两个男生都站了起来，让钟源源猝不及防，慌乱中，有一个男生抬起胳膊肘，给了钟源源的脸一个肘击。

钟源源遭受误伤，很明显感觉到鼻子一酸，然后流出了鲜艳的鼻血。

旁边一个围观的男生怪异地一叫，两个打架的也停下来了。

从医务室走出来，龚文深深地看了鼻子上贴着纱布的钟源源一眼，想到钟源源之前与他吹嘘自己散打多么多么厉害，如今看来……

比起鼻子的痛楚，钟源源更受不了龚文若有所思又意味深长的目光，于是挥舞着小拳头愤愤地在龚文身上比画了几下。

“龚文哥哥？”迎面走来的欧阳雪看到了龚文，并且自动忽略了钟源源。

不过钟源源的脸上包了块大纱布实在很惹眼，欧阳雪顺势看了她几眼，然后眯着眼，声音陡然下沉：“钟源源？”

“干吗？”钟源源撇了撇嘴，对这个继妹不屑一顾。

“你们怎么走在一起？”欧阳雪十分惊讶。

“我们怎么不能走在一起了？欧阳雪，这是你继姐夫。”钟源源很坏心眼地告诉欧阳雪这个不幸的消息，还捅了捅龚文的腰。

欧阳雪听到“继姐夫”这个称呼，愣了好一会儿才反应过来，更加吃惊，又见龚文一如既往地冷着脸，表情不似刚刚柔和开心，满脸写着“你怎么还不走，你打扰我俩约会了”。一瞬间，她神情几度变化，伤感、吃惊、愤怒交织，最后狠狠地瞪了钟源源一眼。

钟源源一愣，然后腹诽：为什么不瞪龚文？

欧阳雪落荒而逃，钟源源开始盘问龚文和欧阳雪的过往。

龚文实在是想不起来，好一会儿后，迟疑地说：“应该是小时候两家父母间经常有生意往来，见过几面吧。”

钟源源挤眉弄眼：“是青梅竹马那样哥哥妹妹地叫吗？”

龚文白了钟源源一眼，反击道：“像你和康宥诚那样吗？”

没想到龚文提到了她的前男友，可恶！钟源源果断闭嘴了，并且做了一个拉上拉链封嘴的动作，又捂着鼻子哼哼两声，成功地把龚文的醋意转为无尽的怜惜。

连钟源源都要夸自己驭男朋友有道。

这次见面不是没有后遗症。

一个明媚的早上，宿舍大厅里来了一个平时看来再正常不过的家长，钟源源照例要求家长登记，只不过玄妙的是，那个家长是龚文的母亲。

钟源源顶着还很青肿的鼻子，迎面撞上了龚母错愕嫌弃的目光。

行吧，见家长呗。

第七章
针对 /

1 两难

龚母来的时候给龚文带了厚厚的冬被和一个保温盒，走的时候带走了龚文的夏被，至于钟源源，她并没有多看一眼。

龚文送母亲下楼，等母亲走后，他跑过来问钟源源有没有受到刁难。

刚刚龚文正在宿舍背英语单词，室友则在打游戏。宿舍门突然被敲响了，龚文跑去开门，门外站着母亲。

提着保温盒，脚边放着冬被的母亲似乎有些陌生，随后，龚母轻描淡写地问他："楼下的女孩是你女朋友？"

龚文当时就愣住了，半晌才回答："是。"

他用脚指头想也知道是欧阳雪告密。

龚母并没有像别人的母亲那样对着龚文嘘寒问暖，她只是把手中的东西放下，让龚文拿出夏被，然后就说要走了。

龚文送母亲下楼的时候，龚母语重心长地对龚文说："你要学会交好的朋友，而不是认识些不三不四的人。"

这既是在说宿舍里打游戏的室友，也是在说钟源源。

龚文因为母亲到来，原本有些雀跃的心瞬间跌落谷底了。

钟源源坐在前台，好奇地看着母子二人沉默地走下楼。她见多了学生家长给孩子送温暖依依惜别的场面，这会儿敏锐地察觉出龚家这对母子离别的情形和气氛和别的母子不一样。送走母亲，龚文就紧张地来问钟源源。

母亲对钟源源的不在意和不待见，龚文有所感觉。

不过钟源源没有受到言语上的攻击，至少在钟源源看来，她们的见面不像电视剧里的那样，一个雍容华贵的夫人提着十几万的包包，穿着裘皮大衣，高傲地坐在她面前，掏出一张支票说：“数额随便填，离开我儿子。”

钟源源：“不，我爱他！”

于是一杯水泼了钟源源满头……

龚文见钟源源神游天外，一会儿神情坚毅，一会儿凄凄惨惨，一会儿爆笑，就知道她又在胡思乱想了。

他紧张得要死，钟源源却毫不在意，他用手敲了敲钟源源的脑袋。

钟源源正在想支票上填多少金额好呢，就被敲回神了。

“我就知道欧阳雪要告密，不过你放心啦，本来我觉得你妈对我挺冷淡的，但我看到她对你也这样我就放心了。”钟源源安慰地拍拍龚文的肩膀。

钟源源还真没把这件事放在心上，她内心深处觉得无非是谈个恋爱而已，说不定以后两人就分手了呢？毕竟世事难料啊。

这也许就是钟源源和龚文思想上最大的不同，钟源源虽然爱幻想，可是她活得很现实，龚文则是因为年纪小，所以更有赤诚之心吧。

这件事揭过。

恋情稳定以后，钟源源开始操心自己的学业，双十一一过，大四学长学姐今年的司法考试成绩就出来了。在浦江学院，其实司法考试的通过率不会太高，大概百分之二十左右，换算成具体人数就是十几人。

钟源源一听到这个概率就紧张，因为她的成绩真的一般。明年的法考就要改革了，成了法律职业资格考试。

然而钟源源又听陈曼说有一个平时挂科五六门的学长也过了，让钟源源这样的学渣突然有了希望。

其实在班级里，很多人已经有计划地开始准备明年的考试了，钟源源一开始因为一个人住，并没有紧迫的感觉，后来得知陈曼也在考虑报司法考试补习班的事了，才开始着急起来。

没有主见的钟源源后来索性跟着陈曼，陈曼报什么补习班她也跟着报。

因为报补习班的人数多，补习机构在学校开设了周末的课外班。距高中毕业已经时隔多年，钟源源又要开始上补习班了。

因为课外班是附赠的，意味着想去上课的人都可以去上，于是……

陈曼悄悄附在钟源源耳边低语：“你家男朋友挺黏你啊。”

陈曼说的是端端正正坐在后面做笔记的龚文。

龚文纯粹是周末无事，又想和钟源源约会才一起上的课外班。毕竟钟源源是宿管，两人也没有很多时间能出去约会。还有个原因就是钟源源知道自己随着天气降温，会产生懒得出门上课的想法，于是全靠龚文督促。

这就是为什么有的人成绩差，有的人成绩好了，自律能力就不在一条水平线。

课外班里有很多钟源源的同学，大家都好奇地打量着龚文。龚文丝毫不在意这些打量，摊开笔记本认真听课，他觉得钟源源一定会漏听一些内容。

不过法学的内容还是有很强的专业性，龚文初次听课有些云里雾里的。

上完一天的课，钟源源身心疲惫，看了眼龚文，居然笔记记得一丝不苟。

“你在干吗？”钟源源边走边问掏出手机购物的龚文。

“买司法考试的书，我觉得挺有意思的，以后也用得上。”龚文饶有兴致地回答。

钟源源不禁想起了班主任，班主任四十岁了，还没有结婚，一心钻研学术，喜欢窝在家里看高深的法学相关的书籍。据说班主任本科学的是工商，找了个学法学的男朋友，后来男朋友准备司法考试，班主任无事也一起学，结果班主任考上了，她男朋友没考上，男朋友自尊心受挫，于是两人分道扬镳。

钟源源心想：还好龚文小我两岁，不能一起参加司法考试，不然要是和班主任一样，我估计也会吐血。

这个想法刺激了钟源源，于是钟源源回去后还挑灯夜读，囊萤映雪，悬梁刺股，势必要一次考过。

龚文见钟源源醉心考试，无心恋爱，于是发誓与女友共进退。钟源源听录音看书，龚文就在一旁自学物理。

钟源源此时此刻才算是找到学习的乐趣，两个人互不打扰，却在一眼可以看到的地方，做着自己的事，再温馨不过了。

要是司法考试的书不那么多她就更开心了，呜呜。

很快就要到圣诞节了，然后是元旦，一连串的节日让钟源源坚定学习的心有了动摇。

龚文巴不得钟源源放弃书本和他出去约会，于是趁着平安夜，两人一起出了校门。

虽然龚文和钟源源都不信宗教，可是街上五彩缤纷的节日色彩十分温暖。走过面包店，闻到麦香味，钟源源瞬间就感觉饿了。

经过几个月的相处，龚文已经是钟源源肚子里的蛔虫。钟源源眼睛一亮，龚文就心领神会，马上去买了一个热乎的大面包。

那个面包估计得有钟源源两张脸那么大，其实买的时候是要切开的，龚文特意让店员不要切，好让钟源源拿着吃。

他觉得这样比较可爱。

钟源源抱着巨大的面包，像只小蚂蚁一样，咔嚓咔嚓吃得很努力。龚文扶着她的后脖颈，指挥着一心啃面包的钟源源在人群里穿梭。

就是这么不巧，在人来人往的商场里，两人又遇到了龚母。

龚母不是一个人逛商场，她身边还有一个漂亮的女生。

钟源源发誓，这绝对是她这辈子见过的最美的女生，闭月羞花、沉鱼落雁一下子有了代言人，钟源源第一次因为看到一个女生让她瞬间觉得自卑。

四人相对的时候，龚文叫了声“妈妈”，那个女生他则称呼为“董姐姐”。

钟源源也很有礼貌地叫了龚母一声“阿姨”，因为手上拿着超大的面包，怎么看怎么傻。

其实钟源源真不是傻白甜那种类型的女生，对，全怪面包。

董姐姐全名叫董弛，名字很男性化，看到龚文，她惊喜地走上前，又回过头对着龚母说道：“天哪，阿文这么大了呀！”

“你回来过寒假吗？”龚文已经好几年没有看到这个如同他亲姐一般的董弛了，乍见也十分高兴。

“小弛已经本科毕业了，打算回国读研，不出意外就要在正华大学读研究生了。”龚母满意地笑了笑。

钟源源第一次看到龚母脸上露出可以说是“慈爱”的笑容。

许是很久没见面了，几人寒暄起来，倒是把钟源源晾在了一边。钟源源继续不动声色地啃着面包。

说着说着，董弛就提议龚文和她们一起在外吃饭。

钟源源耳朵尖，说到吃饭立马竖起了耳朵。

本来钟源源和龚文是要去一家最近很火的寿司店吃寿司的，钟源源已经馋了很久了。没想到好好的约会被打断，钟源源不能拦着龚文和家人吃饭，也不愿意一个人灰溜溜地回学校，于是内心有一丝不开心。

“源源也一起吧。”龚母说道。

钟源源被点名，下意识地看了眼龚文。龚文微微点头，于是钟源源虽然很不情愿，但还是答应了一起吃饭。

“这位是？”董弛好像才看到钟源源的样子。

龚文刚要开口介绍，龚母就抢先说了：“这位是朋友的女儿，叫钟源源，我那位朋友你也许还记得，欧阳叔叔。”

董弛是认识欧阳锋的，所以也知道他的女儿叫欧阳雪，肯定不姓钟。

她很聪明地没有说话，反而很亲热地走到钟源源旁边，与其交谈起来，态度很亲切，话题又不会触及隐私。

钟源源了解到董弛高中毕业就考进了国外知名大学，并且做起了服装生意，如今毕业了，她的生意也步入正轨。不得不感慨，人与人之间的距离，有时候有天壤之别。

四人各怀心思地向餐厅走去。

2 针对

钟源源一直以为董弛和欧阳雪一样，是龚文家生意伙伴的女儿，但之后和龚文聊起董弛时，钟源源才知道董弛和龚家非同一般的关系。

董弛出生在外省一个比较偏远的农村，因为龚文家公司的一个慈善活动，董弛学校里的几个孩子成了帮扶对象，由公司出钱资助孩子们读书。董弛那时候在读二年级，和奶奶相依为命，但是因为成绩不好没有被选上。

龚母和龚父离开山村的那一天，董弛下定决心，翻山越岭追了他们两个多小时将他们的车拦下，请求他们给她一个被资助的机会。

其实这类慈善活动本就是为了树立公司形象，倒不是说龚母真有热衷于做慈善的心，当时因为有电视台的人在场，于是龚母“大受感动”，答应了董弛的请求。

董弛很争气，除了照顾年迈的奶奶，还要一边做农活，一边读书，后来她还真的和别的被资助的学生一起考上了县里的初中。

因为董弛生得好看，所以被资助之后有一些采访都由她出面，因此龚母算是与她熟识。

每次接受采访后，董弛都会在龚文家住几天，不得不说，董弛的人格魅力实在是太耀眼了，虽然出生在乡村，但是她很懂得学习，即使是挑剔如龚母，也十分喜欢董弛。龚母也曾想过，要是有个女儿如董弛那样也是一件好事。

因为龚母的喜爱，董弛放寒暑假的时候也会来南海市。

龚文是独生子，独生子女的通病就是容易觉得孤独，董弛的到来给他带来很多快乐。董弛在农村长大，会玩很多城里人不曾见过的游戏，和龚文很玩得来，龚文可以说是把董弛当作亲姐姐一般。

后来董弛的奶奶去世，董弛回老家办了丧事以后，由龚母做主将她转入南海的中学。董弛选择了寄宿，而不是住在龚文家。

然后董弛依靠自己的聪明才智，在私立中学混得如鱼得水，成绩也如同开了挂一般，从一个乡村少女变成了一颗耀眼的明珠。

高考后，董弛决定出国念书。

钟源源听得啧啧赞叹，董弛真的是一个聪明美丽的女孩子，大气又温柔，坚毅又勇敢，简直是所有女生的榜样。

不过此时的钟源源还不知道这些，司机彬彬有礼地拉开车门，她坐上了龚母的车，龚文坐在前排，其余三人坐在后排。

钟源源进入小小的空间以后，感觉龚母身上那股凌厉的气质瞬间就弥漫了整个车厢。

这感觉让钟源源如坐针毡，仿佛当年在学校上数学课时被数学老师盯着一般。

尤其是她手上还握着一个此时此刻看上去很不合时宜的大面包。

龚文在后视镜看到被一身行头很贵的妈妈和穿麻布也很漂亮的姐姐映衬得更加灰头土脸的钟源源，他缩在车门边，咬住下嘴唇不让自己笑出声。

“面包还有吗？我想吃一点。”这么大一个面包，即便是两天后问这个问题，说不定答案也是“还有”，龚文这是帮钟源源解围。

钟源源赶紧把烫手的面包丢给前排的龚文，龚文拿到手之后还真的一本正经地吃了起来。

吃同一个面包，这么亲密的事是什么关系的人才能做出来，董弛心里也有数了。她侧头看了看冷着脸的龚母，心中越发确定。她想了想，说道：“我听说这家店的奶酪面包很好吃，你们刚刚有看到吗？”

于是钟源源和董弛聊了起来，从面包聊到别处，很大程度地缓和了车内的压抑气氛。

预订的餐厅在一个高级的商场里，钟源源以前也会来这个商场里挥霍，后来就根本没来过。这里面的餐厅，自然价格不菲，钟源源庆幸现在是冬天，不然她今天出门时也许会穿着一双人字拖，根本走不进餐厅。

这是一家法式餐厅，菜单也是法文的，服务生都是法国人。钟源源眼皮一跳，她对英语都只是勉强能听懂，何况法语。

眼看着龚母和董弛已经叽里咕噜地点完菜了，钟源源朝龚文使了个眼色。

“阿文，你去看看酒窖里我们的红酒还在不在，食物就点你以前爱吃的那些可以吗？”龚母放下菜单突然开口。

钟源源和龚文俱是一愣。

这时，龚文和钟源源都发觉这就是一场针对钟源源的鸿门宴了。

“护妻”的龚文眉头瞬间皱了起来。

钟源源知道龚文爱护她，他这个皱眉头的表情是要和他妈妈对峙的意思，钟源源赶紧开口：“去吧，去吧。”

龚文看向钟源源，只见钟源源掏出手机打开了翻译软件……

翻译软件一打开，马上就将菜单上的菜名全部翻译出来了。龚文见状死命咬住了嘴唇，握拳遮唇不让自己笑得太明显。

其实钟源源心里火气也很大，埋怨龚文的妈妈，心说：看不起人你直说啊，搞什么弯弯绕绕，现在是21世纪了好吧。

就着翻译出来的菜单，钟源源点了一份自己爱吃的，然后还迅速点了几份价格偏高的菜。

法国菜嘛，一个大盘子，菜的分量一点点。点完菜，钟源源保持着得体的微笑直视龚母。

这顿饭的滋味如何，龚母怕是尝不出了，钟源源却吃得津津有味。

反正比寿司好吃。

吃完饭，龚母丢下钟源源和龚文，拉着董弛要走。董弛露出一个抱歉的微笑，跟上了龚母的脚步。

看着龚母走了，钟源源舒了一口气，揉了揉吃得饱饱的肚子。

“对不起哦，和你妈妈杠上了。”钟源源道歉。

龚文揉了揉她的头：“你没必要道歉。”

其实并没有歉意的钟源源吐了吐舌头。

她很想问“如果我和你妈一辈子都相处不来，你会不会也一直像今天这样偏袒我”，可话到嘴边又被咽了下去。二十出头的年纪，干吗要想以后的事来硌硬自己呢?

突然，嘴唇被浅浅地啄了一下，钟源源抬起头，看到龚文一脸认真地凝视着她。

他说：“一如既往。”

一如既往地爱你，一如既往地袒护你。

“鼻子好了吗？”龚文突然转移了话题。

钟源源不明所以，点点头：“好了，消肿了。”

于是龚文勾起手指在钟源源的鼻尖上轻轻刮了一下。

这是南海人的风俗，长辈对小孩子许诺的时候，要在小孩子的鼻子上刮一下。钟源源立马就拍了拍他的头：“呔！没大没小，乱了辈分。”

两人手牵着手，一路打打闹闹地走回学校，虽然路程不近，两人竟也不觉得累。

路上，钟源源给龚文和自己买了情侣围巾，还看上了一顶进口的圣诞树造型的帽子，但是龚文死活不肯戴上。

“是绿的！帽子是绿的！”

“哦，也对，那说明这家店卖的是真的进口货。”

钟源源高兴得仿佛捡到便宜似的，把帽子戴到自己头上了。

“唯物主义一点。”钟源源拿着帽子去买单，还笑嘻嘻地嘲笑龚文。

龚文心想：反正我就是不戴！

两人聊着聊着就聊起了董弛，钟源源听龚文说完董弛的经历以后，简直自惭形秽。说起来两人只差了一岁而已，怪不得龚母看不上自己，珠玉在前，她简直就是坨稀巴烂的泥巴了。而且董弛的优秀实在是常人难以企及，因此不会让人觉得嫉妒，只会止不住地产生敬佩之心。何况董弛还帮钟源源解围，钟源源实在是非常喜欢她。

“人与人之间的差距果然……”钟源源又忍不住感慨。

“知道啦，天壤之别。”龚文截住话头。钟源源瞪了他一眼：“我们还是不是好情侣了？”

“我要是像董弛姐姐一样就好了。”钟源源很向往高智商人群的生活。

龚文仔细地想了想：“我觉得不好，董姐姐优秀得太有距离感。”还是钟源源这样傻乎乎有冲劲的女孩子更为鲜活。

请原谅龚文本就很奇异的审美，简直不知道他是因为这种审美喜欢钟源源的，还是因为喜欢钟源源才变成这种审美趣味。

“哎？董姐姐哪来的钱留学呀？”钟源源突然问道。

龚文也没怎么关心这件事，迟疑地说：“应该是公司资助的吧。”

哇，那龚文家的公司还真是很大方了。

钟源源突然对龚母的印象好了起来。

3 抱怨

相比钟源源和龚文有说有笑地逛街，回去的车上，龚母喋喋不休地和董弛抱怨开了。

“真不知道龚文是什么眼光，找了这样一个女孩当女朋友。

“我当初就不应该让他读这个大学，可是我让他出国他又不愿意。

“我们家这样的条件找什么样的都不可能找她那样的女孩当媳妇，她家父母离婚这一点我就看不上。

“别的女孩子读书不好至少长得好看，你看那个钟源源，哪怕长得像她妈妈也好啊，偏偏什么都不占。

“你看看她刚刚在餐厅那副目中无人无知无畏的样子，真是气死我了。”

窗外的霓虹闪烁，董弛的脸隐藏在阴影中，嘴角依旧噙着礼貌的微笑，静静地听着龚母讲话。

这个女人还是这样，性情数十年如一日，说起目中无人，谁也比不得她。

第二天是圣诞节，恰逢周末，学校组织的社团活动异常火爆。一棵巨大的圣诞树摆在学校前广场的中心，四周堆满了“礼物”，外圈围着各个社团的摊位，有卖食物的、做游戏的、表演的，重点是这些都免费。

几乎所有学生都走出宿舍了，钟源源也没什么可管的，和陈曼约好在圣诞树下见面。

龚文自然是和钟源源一起。

其实钟源源觉得龚文老跟在女生屁股后面也不像样子，大手一挥，让龚文和室友去网吧打游戏了。

陈曼拿着活动小册子，每到一个摊位通过游戏了就盖个章，最后集齐盖章的人可以得到“神秘大礼”。钟源源估摸着，以学校的抠门程度，一包卫生纸顶天了。不过两人还是玩得很开心，直到陈曼不知不觉逛到了动漫社的摊位。

“陈曼！你放我们鸽子！”一个穿着魔卡少女樱服装的女生举起手中的魔杖指着陈曼。

“天呢，我忘了这边是动漫社了。”陈曼向钟源源抱怨，“圣诞节前在社团里抽签，我抽到了今天在社团摊位上表演，但我想拿学校活动的奖就和一个学妹换了。现在看来，估计是学妹放我鸽子了。”

“那你赶紧去吧，等下和社团成员闹矛盾也不好看。”钟源源催促。

陈曼长叹一口气：“可是我好想拿学校的奖品啊，第一名的奖品是一套化妆品！是我们几个社团投票选的，值一千多块钱呢！”

原来不是卫生纸啊……

钟源源推着陈曼的肩膀，把她送入了动漫社的“怀抱”。

“喏，只剩这个了。”社长把一套猪宝宝的玩偶服装交给陈曼。

“我分到的不是这个呀！”陈曼抗议道。猪宝宝是社团的吉祥物，不是动漫角色，陈曼抽签抽到的是一个人物造型的游戏角色。

“谁让你来得迟，只剩这个了呗，快去换！”社长翻了个白眼。

陈曼气得直跺脚。

一旁看热闹的钟源源倒是觉得玩偶服挺好玩的，于是“主动请缨”。陈曼感动地抱住钟源源，就差猛亲了。

社长没反对，这个角色只要做做可爱的动作和学生们互动就行了，不需要表演。

“等我拿下一等奖请你吃烤肠！”陈曼靠刷脸拿到了自家社团的章以后，欢呼着跑走了。

钟源源大力地挥手对着陈曼的背影道：“苟富贵，勿相忘！”

然后她兴高采烈地穿上了厚重的玩偶服。

此时此刻的她并不知道等会儿自己会因为做出这个决定深深地感到后悔……

在冬天，玩偶服其实是一个很温暖的存在，温暖到让人稍稍运动就能汗流浃背。

钟源源在厚重的玩偶服里，只靠一个小洞呼吸，着实闷热，不一会儿，连头发都湿了。

毕竟是自己揽下的事，即使苦不堪言，钟源源也不能说不干了，于是她认认真真地在玩偶服里头待了一个多小时。

然后手机响了，是龚文打来的电话。

钟源源费力地将一只手从玩偶服里伸出，接着掏出裤袋里的手机接了起来。

“喂？”钟源源一讲话，听筒里就有回声。

“你在哪儿？我在圣诞树下看了一会儿，怎么找不到你？”龚文听到钟源源的声音很空灵，仿佛在一个空旷的地方，不由得有些疑惑。

龚文来找自己啦？钟源源于是撒丫子蹦蹦跳跳地离开了动漫社的摊位，向着圣诞树走去。见龚文举着电话迷茫地环顾四周，钟源源忽然就想捉弄他一下。

后来据周围的学生所述，他们正在各个摊位前做游戏时，突然看到一只猪玩偶蹦蹦跳跳猥猥琐琐鬼鬼祟祟地向圣诞树下一个帅气逼人的男孩子靠近。即使玩偶只有一个表情，但他们也从她的肢体动作中感受到了一丝丝与众不同的气质。

三米，两米……

果然因为目标太大，钟源源刚接近龚文，龚文就发现了。

时隔很久，钟源源第一次以第三者的视角来看龚文。龚文挺拔地站在那里，因为“奇异生物”的靠近转过头来，他微微皱起眉头，眼里有一些不解和怀疑，像看待一个陌生人一样，如钟源源初见他时那样，浑身散发着生人勿近的信息。

钟源源于是转过身，背对着龚文，然后撅起屁股夸张而妖娆地扭了扭。

被一只“猪”调戏是什么感觉？龚文震惊过后立马认出这只“猪”是钟源源了。

他咧开嘴笑了起来，甚至笑得蹲了下去。

钟源源很满意龚文的表现，更卖力地扭起来。

“是源源吗？”董弛的声音清脆地响起。

钟源源顿住了……

谁来告诉她为什么神仙姐姐也在这里，还看到了她很没形象地搔首弄姿？

龚文笑着帮钟源源摘下头套，摘下头套的瞬间，钟源源觉得整个世界都清新了起来。

不过她整个人可以说是惨不忍睹，因为闷在玩偶服里出了很多汗，她原本就不怎么整齐的头发贴在了头皮上，马尾辫变得乱糟糟的，有一绺还被扯了出来，显得蓬头垢面的。

龚文上下打量了一番钟源源，伸出手在距离她头顶五厘米的地方晃了晃：“你的头顶在冒热气。”

钟源源的脑海里立马就浮现出了她此时此刻热气腾腾的样子……

董弛被逗乐了，捂着嘴并没有恶意地笑。

董弛一笑，钟源源算是知道什么叫“回眸一笑百媚生”，那笑容盛开在冬日里，好似绽开了一树的梅花，芳香扑鼻，沁人心脾，让人仿佛沐浴在阳光下那样舒适。

在那样的光芒下，每一个普通的女孩子都变成了小丑，更何况是钟源源这样的。

钟源源忍不住扶额长叹。

龚文不知道钟源源面对董弛复杂的内心世界，和她解释因为董弛无事就想来看看龚文的学校，于是龚文就来找钟源源了，想叫上她一起外出吃饭。

于是钟源源找到了差不多集齐章的陈曼说明了情况，脱下笨重的玩偶服，略微整理。

这期间董弛也在一边等钟源源，大美人一来，让本来简陋的摊位蓬荜生辉。

第六感很强的陈曼拉拉钟源源的衣角，看着和龚文有说有笑的董弛，警惕地问钟源源：“哎，那人是谁啊？”

陈曼很想用“那女的”来称呼董弛，但面对俏丽的董弛愣是说不出口。

知道陈曼误会了，钟源源解释了一下。

“你呀，没一点心眼，你看那两人这么登对，就不怕小学弟抛弃你啊？”陈曼戳了钟源源的脑瓜子一下。

钟源源满不在乎地挥挥手：“得了吧，董弛比我还大一岁呢，他俩从小就认识。”

“龚文都看上你了，还在乎这一岁？说不定你俩一个八月底生，一个九月初生，刚好岔开一个年级呢？”陈曼追加道。

钟源源无语：“你会不会想太多？”

她神秘兮兮地把陈曼拉近：“我觉得吧，我之所以那么放心，是因为经过几个月的观察，我觉得龚文的审美肯定有问题，他就喜欢我这种调调的，所以你放心吧。”钟源源边说还边把左右两根食指靠拢又分开，表示龚文脑子里有一根筋不对劲。

陈曼竟然无言以对。

“而且啊，你看看人家那身段那长相，要真想和我抢男朋友，我也只能躺平让她践踏我的尊严了。”钟源源神情凝重，悲痛地拍了拍陈曼的肩膀。

龚文聊几句就看看钟源源，一个不注意就见钟源源又露出了古怪的表情，知道她的思维再一次放飞了，于是亲自上前把钟源源提溜了出来。

和陈曼告别后，龚文掐住钟源源的后脖颈控制着她向外走了。

“阿嚏！”乍暖还寒，钟源源还打了个喷嚏。

龚文很自然地脱下自己的外套，披在钟源源身上。

陈曼看着这一切，直叹钟源源傻人有傻福。

虽说只要锄头挥得好，不怕挖不到墙脚，可是现在看起来，龚文是那万里长城啊……

永不倒。

4 圣诞节

浑身冒着热气的钟源源和龚文、董弛一起去商场吃饭，商场就是昨天去过的那一个。

圣诞节当天，商场里的顾客熙熙攘攘，所有的店铺橱窗都焕然一新，透着圣诞的气息，各种优惠活动也是层出不穷。

三人站在指示牌前考虑午饭要吃什么，钟源源饶有兴致地在研究日料，龚文和钟源源在一起后就不怎么挑食了，钟源源吃什么他就吃什么，但是两人都很有默契地让董弛决定餐厅。

董弛纤细匀称的手指点着下巴，眯着眼睛思考的样子有点可爱。

一个发传单的男人走过来，见三人都看向他，脸有些微红，结结巴巴地说："那个，我们店铺在举行圣诞活动，情侣参加小游戏的话就有机会打折和免单。"

钟源源看了眼他的制服，竟然就是她刚刚研究的那家日料店。

于是钟源源期待地拉了拉龚文的衣角。

董弛见到两人的小动作，知道钟源源想吃这家的日料，于是离工作人员最近的她问道："是什么活动？"

工作人员见董弛和他说话，本来就微红的脸更红了："是你画我猜，一分钟内全部猜中就可以免单，猜中七个以上就可以有折扣。"

说完，他递上了传单。

"好啊，我们可以试试。"换作平时，龚文才不会参加这类活动，他冷着脸就可以吓退一切推销人员了，但是钟源源好像很有兴趣的样子，于是龚文答应了。

三人来到游戏区域，工作人员给他们贴上了游戏贴纸，然后把董弛和龚文推向了游戏区域。

这操作让钟源源在风中凌乱了，工作人员误会龚文和董弛是一对了。

还来不及解释，倒计时就已经开始，游戏区的龚文和董弛还没反应过来。

见龚文欲下场，钟源源赶紧大喊：“快点！要拿到免单哦！”

帮两人拿着包的钟源源站在台下，身边的几个陌生人在悄悄讨论台上的“情侣”：“天啊，那两人也太配了吧，是什么神仙偶像剧啊！”

“对啊，我真的太欣赏这对的颜值了，果然好看的人只和好看的人玩，我们这种长得丑的只能和长得丑的配对。”

“我要拍下来给男朋友看看，让他看看人家男朋友……”

听到周围人的话，钟源源默默安慰自己这本就是一个乌龙而已，但是，为什么心里觉得涩涩的？

其实在工作人员把龚文和董弛推上台的时候，钟源源就蒙了。钟源源明明想表现得满不在乎，想让龚文好好表现，她说服自己工作人员弄错也没什么大不了的，可是，她现在觉得心里真的有一点难受。

龚文和董弛从小玩到大，默契程度也不是盖的，一分钟完成十题，这要多强的默契和才智啊，一眨眼，他们竟完成了一半。

钟源源背过身子，想要离四周发出“好有默契啊”“好配啊”“厉害啊”之类的感叹的人群远一点。

难挨的时候，一分钟也变得漫长。

游戏结束，董弛和龚文最终拿到了免单券。

董弛挽着龚文边说着刚刚惊险刺激的游戏边从台上下来的时候，钟源源一瞬间竟然想藏进地缝里。可惜商场的瓷砖铺得太好，连一丝缝隙都没有给她留下。

刚刚董弛很自然地挽起龚文的手臂，现在也很自然地放下，和小时候做过无数次那样，就连龚文也没有意识到有什么不妥。

钟源源僵硬地笑了笑：“你们好厉害啊！”

没有察觉不对劲的龚文捧起钟源源的脸：“好啦，这下你可以敞开吃你想吃的日料了。”

一旁的董弛也看着钟源源，眼神清澈，表情自然到不行。

钟源源暗暗埋怨自己多想：人家是姐弟关系，又不是姐弟恋，要是换成自己和龚文上台，以自己的智商，还不一定能拿到免单券呢。这下不是挺好的嘛，拿到了自己想吃的餐厅的免单券，可以大吃特吃了呀!

钟源源说服自己以后又暗自吐槽：之前不就意识到自己和龚文外表的差距了吗（钟源源自动忽略了他俩智商的差距），这有什么大不了的，难不成人家说我俩不配我们就要分手吗?

于是钟源源痛痛快快地挽起龚文的手臂，满脸高兴地向包厢走去。

日料店是新开的，非常正宗，比如，进包厢前要脱鞋。

钟源源本没有在意，直到脱了一只鞋以后，她才发现今天早上起床穿衣服的时候，她拿了一双破袜子，她当时想着袜子破都破了，不如再穿一次，今天回去后再扔掉。

所以，尴尬无比的一幕发生了。

钟源源悄悄地看了龚文和董弛一眼，董弛在穿拖鞋没有注意这边的动静，龚文感受到她的目光，疑惑地与她对视。

随后，龚文的目光挪到了钟源源裸露在外的脚指头上。

钟源源觉得自己的面子固然很重要，但是在董弛面前，也丢得差不多了。可她是个很仗义的女朋友，她不能让龚文也在董弛面前丢面子，虽然她刚刚蓬头垢面地从玩偶服钻出来，让龚文的面子也丢得差不多了。

但是人要有进步啊，要懂得亡羊补牢，及时止损啊!

于是钟源源转过头去，不动声色地穿回鞋子。

“我去上个厕所。”钟源源淡定地走了。

直到包厢里的人看不见了，钟源源才赶紧溜下楼。她刚刚看到楼下有卖可爱袜子的柜台，要不是为了“龚文的面子”，她是打死也不会买这里五十八元一双的袜子的。嗯！她是个好女友。

飞速地换上价值五十八元的袜子，钟源源神清气爽，仿佛一个落魄的小子一下子飞黄腾达了。穿着价值五十八元的袜子，钟源源觉得自己脸上有光，仿佛世界上没有任何困难能打倒她！

钟源源雄赳赳气昂昂地走回包厢，霸气地脱了鞋子，露出自己美丽的袜子。

本来还奇怪钟源源为什么突然不见了的龚文见钟源源换了双袜子，很快就想到了前因后果。龚文忍住笑，忍住想要亲钟源源一口的想法，假装什么都没有发生过，沉默地翻看菜单。

董弛只觉得两人之间暗流涌动，但不明所以。她抬头看了眼莫名情绪高涨的钟源源，提醒道：“源源，你的裤腿怎么扎到袜子里去了？”

老天爷为什么总要和她过不去？！钟源源低头一看，还真是。

社会性死亡典型案例。

龚文终于忍不住了：“哈哈哈……”

只有董弛一人不解，她不过是提醒了一番，怎么龚文笑得如此奔放。

钟源源垮着脸哭了，后悔自己活得实在是太粗糙。

既然已经丢脸丢到这个份儿上了，钟源源决定解放天性，放飞自我，化悲愤为食欲，在今晚的餐厅里，钟源源注定没有对手。

寿司，点！生鱼片，上！烤牛肉，吃！

打着饱嗝的钟源源被龚文扶回宿舍的时候，龚文想到钟源源今天一天的表现就忍不住笑，钟源源恶狠狠地瞪了他一眼他才有所收敛。

钟源源洗漱完毕倒在床上，心想自己是不是和董弛犯冲啊，难道说强强相遇必有一伤？还是说老天爷单方面偏袒自己的“独生女”董弛？

钟源源爬起来抽出一张餐巾纸，边撕边念叨：“碎碎平安。”

大约是封建迷信起了作用，接下来的时光，也就是这一年最后的几天，钟源源都过得无比顺遂，顺利地结束了今年，迎来了老一岁的新的一年。

三天元旦假期对大三的钟源源来说稍长。

钟源源和龚文约好了去南海著名的海滨广场跨年。

今年的最后一天，大学生都陷入了一种无心学习只想出去狂欢的气氛里，空气中弥漫着迎接新年的喜气，学校将校园装扮一新迎接新年，各种元旦活动也热热闹闹地展开了。

在这样的氛围里，钟源源戴上了圣诞节买的绿帽子，和龚文溜出宿舍，哦不，光明正大地走出宿舍，前往海滨广场。

海滨广场每年的跨年活动都是人山人海。按照惯例，灯光秀和花车游行晚上七点就开始。作为一个国际化大都市，各国的朋友们都在海滨广场迎接新年。广场上正在举办一个小型的音乐节，还有一条小吃街。边喝啤酒边狂欢的夜晚，可以说完全是年轻人的世界，午夜倒计时后还会有一年一度的烟花秀，可谓热闹非凡。

钟源源完全沉浸式体验今晚的氛围，左手握着薯塔，右手握着羊肉串。龚文用两根手指小心翼翼地帮她拿着椰子沙冰，冷得龇牙咧嘴。

贪吃的钟源源好不惬意地吸一口椰子沙冰，吃一口烤得香香的羊肉串，听着摇滚歌手撕心裂肺地歌唱，再没有比今天更美滋滋的日子了。

互不认识的人们聚集在广场上，面对着海湾对面的高楼大厦，大厦上的灯光忽然全部亮起，在今年的最后时刻，大家暂时忘却今年的欢喜今年的悲伤，全神贯注地倒数着。

“十！九！八！七！六！五！四！三！二！一！”

在全场的掌声和欢呼声中，还有绚烂的焰火之下，新的一年实实在在地来临了。哪怕是佝偻在街边角落的流浪汉，也忍不住举起乞讨的饭碗，大声欢呼起来；陌生的男女前一秒还不相识，在新年来临的时候，也被感染到互相拥抱。

龚文眼疾手快地将钟源源扯进自己敞开的羽绒服里，牢牢地裹住不到他下巴处的小矮子，完全与在一旁虎视眈眈，刚刚就有些蠢蠢欲动想要借机和他拥抱的年轻女孩隔绝。

手握羊肉串的空竹签的钟源源，在男友的怀抱里开始了新一年的旅程。

记得忽略不小心蹭在龚文胸口上肥滋滋的羊油。

“新年快乐，臭源。”龚文抬起钟源源的下巴，轻吻她的唇。

钟源源不知道龚文哪儿来的脑洞给她起那么多乱七八糟的绰号，但是美色当前，她顾不得那么多了！钟源源正要凑上去，龚文就把一个袋子交给她。

“啥？”钟源源盯着手里的袋子，心想这玩意儿从哪里凭空冒出来的。

龚文笑眯眯地说：“新年礼物，倒计时前我告诉跑腿骑手我们的位置，让骑手送过来的。”然后又捏捏钟源源的脸，“回去再拆。”

也不知道是什么好东西那么重！钟源源咧开嘴角傻笑。

烟火表演过后，人群散去，龚文和钟源源也随着人流缓慢地走向地铁站回学校。好不容易到了学校，两人互道晚安，钟源源急忙回房间拆礼物。

打开精美的袋子，里面装的是——

最新版司法考试背诵秘籍。

龚文还附了张字条：【好好学习天天向上，新年新气象。】

钟源源失声痛哭。

5 礼物

其实龚文绝对不是不解风情的男生，送钟源源司法考试书只是逗逗她，谁让她在微博上天天转发考试机构的抽奖微博呢。

“看转发选礼物”这个方法是桑秦他们几个教龚文的，据他们透露，这样选礼物一选一个准，于是龚文早就关注了钟源源的微博，一条条看过去，他发现除了转发“哈哈哈”的搞笑动图以外，啥也没有。

直到最近，圣诞节元旦连击，钟源源的微博首页终于出现了司法考试的书籍抽奖的微博。

龚文第一次犯了难，化妆品钟源源不用，衣服太过私人审美，鞋子包包钟源源不在意。

于是龚文决定顺从钟源源的内心，送她一套司法考试书。

但是他也不傻，这么送礼物很容易导致感情破裂，于是他还有后招。

元旦那天，钟源源照例坐在前台值班，不过因为宿舍楼没什么人，不需要很认真。

“钟源源女士？”一个快递员在男生宿舍门口对着钟源源喊道。

“是我！”钟源源直起身子张望。

“您的鲜花签收一下。”

啊？钟源源傻愣了片刻，然后咧开嘴开心地冲出去了。

桑秦曰：千拍万拍，马屁不穿；千送万送，玫瑰不错。

效果很显著。

哪怕粗糙如钟源源，见到一大捧玫瑰花的时候，心都要融化了。

一支支玫瑰含苞欲放，简直像小天使，瞬间激发了钟源源所剩无几的少女心。

当龚文晃晃悠悠地从楼上下来的时候，钟源源脸上的笑意都藏不住了，她把龚文拉进小黑屋……咳，宿舍，一把抱住龚文的腰：“你怎么这么可爱！”

此时此刻在钟源源心里“非常可爱”的龚文看到女友开心的样子，内心的骄傲已经冲破天际了，但他却推开钟源源。

被拒绝的钟源源一脸不解。

龚文懒洋洋地转过身子，微微蹲下指了指自己的帽兜。钟源源探头看去，龚文的帽兜里露出了一对兔子玩偶的耳朵。

钟源源打量了一番，忍不住尖叫：“啊！是那只手作的兔子吗？”

她按捺不住激动的心情，伸手拿出那只兔子，开心得原地跳起。这只兔子只有十几厘米长，是一个博主手工制作的，因为是纯手工制作，所以出产量不高，价格也比较昂贵。要是以前，钟源源一定很爽快地一掷千金，但是目前的她舍不得买下这只兔子了，而且这兔子也不是有钱就能买到的，想买的话还要摇号或者拍卖。

因为龚文很细心地观察了钟源源的微博，发现她经常给这个博主点赞，点进去还看到钟源源【好可爱啊！】的留言。

钟源源的心彻底融化了，捏着小兔子爱不释手。

在钟源源这样给力的表现面前，龚文彻底膨胀了，他弯下腰点点自己的嘴唇，很难得地展现一抹坏笑荡漾在嘴角。

然后钟源源如他所愿，疯狂蹂躏。

早晨这么美好，小情侣本来想趁此机会再去约个会，毕竟之前圣诞的时候也没有按计划过成两人世界。

然而怕什么来什么，龚母突然来电让龚文回去吃饭。

这次是家族聚餐，龚文没法推托，无奈之下只好坐上龚母派来的车，回市区吃饭。

龚文家的亲戚关系比较简单，相熟的只有几个表亲，满打满算也只能凑一桌罢了。

然而董弛也在饭桌上。

龚家的人都喜欢董弛，也知道她无依无靠，今天坐在一起吃饭，没有人觉得不妥。

酒过三巡，家里人不免开始谈论几个小辈。

龚文的舅舅感叹道："哎，孩子大了，过不了几年就要结婚生子咯。"

几个大人纷纷附和。

"小弛有对象了吗？"舅舅的话头转到了董弛身上。

董弛大大方方地说："还没有呢，我刚刚回国，还是先把工作稳定下来再说。"

舅舅打趣道："我看呀，咱们家龚文就不错。"

龚文几不可见地皱了下眉。

董弛看了眼龚文，笑着说："舅舅可别这样说，阿文的女朋友知道了要吃醋的。"

"哦？阿文有女朋友了？"长辈们连忙把惊喜的目光转向龚文。

龚母埋怨地瞪了董弛一眼，忙说道："龚文年纪还小，八字还没一撇呢。"

没想到龚文直接承认了："是，我有女朋友了，是我们学校的。"

自龚文说了这句话以后，龚母就没有过好脸色。董弛则乖乖地跟在龚母屁股后面，听她絮絮叨叨。

龚文觉得和妈妈简直没话讲，自顾自进了房间。过了一会儿，董弛端着夜宵进来了，龚文在拼乐高。

"对不起啊，刚刚在饭桌上我不该多说的。"董弛温柔地道歉。

"不关你的事。"龚文安慰道。

"我做了三明治，赶紧吃吧。"董弛指了指自己亲手做的三明治。

三明治整整齐齐地码在盘子里很可口的样子，龚文拿起三明治就吃起来。

"你真的很喜欢钟源源呢。"董弛突然开口。

想到女朋友，龚文笑了笑："她很可爱。"

"你还小，要知道两个人在一起，不仅仅是两个人的事。"董弛呢喃道。

龚文没听清楚："什么？"

董弛回过神来："没什么，你赶紧吃吧，我先回房间了。"

龚文看了她的背影一眼，挑眉有些莫名。

钟源源和陈曼的假期过得快活似神仙，两人因为种种原因，很久没能一起出去玩，这下有了机会。上午送走龚文后，钟源源就换了衣服出门，和陈曼先看了场电影，然后吃了上次与龚文约会未果没吃成的网红店。接着两人开始逛街买衣服，最后钟源源什么都没买，陈曼倒是买了一大堆，两人拎着大包小包累倒在咖啡厅里。

此时的钟源源并不知道龚文又因为她和妈妈闹矛盾了，虽说是龚母单方面找事。

钟源源正在和陈曼喝咖啡，享受新年的第一天。陈曼因为家里离学校较远，家里人觉得反正也快放寒假了，就让她元旦别回家了。

休息的时候，钟源源和陈曼说了早上龚文给自己的惊喜。

陈曼羡慕不已："别说了，赶紧问问龚文有没有朋友介绍给我认识。钟源源，你哪儿来的狗屎运加桃花运？女人，你让我嫉妒得发疯。"

于是钟源源就爽快地买了单。

陈曼提议钟源源也送龚文一个新年礼物，钟源源抓耳挠腮地想了想，实话实说："他吃的用的我都买不起。"

既然买不起，那只能拼心意了。

想了想，陈曼灵机一动，带钟源源来到一家 DIY 陶艺店，当然主要是因为陈曼自己非常想玩。

第一次做陶艺，钟源源本以为很简单，然而别人手里的泥是艺术品，她手里的就是真实的烂泥扶不上墙。两小时过去，她手里的泥巴依然是泥巴。

一旁的陈曼都完成一个酒瓶了，钟源源手里还是握着一团泥。

这下店员都看不下去了，只好放弃难度较高的拉坯，教钟源源用泥条捏物品。

龚文放假回来后，得到了一个女朋友花了很多心血，连晚饭都顾不得吃赶制的“礼物”。

“这个烟灰缸很好看。”龚文小心翼翼地夸道。

满怀期待的钟源源沉默地看着龚文手心里的杯子，实在找不出话反驳，附和道：“对，虽然你戒烟了，但是偶尔还是可以用到。放点……呃……回形针什么的。”

龚文学会抽烟是高考以后的事，那时候因为高考的事他整个暑假心绪都不佳，于是在网吧打游戏时学会了抽烟。

上了大学以后，在和钟源源熟悉之前他也保持这个习惯。龚文其实没有上瘾，就是觉得这样好像是对爸妈的报复。然而钟源源极其讨厌男生抽烟，有一次在龚文身上闻到烟味以后嫌恶地躲开。

第二天龚文就把打火机和烟丢了，还让室友也别再抽烟。

龚文回宿舍后很郑重地把这个“艺术品”放在了柜子的最显眼处。

新一年的开端是美好的，现实是残酷的，钟源源荡漾了几天，宿舍就出事了——钟源源保管的水费不见了。

第八章 新环境 /

1 无语

“这世界为什么这么对我?!”穷人钟源源对着空空如也的抽屉发出了悠长的感叹。

本来饮用水的费用都是日结的,但自从上个月换了个送水的小哥以后,水费就改成月结了。也是钟源源最近小日子过得太美,龚文老来撩拨她,让她无心工作。

要说钱是丢的,钟源源不信,必然是被人偷了,而且百分之九十九的可能是宿舍里的男生作案。钟源源其实不明白,宿舍里装了监控,一查不就查出来了嘛。

于是钟源源开始查监控,宿舍虽然有监控,但是钟源源不知道钱是哪天丢失的,只好从最后一次看到水费那天找起。

她拖着龚文一起到保安室查监控,一打开她就气得差点吐血了,学校的保安没注意监控内容,监控摄像头不知道什么时候被人转动过了,根本就没有对准前台。

学校的录像只保存七天,而最早的那一天也是摄像头已被动过的录像了,于是钟源源找不到偷拿水费的罪魁祸首了。

“太恶毒了!”钟源源咬着衣角呜咽。因为实在是没有办法了,钟源源报了警,同时上报了学校。学校虽然没让钟源源赔钱,但是扣了她的奖金和部分工资。

钟源源这学期的生活费本就没剩多少，现在几乎入不敷出，于是钟源源打死不出门约会了，龚文说请客她也不去。

正好期末逼近，龚文和钟源源开始专心钻研学术，钟源源前段时间还因为偶尔逃了培训班的辅导课，良心非常不安，于是这几周老老实实地去上课了。

因为要备战司法考试，要看的书很多，还要写课程相关的期末论文，还要坐在前台，静下心来办正事后的钟源源竟一下子忙得团团转。

龚文不好陪着钟源源坐在前台，也没有那么繁忙的期末，看着钟源源在一堆资料中忙乱的场景，觉得自己周身仿佛竖起了一道透明屏障，将他与世隔绝。

就在这个时候，龚母突然提出要去旅行。

对于她们的这个决定，龚文简直摸不着头脑。要知道，龚母可是个工作狂，她连送儿子高考的事都可以为了工作耽搁，怎么突然有兴致去旅行？

龚文觉得事出反常必有妖，以临近期末专心复习为由表示拒绝。

要说为什么龚母突发奇想要龚文去旅行，其实是在偶然听下属聊电视剧时受到了启发，于是迅速选择了几个朋友的女儿，想要借旅游的借口让龚文认识一下，发展一下。

龚母最近在百忙之中也抽空思考了一下自己在教育儿子塑造审美的过程中的失败之处，但是鉴于龚文的思维已经成型，只能强行给他重新捋一捋。

可惜龚文不配合。

于是龚母相信俗话“远水救不了近火”，把目光转向了董弛。

但是龚母实在是漏算了，钟源源的思维也是很奇葩的，钟源源自从被董弛刺激进行深度自我调节以后，抱着“反正龚文审美异常”一类的思想，加上龚文的贴心行为，让钟源源掉进了蜜糖砒霜罐头里，对于龚文实在是再放心不过。

因此对在繁忙的期末阶段，董弛数次到访约龚文外出，钟源源也不以为意。

倒是龚文产生了疑惑：董姐姐是不是回国后很无聊？为什么她老来找我？我不想和女生出去玩啊，全世界只有钟源源最好玩。

龚母的诡计在无形之中夭折。

期末考试以后，学校里就没有什么人了，钟源源也开始放寒假。可惜寒假期间，钟源源还要外出打工，着实苦到家。

寒假的兼职是在一个英语培训机构当销售，虽然工资不高，但是也够她这两个月的生活费了。这工作还是陈丽雯给她介绍的，离家很近，钟源源也就没有推辞。

然而她怎么也不会想到培训机构的总负责人居然是康宥诚。

坐在咖啡厅里，钟源源和康宥诚大眼瞪小眼。

“你怎么不吃？这蛋糕你以前不是吵着闹着要吃的吗？”康宥诚帮钟源源点了蛋糕和饮料，自己要了黑咖啡。

钟源源腹诽：啥意思，叙旧吗？然后大口大口地吃起了蛋糕。

是的，钟源源没有节操。

康宥诚看着大口大口吃蛋糕的钟源源，忽然有些怀念，人越长大就越明白，像钟源源这样一如既往单纯（绝对不是说她傻）的人不多了。

像只小猪般的钟源源埋头苦吃，没注意康宥诚的表情变化。

“你和你的小男友还好吗？听你妈说，他是龚海城的儿子？”

龚海城是龚文的爸爸。钟源源本来不知道龚文的爸妈叫啥，闻言抬起头，很惊讶地问：“你认识他爸爸？”

见钟源源好像真的不知道，康宥诚深呼吸一下，说道：“咱们南海有名的企业家就这几个，龚文的父母算两个。你不会连你男朋友家是干什么的都不知道吧？肥源。”

钟源源是不知道，于是心虚地埋下了头。

她忽然又想到什么开口大吼，连蛋糕屑都喷出来了：“我说你怎么在这里，合着我妈和你串通好的是吧？她还和你说了我男朋友的事。”

康宥诚嫌弃地皱着眉头：“我以为你看到我就该想到，没想到你真是傻到家了。”

“不过呢，龚文的事不是你妈和我说的，我早就知道了。”康宥诚淡淡地开口，“你知不知道他家里有个和养女差不多的女生存在。”

“董弛姐姐？”钟源源边吃边回答。

“嗯。”康宥诚点点头，“她是我前女友。”

“噗！”钟源源实在没控制住，将嘴里的饮料和食物尽数喷向了康宥诚。

半个小时后，因为动作敏捷，刚躲过大灾但还是被波及的康宥诚在咖啡厅的厕所整理完着装，回到餐桌前。

钟源源已经吃完了食物，抖着腿等着他。

“快老实交代怎么回事？”钟源源实在很好奇董弛居然是康宥诚的前女友，举着叉子逼问康宥诚。

面对咄咄逼人的钟源源，康宥诚思量片刻，眯着眼说道：“不行，我觉得你要生气。”

“你不说我就很生气了。”钟源源恶狠狠地举着叉子做了个砍头的手势。

于是康宥诚如实道来：“那时候在雅思教室和董弛认识，之后我们一起去的美国。”

听到康宥诚的第一句话钟源源就奓毛了：“她当初和你一起去美国？？？我是被绿的？？？”

钟源源那隐形的四十米的大刀已经拔出来了。

康宥诚连忙安抚：“不是不是，那时候我们只是同学。”

半信半疑的钟源源飞过去一个眼刀，毕竟董弛那么好看。

见钟源源不相信，康宥诚补充说明：“我和你分手确实是因为你太小了，而且……”康宥诚上下打量了一番钟源源，“你也不是我的理想型。”

听完这话，钟源源噎死。

康宥诚赶紧又给她叫了杯饮料，然后继续讲故事。其实故事内容很简单，就是同学情谊在出国后化为爱情，董弛的魅力男女都无法抵挡，康宥诚家世良好，文质彬彬……

如此一来，钟源源总算是发现了董弛的一个缺点：“我觉得她眼光不太好。”

被内涵到的康宥诚一点也不生气，慢悠悠地说道：“你别这样说自己。”

嘴太毒了。

钟源源瞪了他一眼，她以前怎么会觉得康宥诚文质彬彬，极富书生气呢？可见自己眼光确实不好。

然而钟源源发现了一个问题：“不对啊，董弛姐姐读完本科是四年，你是读研时才去的，你们怎么会在一起上课呢？”

“因为她高中毕业后花了两年时间赚学费。”康宥诚回答，“她真的是一个很有主见很勇敢的女孩子。”

钟源源肃然起敬。

“那她应该还要在国外读两年呀，怎么回国了？还骗龚文的家人说自己本科毕业后要在国内读研呢？”

康宥诚沉默了，说起来这事还与他有关。

和董弛在一起以后，康宥诚渐渐了解了董弛的家庭背景。董弛在国外半工半读，在一众留学生里实在是有些特别。康宥诚不是小气的人，为了让董弛能轻松些，他帮董弛交了后续的学费和生活费。他并不觉得自己这样做有什么不对，别的男生给女友买昂贵的包包，甚至买跑车买高级珠宝，他只是给了女友一点“零花钱”，可是到后来越来越觉得董弛和他之间总有一层隔膜。

他和董弛分手是在回国前三个月，当时康宥诚的母亲听说儿子找了一个“狐狸精”，还花了很多钱，于是愤怒地赶往了美国，抓着董弛说了很多难听的话，甚至找到了董弛的学校。

后果自不用说，虽然学校不会管学生恋爱这种事，但是在华人留学生圈子的影响很不好。

还好董弛在慢慢发展自己的事业，也能渐渐做到自给自足，这次回国应该是休学一段时间，发展自己的事业，也是在等待留学生圈渐渐淡忘这件事后再出国继续学业。

钟源源听得直发出“啧啧啧”的声音，康宥诚的妈妈钟源源熟得不能再熟，基本是和龚母一个类型的，但是龚母至少要面子，不会在公共场合或者人前有过分的举动，但康宥诚的妈妈就不一样了，“泼妇”一词完全能形容她。

即便是钟源源和康宥诚从小就认识，康宥诚的妈妈都没给过她好脸色。

当然，钟源源和康宥诚恋爱是瞒着康宥诚家里的，不然钟源源可能会被康宥诚妈妈说出来的话气死。

她突然心疼董弛。

和康宥诚结束下午茶时光后，钟源源还很不客气地打包了一盒蛋糕，打算晚上和龚文见面时给他吃。

约会地点就是钟源源的家。

龚文刚到，钟源源就迫不及待地和他分享了下午听到的爆炸性消息。

龚文听完也是许久才消化，但对这些龚文不关心，他牢牢地抓住了钟源源下午活动的重点。

“你和前男友喝下午茶？”

大意了。

钟源源被杀了个措手不及，于是立马谄媚地笑道：“大佬，我错了，我这不是抠了他两块蛋糕给您赔罪嘛。”

有些不满的龚文冷着脸把蛋糕放到一边。他并不是真的生气，只是想索吻。

钟源源是在小心翼翼地亲吻了龚文的脸颊后，从龚文嘴角的笑容里领悟到这一点的。

“你最近有点坏。”钟源源噘着嘴批评，语气却像是撒娇。

“喜欢吗？”

钟源源笑得眼睛都弯了，伸出手像摸小狗似的挠龚文的下巴：“最喜欢你了。”

被当成狗了呢，小学弟一个翻身就把主人压在了沙发上。

“狗会舔人的，我不一样，我只会亲你。”

哎，奶狗长大了，居然是一条狼狗。

2 考试

知道董弛是康宥诚的前女友以后，钟源源忽然就对董弛的人生没有那么向往了，仿佛知道迪士尼公主也是会吃喝拉撒的，女神形象忽然跌落神坛。

于是在龚文终于不得不被龚母拉出去旅游以后，钟源源也没感到不安。

这次旅行是龚文的爷爷组织的，并不是龚母作妖。

龚文在旅行的时候还不忘给钟源源发了很多照片，还说了句全世界情侣都会说的话：【下次想和你一起来。】

正在上班的钟源源对着手机露出了微笑。

康宥诚敲敲钟源源的桌子：“工作时间注意一下。”

被抓到小辫子的钟源源收回手机。

“你最近为什么总是怪里怪气地看着我？”康宥诚总觉得钟源源看他的眼神怪怪的。

钟源源毫不掩饰：“啊，被你发现了，看来我不擅长遮掩自己的情绪。”

面对钟源源这样的厚脸皮，康宥诚总是无可奈何。

“听说董弛和龚文出去旅游了？”康宥诚忍不住问道。

“干吗？你想再续前缘吗？”钟源源翻了个白眼。

康宥诚看傻子似的看了钟源源一眼：我是怕你被戴绿帽子好吧。

康宥诚摇摇头，走了。

然而他这个样子在钟源源眼里就变成了求而不得、抱憾终身、前缘未尽。

当龚文旅行回来，抱着一大堆纪念品给钟源源的时候，钟源源严肃地提议：“我觉得我们应该帮康宥诚和董弛一把。”

这个机会很快就来了，情人节前夕，康宥诚忽然发消息给钟源源：“明天和我吃晚饭。”

钟源源正窝在龚文怀里打游戏，张嘴等着龚文把草莓的叶子摘掉，切掉不甜的部分再喂给她。

康宥诚的消息不时跳出来，害得钟源源很快就阵亡了。

龚文面露不满地看着钟源源。

嘻嘻，他吃醋了。

钟源源大大方方地把康宥诚的消息给龚文看。

龚文哼了一声，一颗鲜美的草莓转了个弯喂进了他自己嘴里。

呜呜呜，都怪康宥诚这个臭蛋，到手的草莓都飞了，钟源源举起手机就想臭骂康宥诚。然而此时龚文的手机也响起“叮咚”的消息提示音，四只眼睛齐齐盯着龚文的手机屏幕。

居然是董弛发来的消息：【明天有空吗，阿姨让我们一起看电影。】

钟源源皱起眉头，龚母作妖，董弛怎么还帮着她？董弛明明知道明天是情人节，她不该这么没有情商。察觉到有些不对劲的龚文也说道：“不知道董姐姐怎么回事，总觉得哪里怪怪的。”

两人沉默。

然后钟源源握住龚文的手，严肃地问道：“你信我吗？”

虽然不知道钟源源什么意思，但龚文下意识地点点头。

“把手机给我。”

龚文的手机早就输了钟源源的指纹，钟源源一下就打开了。钟源源打开键盘暗示自己要回复，龚文无条件地信任钟源源，点点头表示同意。

于是钟源源噼里啪啦回了消息过去，然后得意扬扬地把手机还给龚文。

龚文拿到手机一看，钟源源说：【好，一起吃晚饭吧，地址在××××。】就是康宥诚给的地址。

知道了钟源源的诡计，龚文笑了，还钟源源一句话：“你最近有点坏。”

钟源源哧哧笑了起来：“嘿嘿嘿，我还能更坏，龚文你要不要试试？”

两人自然是不知道情人节当天康宥诚和董弛发生了什么，反正情人节过后，康宥诚再也没找钟源源，董弛也没再找龚文。

龚文说董弛离开了南海市，好像是去北湖了。

恰巧钟源源的生日也是在二月，生日加情人节加过年，这个冬天的尾巴钟源源被龚文安排得明明白白，过得云里雾里的，完全是冒着幸福的泡泡飘进学校的。

开学后她稍微整理整理，静下心来，已经是三月了。钟源源终于反应过来她是一个法学专业的学生，再过几个月就要参加司法考试啦！

作为钟源源的同学，陈曼已经完成了一轮复习，而学渣钟源源只看了几本书。

钟源源急得不行，又觉得之前看过的书因为没有复习也忘得差不多了，于是钟源源全身心地投入复习大业，江山美人孰轻孰重？钟源源豪气万丈，将“龚美人”置之不理，待打下江山再与美人共赏岂不是更美滋滋！

“龚美人”也不敢打扰钟源源，暂时当一个透明人。

大约是越着急，时间过得越快，转眼间就到了清明节，钟源源总算是结束了第一轮复习。龚文为了奖励勤奋好学的女朋友，提议一起去踏青。

钟源源也宅了一段时间了，清明节到了，就无比地想吃青团。

在她的记忆里，有一个地方的青团最好吃。

坐在高铁上，龚文恍若还在梦中，早上和钟源源说要踏青，转眼就被拉着坐上了高铁。

从高铁站出来，两人又打车到了汽车站，然后钟源源遵循记忆，坐上了稍有些旧的大巴。车上的乘客除了当地的村民，还有一些捆绑着的鸡鸭，人一坐满，车就开了，向树木郁郁葱葱的地方开去。

龚文是生在城里长在城里的人，乡村的景色令他身心愉悦，当然，如果脚边的鸡不要啄他的鞋带就更好了。

辗转了一个半小时，终于到达了目的地。

钟源源下车后环顾四周，这里的景色一如记忆里那样，树呀、房子呀、狗吠呀都没有变化。伴随着清明节的雨，乡村隐藏在朦朦胧胧的烟雨之中，呼吸间充满了不知名的草木的味道。

龚文没有问钟源源这是哪里。

在乡间的小路七拐八拐，终于来到了一户人家前。两人刚靠近，门里就传出了狗吠。

“谁啊，谁啊？！”里面传来老人的声音。

钟源源握紧了龚文的手，哑着声音喊道：“奶奶！”

龚文这才知道这里是钟源源的老家。

其实钟源源和奶奶有好多年没见面了，奶奶想孙女的时候，也曾经带着自己养的鸡坐车去找过她，可是钟源源住校，往往见不上面。

奶奶没想到孙女突然回来，见到孙女，她非常激动，一个劲地说：“胖了，黑了。”

钟源源含着泪：奶奶，给点面子。

爷爷在屋里听到动静，赶紧跑了出来，祖孙三人寒暄了一阵。

爷爷埋怨道：“下着雨呢！还不赶紧进屋！”知道龚文是钟源源的男朋友以后，奶奶更开心了，忙拿出冻米糕和糖招呼。

糖是一种被称作“烂白糖”的东西，里头还裹了芝麻。龚文没吃过，钟源源往他嘴里塞了一个，龚文一咬，牙就被黏住了。

奶奶笑眯眯地说：“源源男朋友和源源一样喜欢吃这个，源源小时候换牙的时候吃这个把牙齿黏掉了，以为再也不会长了，哭了好几天。”

钟源源：奶奶，真的给点面子。

爷爷奶奶之前正在做青团，钟源源一看到这情形就眼睛一亮，嘿嘿一笑，忙和龚文来帮忙。做青团很麻烦，要把称作“青”的草（艾草的一种）清洗剁碎，再加入碱水，用过滤的汁水和面，同时还要用笋、香干、雪菜、肉丁等做馅，甜口的还要做豆沙。

一顿忙活下来已经下午一点多了，钟源源特意不吃午饭，要尝一尝现做的青团。

城里人龚文没有吃过现做的青团，他之前吃的都是包了肉松的软软的青色团子而已。

钟源源的奶奶家用的是土灶，将大蒸笼放在灶上，青团摆放在方方正正的粽叶上蒸熟，这是钟源源每一年都渴望的魂牵梦萦的味道。

真的不夸张，龚文拿起一个青团咬一口，鲜香清新的味道就溢了出来。龚文一口气吃了四个。

奶奶笑眯眯地继续说：“源源男朋友和源源一样喜欢吃这个，源源小时候吃多了然后就撑着了，哭了一个晚上。”

吃完了青团，龚文还帮着爷爷剁了猪饲料，钟源源则帮着奶奶给菜杀虫。为了不弄脏衣服，龚文穿上了爷爷的旧棉袄。这棉袄的岁数比龚文还大。龚文穿着旧棉袄戴着斗笠立在院子里，颇有些时代穿越感。

奶奶很满意地说：“源源选的男朋友很帅！”爷爷就气呼呼地吃醋了。

闲下来以后，爷爷奶奶还问了龚文家里的情况，龚文很耐心很仔细地和爷爷奶奶说了，一点都没有嫌弃和不耐烦。

快到吃晚饭的时间，家里的牛还没回来，钟源源看雨天路滑老人家出门太危险，就自告奋勇要去帮忙找牛。钟源源和龚文穿上爷爷奶奶的衣服，龚文看着就像是下乡的知识分子，钟源源看着就好像土生土长的村姑。

偏偏钟源源戏很多，一口一个“情哥哥”叫得龚文脸红。

老牛很听话，就在河边未走远，钟源源小的时候这头牛还是头小牛，如今是头老牛了。在钟源源的记忆里，小时候爷爷每次放牛回来，她都要骑在牛身上。

龚文因为有些怕吧唧着嘴嚼东西的牛，站得稍远，于是还没来得及阻止，钟源源就爬上了牛背。

“哞——”很久没被人骑的老牛很是不满，晃了晃脑袋，于是站在原地不动了。

龚文险些被钟源源笑死。

无奈之下，钟源源只好爬下牛背。老牛很聪明，自己慢悠悠地走了回去。

龚文拉着时不时脚滑的钟源源，跟在牛屁股后面。

村里静悄悄的，偶尔从后山上传来一两声爆竹的声响，时间也显得缓慢。

好想这样天长地久地走下去。

“钟源源。”龚文郑重其事地叫了钟源源的全名。

钟源源的睫毛上挂着雨珠，湿漉漉的。

“我们老了的时候，也这样走吧。”龚文用力地捏捏钟源源的手。他手指下的手腕脉搏加速跳动着。

钟源源忽然想哭了。

太美好了。钟源源以前面对这份感情的无所谓态度，早就在一点一滴的相处中磨灭。此时此刻，她只想这样与龚文手牵手一辈子，和眼前这人有长长的未来。她点头，对龚文说：“好。”

人的一生中有无数感动的时刻，今天这江南烟雨下的平静雍和、纷飞旖旎算一个。

龚文把钟源源搂在怀里，自然地俯下身子，唇齿间情义交融。老牛不屑一顾地长哞，却也停下脚步，远观这对情人。

直到天色暗了，两人才不舍地分开，都有些不知身在何处之感，一抬头，发现爷爷奶奶笑眯眯地立在村头。

爷爷奶奶：我就是来看看这俩傻孩子怎么拉头牛要这么久。

牛：呵呵，我容易吗?

3 新环境

南海市的春天很快来了又过去了。

四月中旬，龚文如愿以偿地通过审核，转入了建筑设计专业，但因为种种原因，依然住在以前的宿舍。

习惯了新专业新环境新同学后，不知不觉又一年的夏日来临，龚文的大一时光就要过去了。这一年里龚文收获满满，他仿佛又回到了高中时的状态，不再浑浑噩噩，也不再意志消沉。

六月底，钟源源在校门口和龚文挥别，龚文放暑假回家，而钟源源则要和陈曼以及一些同学去南海师范大学参加为期两个月的司法考试培训。

南海师范大学是离市区最偏远的一所大学，位于南海市和邻市的交界处。

两个月里，钟源源吃住都在南海师范大学，出了校门就是一望无际的稻田，公交车也是半小时一趟，所以附近村民经常骑着摩托车或者电动三轮车揽客去市区。

只能说这里非常适合学习。

因为不是本校学生，钟源源他们这些前来培训的学生住的宿舍是一幢老旧宿舍，一年里只有参加司法考试培训的学生或者其他进修的外校人员才会入住。

钟源源提前一天到了宿舍，不知道去年这间房经历了什么，角落里塞满了烟灰，桌子上也满是垃圾和不明污渍。

钟源源费了好大的劲才和室友一起把宿舍打扫干净，尤其是厕所，污垢不知道积了几年，钟源源都不敢细看。

搞卫生的时候，钟源源拍视频给龚文看。

龚文躺在家里舒适的皮沙发上，对着屏幕皱着眉头，表示同情：“加油。”

龚母从书房里出来，看到龚文无所事事玩手机的模样就有些不高兴。她把最近做的决定告诉龚文：“你过几天就去学雅思，准备明年出国留学。”

她觉得龚文在国内继续读这种“垃圾学校”，认识“垃圾朋友”，交“垃圾女朋友”整个人生会毁了。

在龚文家里，不存在商量，只有命令和服从。

要是在以前，龚文不会对此类决定有一点意见，这样的家庭相处模式他已经习惯了。多少年来，他都是这样，像龚母公司的下属一样，畏惧她的权威，没有反对。

但是现在不一样了，他已经知道自己的人生应该是怎样的。也许是所谓“不成功”的，也许是充满荆棘的，也许是走了弯路的，但是好与不好都是他自己走出来的，而不是任由谁安排、操控的。

然而龚文不傻，他最大的软肋就是经济不独立。

于是龚文欣然同意参加暑期的雅思培训。多学一门语言没有坏处，他顺利考过了学校组织的英语四级考试，还准备新学期考英语六级。至于出国什么的，明年再说。

考生在考场上，获得高分是不可控的事，但是少考几分是再容易不过的。

只要龚文不想出国，考试的时候放放水就行。

于是这个暑假，龚文和钟源源都有了自己的事要做。

在司法考试培训班的日子实在是很“充实”。

早上六点就有室友陆续爬起来背书了，到了八点半，培训班开课，中午十二点下课，一点半继续上课，五点结束，一般老师还要拖堂到六点，吃了晚饭上晚自习，直到晚上十点半，洗衣服洗漱后在宿舍继续看一会儿书或者听录音，十二点睡觉。

对钟源源来说，平时根本没有可以谈恋爱的时间。虽然有休息日，但也是双休单休不定，况且从师范大学到繁华的市区，坐公交车要摇晃两个小时。

暑假已经过了一周，钟源源和龚文只在手机上说了几句话而已。

司法考试培训班有很多“业内传说”，最多的情况就是谁和谁在培训班认识恋爱了，谁和谁抛弃了各自的男女朋友，在培训班找到了真爱。

钟源源深入思考了一下，竟然表示可以理解。

但是当一个人想要谈恋爱的时候，是没有什么困难可以阻挡的。有一天钟源源从隔壁床路过，发现室友正在和男友视频。

室友将声音关掉，只有画面，钟源源看到室友的男友在切菜做饭，而这边室友正在全心全意地背书。

此方法妙哉!

据室友说，此乃“西京大学秘传恋爱维持法”，专用于学霸情侣、一方是学霸的情侣、异地恋的情侣。

钟源源不得不佩服，智商高的人谈恋爱的方法都高明些。

于是钟源源兴奋地打开了新世界的大门。

在培训班每天坐着，吃的是学校便利店的便当，学习完以后还要吃夜宵。一个半月后的某个双休日，龚文发给钟源源两张截图：一张是暑假开始一周截的，一张是最近截的。

显示钟源源“胖若两人”。

钟源源表示很委屈：“啊，小文文你听我解释，不是我先动手的，都是该死的外卖它勾引的我，我真的没有理睬过它！还有奶茶！听我说啊，它们就是合起伙来害我的！它们就是为了让我离开你！呜呜呜……你要相信我的清白啊！”

龚文站在南海师大的宿舍楼外，提着小蛋糕，对着手机乐不可支，想着几米之外的钟源源一定时而皱眉，时而带着哭腔，自顾自表演。

傻到家了。

钟源源还不知道千里姻缘一线牵，龚文已经来找她啦！她依旧沉浸在自己的表演之中：“对！一定是镜头害我！它妒忌我的美貌，故意把我拍胖了！”

龚文忍不住回复：“好啊，我暂且信你一次，你要是骗我怎么办？”

知道龚文不会欺负自己的钟源源嘻嘻一笑，回复：“你想怎么样就怎么样！我绝对配合你！”

隔着手机，钟源源想象着龚文在雅思教室里面红耳赤，遮遮掩掩捂住屏幕，生怕被旁边的同学看见的样子，一定很有趣吧！

龚文咬唇坏笑着点点头，拨通了钟源源的手机。

守着手机的钟源源立马就接起了电话，走到阳台打电话。

“嘿嘿嘿，小文文……”钟源源一接通电话就发出了标志性的笑声。

“下来，让我看看你是不是在骗我。”龚文出奇地沉得住气，声音中还带着笑意。

钟源源眨巴眨巴眼，心脏怦怦直跳。

骗……骗人的吧。她小心翼翼地环顾四周，没见到有人在楼下，这才露出恍然大悟的表情，继续和龚文打嘴炮：“嘿嘿嘿，你来啊来啊。”

听出钟源源不相信他来了，龚文无奈地摇摇头，他忘了钟源源是近视眼，是个睁眼瞎，于是他挂断电话，走出屋檐下的阴影，暴露在八月的阳光之下，出现在钟源源的面前。

“下来。”

钟源源：哦嚯，完蛋。

半个小时后，两人来到了学校边的小宾馆，打开空调，散去屋子里的热意。

“你晚上不会住这里吧？”钟源源紧张地咽了咽口水。

龚文放下手里的小蛋糕，打开，将勺子递给钟源源，然后靠卧在床头，拿出冰冰的橘子茶慢条斯理地喝一口：“你猜。”

模棱两可的话语立马令钟源源坐立不安，她转动眼珠，舔舔嘴角，小动物似的小口小口吃起蛋糕。

吃完蛋糕，钟源源立马发现自己每次在龚文面前，就会变得弱弱的，明明龚文才是那个很容易脸红害羞，羞答答的美少年啊。

钟源源瞬间做好心理建设，然而龚文一开口她又变弱了。

“过来。”龚文倚在床上招招手。

钟源源靠过去。

很好，先以小蛋糕徐徐诱之，让目标放松警惕，之后目标如期进入危险区后，一切尽在某人掌控之中。

是真的在“掌控”之中!

“你你你……”钟源源脸红到好似要滴血，拉下T恤试图盖住腰间为所欲为的手。可是力量悬殊，她好像被蟒蛇缠住的小老鼠，逐渐喘不过气。

虽然室内冷气很足，但钟源源还是一头热汗。

龚文用手丈量了一下，实话实说：“我觉得你骗我了。”他上手掐了几个地方，“你看这里，这里，是不是刚长的肉？”

“看来你和你的奶茶小情人、外卖小情人难舍难分啊！”龚文往钟源源耳朵上吹了口气，钟源源就软了。

“呜呜呜，对不起，是我骗人了。呜呜呜，我应该是胖了。”钟源源迅速改变策略，试图走怀柔路线。

然而若是帝王，就会很喜欢开疆扩土。

“呜呜呜……”钟源源感觉到痒痒肉有一队“铁蹄”踏过，家国不保了啦，呜呜呜。她微微颤抖，眼里含了一包泪。

龚文简直要笑死了：“你怎么这么快投降啊，刚刚你不是很厉害的吗?你不是说我可以把你这样这样，”龚文做了几个动作，处处是钟源源身上的弱点，“然后，那样那样的吗？”

钟源源内心在呐喊：是我嘴贱，杀了我吧。

“大王饶命。”钟源源抱拳求饶。

是了，敌军太强大，我军表示这江山谁爱就谁拿去吧。

两人闹了一通后，依偎着躺下小憩。很快，钟源源肚子就饿了，咕咕两声表示“要吃饭”。

“阿文，你的孩子在肚子里说饿了，你这个老爹快去觅食。”钟源源见危机已过，又开始嘴贱了。

龚文看傻子似的看了怀里的钟源源一眼。

“啊！”钟源源夸张地露出不敢置信的表情，“你要赖账吗？妈妈说，亲亲嘴就会有小宝宝！”

“是了，那我们已经儿孙满堂了。”龚文边说边起身，整理了一下衣服后，下楼觅食了。

唉，时机不对，今天是吃不饱了啊吃不饱了。

晚上，钟源源站在宿舍楼下恋恋不舍地看着龚文走远。

陈曼下楼来倒垃圾，嘴上啧啧不停：“望夫石啊？”

钟源源嘻嘻一笑，推着陈曼上楼了。

玩归玩，闹归闹，学习还是少不了！钟源源再次奋发了！

4 失业

九月中旬，钟源源终于结束了为期两天的司法考试，本来暑假里宿管也要在学校上班的，结果因为钟源源要考试，刘蓉就找了个学生代她上了一个多月的班。

从考场出来，钟源源觉得整个世界都光明了，虽然考试过程中她感觉不太好。

管他呢，钟源源也没打算一次通过司法考试，作为学渣的尊严不容挑战。因为司法考试，任课老师为了犒赏大家暑期的用功，经教导处批准，特意准许大四学生国庆节后再来上课。就好像高考那年一样，大家成群结队地相约出去旅行，可惜钟源源还有宿舍需要管，尽管她很想和同学一起去旅行，但还是以要实习为借口婉拒了班里同学的邀请。

大四了，钟源源百感交集，这学期的课更少了，只有两门课要学，然后就是准备毕业论文以及实习，突然就有种长大了的感觉。

然而龚文还在读大二，而且是最忙的一年。

这一年龚文要上新的专业课，还要补大一落下的学分，平日里钟源源就见他早出晚归，晚上有时候还要赶到专教去画图。

她噘嘴，感觉即使住在一幢楼谈的也是异地恋呢。

这天，钟源源无所事事的时候，龚文背着画板回来了。见钟源源期待地看着他，于是龚文从口袋里掏出一个玉米棒子。

“嘻嘻。”钟源源充分利用龚文课业繁忙的便利，指使龚文下课后顺路帮她带各种好吃的。

龚文掏掏口袋，发现口袋里只有玉米。

“我的钥匙不见了。”龚文确定自己早上出门的时候钥匙还放在口袋里。

钟源源每天都会遇到好几个学生忘带钥匙，于是她叼着玉米棒，熟练地从抽屉掏出备用钥匙交给龚文。

这时候，欧阳雪进来了。

六眼相对，大眼瞪小眼。

“你怎么在这里？”欧阳雪指着钟源源问道。

事发突然，钟源源哑口无言，脑袋里飞速转动，想要找出一个借口。

龚文则是面无表情地看了欧阳雪一眼，接过备用钥匙准备上楼。

欧阳雪见龚文要走，顾不得纠结刚刚看到的事，赶紧拉住龚文：“龚文哥哥，我……我朋友说看到你在便利店掉了钥匙，我就赶紧来还给你。”

欧阳雪的手心里赫然躺着龚文的钥匙，钥匙扣是一个小海豹，和钟源源的是一对。

“谢谢。”龚文拿起钥匙，反而不走了，眼里的意思是：我拿到钥匙了，你怎么还不走？

欧阳雪顿了五秒后才反应过来，接收到龚文的赶客信号，瞪了钟源源一眼悻悻地走了。

钟源源表示冤枉：这又关我什么事？

自打欧阳雪走后，钟源源就眼皮狂跳，总觉得有什么事要发生。

晚上的时候，刘蓉打电话来了，钟源源心里生出了不好的预感。

接通电话，刘蓉的语气又气又急，还有点无奈：“源源，宿管的工作你可能做不了了。今天下午领导来问我是不是有个女学生在男生宿舍做宿管，我没法骗人，就把员工资料给他了。然后领导把我骂了一顿，扣了我这个月的奖金，还让我把你辞了。我怀疑是有人举报的。”

听到消息，钟源源心里一沉，想到之前的事，怕是欧阳雪这个蠢货说的，还连累了刘蓉。

钟源源安慰了刘蓉一阵，说好周末请她吃饭。挂断电话，钟源源呆坐在大厅里。

在这里，正好待了一年。

没了工作也好，在学校的最后一年，好好享受一下校园生活，同时也该在外面正正经经地找一份工作实习了。

钟源源搬走的那天，520宿舍的几位“老大哥”颇有些依依不舍，钟源源安慰他们：“我只是搬到女生宿舍而已。”

几人带着各自的女友，一同在外面吃了烧烤、唱了歌，还去网吧打了把游戏才回了各自的宿舍，算是欢送钟源源。

于是钟源源就从男生宿舍搬到了女生宿舍，新宿舍加上她只有三个人，其余两人经常在外实习，不怎么回宿舍，回来话也不多，钟源源和新室友相处得还比较好。

但她还是好怀念不要网费、水费、电费，还可以和小文文一起吃饭学习的宿管日子啊！

在新宿舍入住以后，钟源源就开始着手准备实习的事情了。像钟源源这个专业的学生，一般实习去的是检察院、法院以及律所。这三个地方都是非常欢迎钟源源这样的实习生的，因为每年这三个地方都会堆积大量的案卷，甚至有些单位特意不整理案卷，就等着一年一度的实习季。

钟源源和陈曼选择去律所实习，因为在律所能学到更多，氛围也更好。

律所招收的实习生比较少，而且离学校较远，于是钟源源实习的日子只好住在家里，陈曼也跟着钟源源住在她家，展示了同甘共苦的社会主义闺蜜情。

自从钟源源搬到了市区，龚文也养成了时常回家的“好习惯”，于是钟源源索性就不住校了，反正龚文家有司机接送，就让他在学校和家之间往返好了。陈曼、龚文、钟源源三人在空余时间刚好能凑一桌斗地主。

“王炸！哈哈哈！”这是陈曼。

“呵。”这是几乎把把都赢的龚文。

沉默的是几乎把把都输的钟源源。

只不过在一起玩的时间长了后，陈曼都觉得自己这“电灯泡”锃光瓦亮，也有些不好意思，于是她迅速地和律所里一个年轻的律师小哥恋爱了。每天下班后她就和律师小哥出去约会，把偌大的房子留给龚文和钟源源。

一转眼就到了十一月中旬，司法考试成绩出来了，虽然忐忑不安了很久，但是钟源源还是意料之中没有考过，不仅没过，离及格线差了足足二十多分。

陈曼考了三百六十分，正好压线通过。

虽然钟源源没想过一次考过，可是毕竟也是努力过的，因为考试天天吃外卖，还胖了一圈。同样准备了一年，却差距太大，多多少少都令人有些难过，一连好几天，钟源源都挺郁闷的。

这样的郁闷和壮志未酬的情绪一直延续到了新的一年。

“一年过得真的好快啊！”元旦这一天，钟源源和龚文漫步在白雪皑皑的南海市，感慨时光飞逝，日月如梭。

新年的第一天，南海市迎来了一场久违的雪，把市民吸引得走出了家门。白雪配上迎接新年的红色装饰，格外喜庆。

两人也好久没有好好地约会过了，钟源源即将大学毕业，学生时代马上结束，走出象牙塔，融入真实的社会，是一个人人生之中最迷茫、最激动，也是最紧张的时刻。钟源源全心投入在人生的新阶段里，努力地生活着。

和龚文在一起的时候，钟源源断断续续地说着在律所实习时发生的事，还有未来和理想，可是龚文不甚明白。

他还在安逸的学生时代，只是刚刚从幼稚中脱离出来而已，甚至在一年前，他还只是一个对生活没有目标，沉浸在游戏里的少年。更何况建筑专业是五年制的，他觉得自己好像离钟源源所描绘的未来，还有好长一段距离。

钟源源叽里呱啦地说了一大通，包括毕业后的规划，可是龚文说不上话。钟源源以为是因为龚文一贯的沉默寡言而已。

直到谈到论文，谈到毕业，谈到许久没吃到、有些怀念的食堂饭菜时，龚文才渐渐地打开了话匣子。

龚文换到新的专业也已经半年，他虽然不会主动与同学打交道，但是有很多想与他结交的人主动接触他。不过一个月，龚文就和同学“相亲相爱”了。

“这个周五晚上我要和同学去聚餐，你有没有想吃的，我带回来给你。”龚文牵着钟源源的手，漫步在下雪的步行街。

“好呀，我什么都吃，那我周五不做饭了，陈曼也要和男朋友出去约会。你确实应该多出去和朋友们相处，你本来在外面就闷，后来又总是和我一起，现在我在市区实习，你要自己找点事做。”

这话戳到了龚文的心上，龚文低下头没有回答，他不习惯学校里没有钟源源的日子。可是钟源源好像一点也不介意没有他，钟源源总能找到无穷无尽的乐趣，交到各种各样的朋友。在她的描述中，会有很多新的朋友出现，有时候是律所的老律师，有时候是别的学校的实习生，有时候是在美国的朋友，哪怕是只见过两次面的外卖小哥，钟源源也能说出很多的故事。

就好像是有的鱼已经见过了大海，它把这些故事说给鱼缸里的朋友们听，可鱼缸里的朋友们根本想象不出来，只觉得那好像是一口更大的池塘罢了，可又好像不是。

龚文忽然有些害怕。

5 焦虑

自周末与钟源源见面后，龚文心里总有不明的情绪涌动，是一种抓不住又摸不透的情绪，让他有些烦躁。龚文在外本就清冷，这几天更是让人觉得他浑身萦绕着“生人勿近”的气息。

但有一个人除外。

上午的课因为老师堵在路上迟到而推迟了，然而有人比老师更迟，是一个叫骆落的女生，她也是今年和龚文等人一起转入建筑专业的新生之一。

教室里熙熙攘攘，只有龚文旁边有空位，骆落想也不想就在龚文身边坐了下来。

女孩的袖子碰到了龚文，龚文默默地往旁边挪了一下。

上课后，龚文转着笔，还在思考和钟源源之间产生的问题，尽管他毫无头绪。

突然，一张字条丢了过来，落在龚文手边。龚文皱着眉随手一挥，字条飞远了些。

然后又是一张字条。

这一次龚文摊开字条，看了眼，上面写道：【你好，我叫骆落。】还画了一个笑脸。

看完以后，龚文收起字条没有回复，转头看到骆落正气呼呼地看着他。

龚文默默回过头，并未理睬。

下课后，骆落追上来：“同学，你是不是对我有什么意见啊？”

龚文心想：这人怎么自来熟啊。

他拽了拽包带，说道：“没有。”然后潇洒地自顾自走远了。

被冷落的骆落撇撇嘴，转身从另一个方向离开。

龚文是不会把这种无关紧要的人和事放在心上的，回到宿舍，他摆弄了一会儿手机，终于熬到了钟源源下班的时间。龚文迫不及待地打了个电话给钟源源。

接到电话的时候，钟源源正走在回家的路上，因为公交车太挤，她宁可走路。

钟源源边走边和龚文聊天，问龚文在做什么，龚文不好意思说自己发了两小时呆，于是说自己在画图。

露在外面的手太冷，钟源源换了只手拿手机，将一只手揣回口袋焐着，忽然想起一件事，说道：“李威廉，就是帮你买鞋子的那位朋友回国了，这周末约我吃饭呢。嘿嘿嘿，我怕你不乐意，就说把你也带去。到时候吃完饭咱们去看电影吧，感觉新上的那部魏深主演的电影很好看。”

听到女友的声音，龚文总算是舒缓了情绪，含笑回答：“好，都听你的。”

挂了电话，龚文觉得自己活过来了，于是欢乐地开始做自己的事。

周末，三人如约在一家小餐馆相聚了。

“他就好这一口。”钟源源向龚文解释这家小餐馆是李威廉高中时常来吃的，虽然简陋，但是菜品和味道很不错。

“鸭肠火锅！大份！土豆饼、椒盐玉米、干锅包菜、醋炒鸡都要一份！”李威廉喊来服务员点菜，不好意思地说，“在国外就想着这一口了。”

李威廉偷偷地看龚文，然后满意地点点头：“比康宥诚好多了。”

钟源源暗骂：能不能别在这种时候提前男友。

没想到龚文也附和道：“我也是这么觉得的。”

钟源源：“哈哈。”

李威廉喝了点啤酒就聊嗨了，向钟源源大倒苦水，直言在国外吃得没国内好，然后又开始讲自己在国外的感情经历，把历届女朋友都讲了一遍。

朋友这么不靠谱，钟源源微笑着对龚文说：“他就是这样自来熟，人来疯。”

没想到龚文和李威廉“格外投机”，龚文很坏，三言两语就把李威廉了解透了。

两人越聊越嗨，眼看着就要聊到钟源源以前的光荣事迹，钟源源怕李威廉把他自己卖了还不够，又要出卖她，就赶紧结了账，拉着李威廉出门。

可是李威廉还嫌不够，继续拉着两人去大排档吃烧烤。

龚文从前不怎么吃这些，一吃就不舒服，跟着钟源源后，也百毒不侵了。

钟源源和李威廉说了她和龚文恋爱的经过。

李威廉喝上头了，仿佛不知道龚文在场，他附到钟源源耳边，以说悄悄话的姿势，却很大声地说道："龚文很好，但是小了些，其实我更希望有个成熟的男生可以照顾你，你已经很辛苦了。"

他说完，就自顾自趴在桌上睡过去了。大排档人声鼎沸，除了钟源源这一桌，没有人在意李威廉说了些什么。

可他还是说出口了啊。

龚文刹那间醍醐灌顶，这些天那些莫名的情绪，都有了答案。

回去以后，龚文躺在宿舍里，看着天花板发呆。室友们的呼噜声此起彼伏，龚文睡不着，就走到阳台上。

寒冷的空气让人更清醒了，龚文又回到房间披了件外套，在抽屉里翻了翻，换来室友的一声呢喃。

龚文关上抽屉，转身在桑秦的桌上摸索，找出桑秦经常放在书桌左上角的一包烟来。

他很久没有吸烟了，可是今天格外烦躁。

对成熟这个词他不陌生，朋友、同学、家里人都曾这么形容他，然而他今天才知道，他的成熟是相对同龄人的成熟。

时隔多年，他好像又回到了七八岁的时候，从前是渴望长大，如今是渴望成熟。这是很抽象的一个定义，不是一朝一夕就能体会出来的，而是因为生活和经历塑造出来的一种阅历。

钟源源有了，可他还要很久才有。

寒假的时候，钟源源回学校待了几天，和老师交流毕业论文的事，然后整理了宿舍。

钟源源打电话想找龚文吃个晚饭，结果龚文没有接。

等到六点多，钟源源才接到龚文的电话。

见面时，钟源源才知道龚文在附近的一家装修公司兼职。

“啊？你们这么早就实习了吗？你才转专业，而且这兼职和专业也不对口啊。”钟源源感到很奇怪。

龚文不自然地“嗯”了一声，想了好半天才回答：“总能学到点什么吧。”

“工资多少呀？”钟源源问道。

“没有。”龚文说完觉得有些尴尬。天知道，这工作可不是学校让他找的，完完全全是他自己送上门让人使唤的。

钟源源疑惑地打量龚文，想了想，说道：“实习可以，你还是别落下学习了。”虽然这话从钟源源口中说出来没什么说服力。

“唔，我知道的。”

见龚文心里有数，钟源源就没再劝他了。

龚文托着腮，愣愣地看着正纠结吃哪一款比萨好的钟源源。最近见面断断续续的，今天他却觉得钟源源有哪里不一样了。仔细想，才发现钟源源将头发剪短了些，脑后编了整齐的鱼骨辫，额边的一绺发丝微微卷起，配着红润的包子脸显得很健康。

“你剪头发了。”龚文呢喃出声。

钟源源已经点好了菜，闻言欢快地拉起自己的辫子：“是呀，不然看上去太不专业太不整洁了，我看办公室别的女孩子都是把头发束起来的，我头发多还毛糙，就编了辫子。”

钟源源还抬起自己的脚给龚文看：“你看，我最近都穿低跟的靴子，是不是显得我高了些？”然后又指指自己的呢大衣，“还有，这件大衣是新买的，是办公室的姐姐帮我选的，花了两千多，不过质感确实好很多。毕竟上班了，不能穿得太幼稚，不然别人一看就觉得你没经验。”

“我还打算买点化妆品学着化淡妆，今天出门前我用了点我妈的粉底液，看上去气色好多了。”钟源源仰起脸，骄傲地展示自己的“化妆水平”。

龚文下意识地转头看了看装饰墙上的自己的倒影，穿着连帽衫和运动裤，脚踩钟源源送的篮球鞋。他看看周围，好像学生们都是这样穿的，而工作后的男女，未见这样打扮的。

“你好，您的比萨。”服务生送来了比萨。

钟源源接过，服务生抬头看了眼客人，发现竟是熟人。

“龚文！”服务生眯着眼，语气有些“仇人见面分外眼红”的意思。

大约是觉得自己的语气奇怪，服务生又连忙掩饰：“啊，你和姐姐吃饭啊。”

龚文没有理睬她。

服务生气呼呼地走后，钟源源问道：“你同学啊？”又一脸幸灾乐祸，“在追你？”

服务生正是骆落。

“不知道，这女生莫名其妙。”龚文给钟源源拿了块比萨。

他是真心实意恼了骆落，更不喜欢别人一眼就看出他比钟源源小。刚刚骆落说钟源源是他姐姐，他生气了。

钟源源嘿嘿一笑，并未放在心上，乐滋滋地吃起了比萨。

回学校后，龚文更加努力地学习、工作，室友都觉得他最近勤奋到可怕。在龚文的带动下，520宿舍竟然头一次全员无挂科地通过了期末考试。

寒假的时候，董弛回来了一趟，在龚文家过了除夕。开年后，董弛又消失了。

钟源源听龚文说了这件事以后，想到陈丽雯说康宥诚过了年就去了外省工作，不由得联想到了什么。

然而别人的八卦钟源源已经顾不得了，过了年，钟源源又要开始准备司法考试。从今年起，司法考试改名为法律职业资格考试，本来是考四门，时长两天，总分六百分，今年开始加大难度，分为两次考试，九月一次，十一月一次，要两次都通过才算考过，分值也和以前不一样了。

面对新的规则，钟源源一个头两个大。

又要忙实习，又要忙毕业论文，还要准备考试，钟源源的日子过得飞快。

六月，钟源源完成了毕业论文的答辩，拿到了毕业证书，正式成为一位“社会人”。同专业的同学，有的已经考过了司法考试，在准备考研究生；有的正准备公务员考试；有的出国留学；有的直接就业……昔日的同窗一眨眼就飞往了天南地北，离别时的一声“再见”，也许就成为这辈子缘分的永别。

从此大家天各一方，长大成人。

第九章 呕心沥血 /

1 呕心沥血

钟源源这次是铁了心要考过法律职业资格考试的，于是闭关修炼了。

今年她没有参加培训班，而是自己在家复习，忙得昏天黑地，连和龚文聊天的时间都少了。

龚文打开对话框，本来每天大段大段的聊天记录如今几乎只有“早安”“我去学习啦”“晚安”这几句。女友要上进，龚文也不能拦着她，只好自己找点事做。

对于儿子已经考入南海大学本部的事情，龚家对此一无所知，龚文没有主动说，而家里人压根儿没想到龚文还有这样的打算。龚文觉得这是与钟源源有关的、属于两人的喜悦，只是无奈钟源源忙着准备考试，两人连庆祝的时间都没有。

龚父按照惯例，在暑假开始的时候给龚文转了一年三万的学费加住宿费，另外还有若干零花钱。龚文照单全收，还把钱转到了别的卡里存起来。

办完学校里的一系列手续以后，龚文加入了新班级的微信群。短短两年，别的没有，同学群龚文倒是加了三四个了。

然后龚文就在离学校和钟源源家都不远的地方租了套房子。

在龚文没有回家住的第三天，龚母终于发现了龚文的不对劲，于是她在去公司的路上立刻打了电话给龚文：“你怎么回事？这几天你都在哪里？”

“我搬出来住了。”龚文躲在新找的实习单位的茶水间接母亲的电话，语气里隐含快意。

“不要胡闹，赶紧回来，今天晚饭时我必须见到你。”龚母说完就挂了电话。

手机里传来忙音，龚文挂断电话，不以为意。于是晚饭的时候，龚母没有在饭桌上见到龚文。

第二天，龚文一张张测试包里的银行卡，凡是父母给的，都刷不出来了。好在他早有准备，之前就转了大部分钱到自己的卡上。

这种独立的方法虽有些无耻，从根本来看，没有一分钱是他自己赚的，但是眼下也只有这种方法才能从固有的家庭中走出来，要不然，他即使到三十岁四十岁，也不过是一个乖乖听父母话，按照父母意愿按部就班的孩子罢了。

龚文和钟源源最大的差别，就是龚文一旦有了自己的想法以后，就会制订详细的计划，一步一步完成自己的目标。而钟源源则是过完今天再说的性格。

不过没关系，钟源源已经有龚文了。得到了龚文，钟源源就好像拥有了满级装备，即使是个菜鸟，也可以所向披靡。

唔，只不过装备暂时还在升级中。

然而在龚文觉得自己的人生要往一个新阶段走的时候，杀出一个令他措手不及的人物。

“你怎么在这里？”龚文诧异地看着出现在办公室的骆落。

“这话应该我问你才对吧？这是我舅舅的公司，你怎么在这里？”骆落是今天刚来的实习生。

听到“舅舅”二字，龚文大概知道了情况，于是没有多问，与骆落擦肩而过。

中午在食堂吃饭的时候，骆落坐在了龚文旁边。龚文对骆落这样咋咋呼呼大惊小怪的女孩子没什么好感，钟源源虽然有时候也很“沙雕”，但其实她做事时还是很有条理的，也许是因为年长两岁而摆脱了这种女孩子常有的幼稚情绪。

龚文端起盘子直接坐到了另一边。

骆落这下完全确定龚文对她的不喜了，她气呼呼地鼓着腮帮子，想着要找回场子。

和舅舅说了以后，骆落希望舅舅能开除龚文，反正是实习生嘛，舅舅应该会给她面子吧。没想到骆落的舅舅对这种任性的话语完全不予理睬。是了，现实又不是偶像剧，南海大学建筑专业的高才生，一个正常的公司为什么要放弃这种免费的苦力?

于是骆落做出了令龚文更头疼的恶作剧举动。她把风油精滴入龚文的杯子里，幼稚又坏心眼。

龚文直接带着水杯到了骆落的舅舅的办公室打小报告。看着不争气的外甥女，舅舅也算是公私分明，于是骆落在实习期的第二天就被请回家了。

因为觉得太过奇葩，龚文在吃晚饭的时候将这件事说给了钟源源听。

钟源源简直要笑死：“她是不是看上你了？这个女孩子真是傻得令人心疼。”

龚文挺郁闷的，不过好在他去了本部，见不到骆落了，不然真的令人感到绝望。

吃顿饭不过半小时，紧接着钟源源又要继续看书，龚文都来不及把自己在外租房子的事告诉钟源源。

不过钟源源最终还是知道了。

龚母按门铃的时候，钟源源还沉浸在信用卡诈骗罪的解说里绞尽脑汁，开了门见到不速之客，用笔杆盘着头发的钟源源还有点反应不过来。

不请自来的龚母先是滔滔不绝地诉说了龚文的“恶行”，接着将钟源源从头到脚奚落了一番，最后得出结论，龚文有今天都是钟源源害的。

钟源源看着龚母咄咄逼人的样子，不复以往优雅，十分怀疑龚母是不是和康宥诚的妈妈喝了个下午茶，拜师学习了一番，还是说被逼急了，再优雅的女人也会丢失教养，暴露自己的本性。

听完龚母的无端指责，钟源源的眉头已经皱上天了。可惜她站在龚母对立面，丝毫不觉得龚文独自生活的行为有任何不妥，何况她在读中学时就独立了。龚文一个男孩子，都二十岁了，还不能自己生活吗?

龚母听了钟源源的话只想冷笑："我最讨厌你们年纪轻轻却目中无人、自以为是的样子，你们以为自己的翅膀硬了，想要飞了，但也要知道这翅膀是谁给你的。在我眼里，你们简直幼稚得可笑。独立?可以啊，就凭你们两个，这辈子要是能靠自己在南海市活下去，我能把头拧下来给你。"

龚母环顾四周，不屑地看着钟源源的家："就拿你来说，住着的难道不是父母的房子?从这扇门走出去，你拿什么付房租都是个问题。更别说龚文，要是没有他爸爸给的钱，他凭什么甩脸子给我看！"

钟源源张口欲言，却什么都说不出来，好像在辩论赛里被碾压的选手，涨红着脸，头脑一片空白。

看到钟源源的脸色变化，龚母站起来，最后说道："你们好自为之吧，仔细想想自己是个什么东西，我可怜我儿子愚蠢，找了你这样的女朋友。他听了你的话一心要求所谓的独立，实际上却是个被蛊惑的傻瓜。我给他搭好的平台别人一百辈子都赶不上,他却偏偏要走到山脚再起飞,真是可笑。你要自己飞你就好好飞，别拉着我家龚文和你共沉沦！"

说完，她就踏着高跟鞋离开了钟源源的家。

一个人这辈子必定会经历争吵，吵完以后，落了下风，会仔细思考，想着刚刚应该怎么反击。钟源源此时脑海里也只有这些，她找到了一百句可以反驳龚母的话，可是最后却好像被说服了。

她动摇了。

记得陈丽雯第一次再婚的时候，小小的她和陈丽雯吵过一架。她不接受别的男人做她的爸爸，她抓着零花钱，生气地离家出走，最后在一个小摊边上被陈丽雯找到。

她那时候很得意，以为自己赢得了一场小小的抗议的胜利，在房间听着陈丽雯的道歉，觉得自己很厉害。接下来的几年，她也尝试过所谓的“独立”，她在外打工，但是每年交学费的时候，都不得不稍稍动用陈丽雯给她的零花钱。

龚母说得其实没有错，每一个孩子都是在父母搭好的巢里生长，有的巢精致豪华，不受风雨的侵袭，哪怕他不会飞，也能在巢穴里接受父母的投喂；有的巢简陋，他必须学会自己飞，才能去另一个地方铸造新的巢穴，而他努力得到的，只是别人早已经拥有的罢了。

难得地，钟源源陷入了困惑，难道靠自己奋斗对龚文来说，真的是放弃捷径的愚蠢做法吗？人与人就是这样不同，龚文的条件很好，好到别人十辈子也达不到，他可以从这个很高的平台上跳到另一个更高的平台上。假如他靠自己努力，可能努力了半天还是达不到家里很轻松地给他搭建的平台，那他这些努力，是不是一种浪费？

钟源源呼了口气，她想到了自己，虽说独立了很多年，可是她的人生并没有什么成就，也并没有什么不同，离开家里，她连房租都交不上。呆坐片刻，钟源源没有答案。

她一时也不明白龚文的意思，他从家里跑出来，是简单的抗议，还是说，他真的试图以可有可无的人生经历，去换取成功？

钟源源甩甩头，不再深想，得了吧，龚文就算闯荡失败，难道他爹妈还能真的不管他不成？他认个错回去乖乖啃老呗。这句话十分不要脸，但是，像龚母说的，“不能浪费家里搭的平台”嘛。

钟源源回归现实，这就是年轻的好处，虽然没有什么社会经验，不懂什么捷径不捷径的，但是有大把的时间和激昂的热情。在通往成功的路上，百分之九十九的人会失败，但是这些失败的人也会活下来。

富的时候有富的过法，穷的时候有穷的过法。

钟源源有些阿Q精神，在自我安慰中忘却了龚母的话，不去想长远的事，而是安安心心地准备考试。

几天之后，龚文也对钟源源说了自己已经搬出来住的事情，钟源源忙着看书，也没有细问。她没有和他说龚母来过的事，她不想让龚文本就紧张的母子关系和家庭关系变得更糟糕。瞧啊，她是多么善良，钟源源都要被自己的深明大义感动了。

很快，九月悄然而至，在秋高气爽的时节，钟源源迎来了法律职业资格考试的第一场考试。

考完试一周后才会出成绩，通过了才有资格进行下一场考试。

钟源源走出考场，想要看看网上的答案又有些犹豫，觉得比去年顺利很多，但仔细一算分数，还是有很多题目的答案不确定。

这种等待的感觉真是令人煎熬啊。

龚文已经开学了，这天正值周末，得知钟源源考完试，他赶紧到考场来接钟源源。

三个月没怎么见面，乍见龚文钟源源都有些刚恋爱时的害羞了。

“你好像瘦了。”龚文打量了钟源源一阵后，说道。

说起这个，钟源源可自豪了：“那是，吸取去年的教训，我今年可不敢吃外卖了，所以体重和去年比下降了。”

“多少斤？”龚文问道。

问得太直接了吧，钟源源瞪了龚文一眼：“一百一十二斤，虽然瘦了，但比认识你的时候还胖了四斤。”

龚文不知道钟源源这个身高的其他女生是多重，只知道他优秀的女友钟源源不是很消瘦的女生罢了。

“你想吃什么？”龚文很识相地岔开话题。

“什么都想吃，小包包、小饺饺、小饭饭、小文文等。”钟源源考完试心情好像很好，对着龚文又开始挤眉弄眼油嘴滑舌。

“好的，我租了房子，你可以随便吃。”龚文揽住钟源源的头按进怀里。

其实钟源源就是嘴上逞强，最后两人吃了泰国菜，鲜香多汁的芒果糯米饭钟源源一个人吃了一份。

吃完饭，钟源源来到龚文的房子里。这是一套复式的小公寓，很是温馨。

“你不解释一下吗？”隔了那么久，钟源源此时终于可以和龚文聊聊这件事。

龚文正在给钟源源泡果汁，闻言耸了耸肩：“我只是觉得自己长大了，是个男孩子，就搬出来住。你不也是一个人住吗？”

钟源源接过果汁喝了一口，果汁沁人心脾，唇齿留香。俗话说，旁观者清，钟源源搞不清楚自己的生活糟不糟糕，但是此时她忽然担心起来，担心其实她给龚文指了一个错误的方向。

她于是开口：“其实，你不需要像我一样，你妈妈虽然很期望你按照她的计划生活，但是你现在已经是南海大学的学生了，你已经证明了你的能力，我觉得你没必要放弃你现在拥有的一切。你只需要按照现在的轨迹，读完大学，然后慢慢地提升自己的能力就够了。”

龚文立马抓住了钟源源话里的漏洞：“我没和你说家里不再给我经济资助了，你是怎么知道的？”

钟源源眨巴眨巴眼睛：这都能被发现？龚文你不去学逻辑学可惜了哈。

龚文一秒钟就想到了母亲。

没想到暴露得这么快，钟源源干巴巴地笑了下，摆摆手：“这可不是我告状的。”

“你可以和我说。”龚文有些懊恼。母亲的脾气龚文不能再了解，想也能想到母亲一定没说什么好话。

钟源源心虚地喝着果汁，开始参观房子。

龚文开口：“我只是不想让父母觉得我一无是处，不想让他们觉得因为我吃他们的用他们的，所以连我喜欢谁，以后和谁结婚都要由他们来决定。”

听到这样的话，钟源源吃了一惊，她没想到龚文已经想得如此长远。

龚文的眼睛亮晶晶的：“我也想知道，除去我投胎的本事，我到底是个什么样的人。所以说，源源，你不用担心我，同时，记得相信我。”

钟源源自然是相信龚文的，她简直要变成龚文的“脑残粉”了。

唉，她钟源源别的本事没有，挑男友的本事一等一的好。

2 崩溃

考完以后，钟源源满心欢喜地准备第二次考试，因为前几个月准备得很用心，钟源源觉得自己能低分飘过。

然而一周后成绩出来，钟源源差了两分没有通过。

两分，一道题而已，就这样随随便便将成功与失落划开了。

出成绩的那天晚上龚文也没有睡，因为钟源源和他说过今晚会出成绩，他在零点以后就和钟源源一起等成绩。卡着时间查成绩的人很多，钟源源在忐忑不安中一遍又一遍刷新网页。与此同时，好多通过的同学已经在朋友圈晒出了通过的分数，在这样紧张的氛围下，钟源源和龚文有一搭没一搭地聊着天。

刷出成绩后，钟源源看了好几遍，确实是差了两分而已。

说不出是什么感觉，好像是因为尘埃落定而豁然开朗，又不甘自己的付出，又感叹自己的愚笨，她更不喜欢别人知道自己成绩以后失落惋惜的样子。

她轻飘飘地回复龚文：【哈哈，没过。】然后关了手机，躲进了被窝里。

有一些情绪，即使是与亲密的情人也难以分享。

她当然没有睡着，自毕业以后，突然感觉到这个世界很陌生，不再是那个充满年轻灵魂的学校，而是一个很现实的真实社会。

躺了一会儿，她又翻身拿出手机，故作轻松——虽然房间里没有别的人，也许是做给自己看的吧，她“轻松”地打开网络，看到些许红色小点浮现。

几个去年就通过考试的男同学问她：【过了吗？】

她发了一个哭泣的表情，说没过。

陈曼没有发消息来，但钟源源知道陈曼一定也没睡，刷着朋友圈等她报喜讯。她的朋友圈没有更新，陈曼就知道她没通过考试。其实这样很好，钟源源不用忍受一种隐秘的难堪。

翻到龚文的消息，龚文说：【早点睡。】

她忽然就哭了。

好难受，心里很堵，没有通过这个考试，她就无法顺利就业，没办法从事任何一个和法律专业相关的工作。即使是律所，也不需要她这样的实习生。太现实了，这就是两分的差距，也是学校和社会的差距，也是孩子和成人的差距，也是梦想和现实的差距。

没有人会同情她，没有人会因为可怜她而给她工作。

钟源源先是闷在被子里默默流泪，随后起身去桌上抽了纸巾，发出压抑的哭声。窗外的世界黑暗而朦胧，她揩着鼻涕打电话给龚文。

“我好难过啊，龚文，我是不是真的很笨很笨？”钟源源号啕大哭。

龚文从没见过钟源源哭，一直以来她都是笑呵呵的，好像生活里就没有不开心的事。龚文手足无措起来，他穿上衣服，悄悄地走出宿舍，从熟悉的气窗翻出去，从学校大门保安室的窗下弯腰走过，然后向钟源源家跑去。

凌晨的大学附近没有汽车，更没有公交，只有一两个醉汉歪歪扭扭地走过。龚文听着手机里钟源源的胡言乱语和哭声，只觉得揪心。

钟源源哭了一阵就睡过去了。朦朦胧胧之间，好像到了早上，钟源源打开手机一看，是清晨五点四十分。

她睡不着了，起身呆坐了一会儿，枕头边铺满了沾着泪水和鼻涕的纸巾。钟源源的情绪因为睡眠调整过来了，哭又没有用，钟源源自小明白这个道理。

收拾了垃圾以后，钟源源走出房间喝水，似乎因为她的脚步声，门口传来窸窸窣窣的声音。

龚文的声音在门外轻轻地响起："源源，你醒了吗？"

一个人住的钟源源被吓到了，透过猫眼一看，是龚文立在门外。

"你怎么来得这么早啊？今天不用上课吗？"钟源源也不顾自己蓬头垢面的样子，把龚文拉进了屋子。

"外面很热吗，你怎么穿这么少？你别冻感冒了啊。"钟源源转身为龚文倒水，然而走到一半，她就愣了。

龚文自然不是刚到，别说宿舍门有没有开，从学校到这里，坐车也要四十多分钟。

"你不会是……"钟源源有些不敢置信。

龚文的沉默就是回答，钟源源拍了他肩膀一下，骂道："你疯了吗！"

看到钟源源焦急的表情，龚文拉过钟源源的手，说道："听你哭得厉害，我担心你。"

"你是不是傻子啊！你几点到的？你一直在门外吗？你怎么不叫我啊？"钟源源哭倒在龚文的怀里，考试什么的早就被她忘在脑后，她是因为感动才哭的。

"我怕你睡了，吵醒你。"龚文不好意思地说。

之后两人和衣在床上睡了一会儿，睡到上午十点多，才迷迷糊糊地爬起来觅食。

因为这一遭，钟源源已经彻底从悲伤的情绪里恢复过来，只剩下对自己智商的鄙视。

“我真的复习得好认真，虽然做题的时候没觉得那么顺，但我觉得至少能低分飘过。没想到还是差两分，怎么不差二十分啊！”钟源源边吃葱油拌面，边喋喋不休。

见她恢复如常，龚文放心了许多。

“明年再考。明年肯定能过，你每年都在进步。”龚文安慰道。

话虽如此，可钟源源撇撇嘴：“今年不过，我就找不到工作，找不到工作，我就要啃老。你忍心让我和从小就不怎么亲热的妈妈以及那个欧阳雪住在一个屋檐下吗？”钟源源想想就觉得烦躁。

这下龚文都不知道该怎么安慰钟源源了。

吃过饭，龚文还要回学校上课。

“你女朋友我目测要成为无业游民了，老龚，源源等你拿奖学金回来娶她。”

龚文以为钟源源叫的是“老公”，欢欢喜喜地上课去了。

待龚文走后，钟源源收拾了一下桌子，门铃突然响了，钟源源以为龚文落了东西，就跑去开门，没想到是陈丽雯来了。

“哎？”钟源源挠挠眉毛，“你怎么来了？”

“我看到新闻了，不是说今天出考试成绩吗？你过了吗？”陈丽雯问道。

“哦。”钟源源听到考试两个字心情立马变糟，“没过。”

听说钟源源又没过，陈丽雯叹了口气，她知道钟源源学习不好，于是问道：“那你之后有什么打算？”

钟源源还真没有什么打算。

陈丽雯看见钟源源浑浑噩噩又无所谓的态度，有些生气，想到刚才下楼还见到了龚文，忍不住提醒：“你别光顾着谈恋爱就不做打算，你真以为男人靠得住吗？何况龚文还小，条件又那么好，你觉得自己找了个富二代就满足了？看看你这副样子，到时候他把你甩了，你怎么办？”

原本就心情不好的钟源源听到陈丽雯这一番毫无根据的胡言乱语更是

怒不可遏："我怎么了？我自己赚钱自己花，没有花过他一分钱，我怎么就靠男人了？我就这副样子，被甩了就甩了呗，不谈就不谈呗，能怎样？难道都像你似的一个接一个地找啊？"

"你怎么和妈妈说话的？"陈丽雯听到钟源源最后一句话觉得愤怒又震惊。

"怎么了？"钟源源也知道自己说错话了，不免有些不自在，但还是强撑面子回嘴，"我哪里说错了？"

钟源源一直都是这样和陈丽雯相处的，她总觉得龚文和家里人关系奇怪，殊不知她自己这样也很怪。

"我怎么了？你长这么大难道不是我养的？我自己开店赚钱又不靠男人，我找男人怎么了？"

"我又没说你不靠自己，是你说我靠男人。我还没问你呢，我怎么就靠男人了？"

吵架的时候，一旦有一方被其中的字眼带跑偏，画风就容易变得奇怪起来。陈丽雯一开始只是以"过来人"以及"家长"的身份来劝诫，怕钟源源一个女孩子太看重感情。但是钟源源却觉得陈丽雯对她和龚文的关系有很大的误解，好像她和龚文谈恋爱是图人家的钱似的，便口不择言。陈丽雯被钟源源的话刺激到了，于是钟源源和陈丽雯为了"谁是靠男人的"这个话题争论了几回合。最后，以永恒的"你给我滚出去"为结尾，由陈丽雯单方面宣布争吵结束。

钟源源拖着行李箱，气呼呼地走出家门，走了一段路，然后傻眼了，因为她无处可去。

看着周围，钟源源气笑了：这下好了，真的和龚母说的那样，出了家门我连个住的地方都没有。龚母是预言家吧！

好在龚文还有房子，钟源源只好先去他那儿住，龚文之前给过她钥匙。

到了龚文的房子，钟源源又气笑了，这下不正应了陈丽雯的话，开始占龚文的便宜了？

结论：家长都是预言家。

怕龚文担心，钟源源暂时没有和龚文说自己被赶出来的事实。因为相信自己很快就能找到工作，钟源源连行李都没有整理出来，她打定主意只是暂住。

啊，找工作……想到这个，钟源源立马头疼。

之前因为准备考试，钟源源已经从律所里辞职了。此时她也不是在校学生了，也没有资格再厚着脸皮去当实习生，律所多的是有通过司法考试的应届毕业生去投简历。

于是钟源源开始研究就业的事。她不打算做一些临时工的工作了，她要的是一份正正经经的职业。

这时候，三本学校法学专业毕业生的现实赤裸裸地摆在了钟源源面前。

比起其他职校的学生或者浦江学院其他专业的学生，她没有一点技术，无论是现在各个单位要求熟练操作电脑抑或是语言方面她都没有优势；从学历来看，即使是专业相关的工作，例如公司法务，她又比不过同一个专业好学校的学生。更何况大学期间，她的相关履历一片空白，没有奖学金，绩点也拿不出手，没有获奖，也没有美丽的外表。

此时此刻，钟源源终于开始恐慌。

原来她什么都不是。

3 生存

生活就像是一摊狗屎。

钟源源在龚文的房子里思考了两天，终于愤怒地倒在了沙发上，意识到先要解决的问题不是什么职业啊、自尊心啊之类的东西，而是需要赚钱，解决温饱问题。

即便此时此刻她的卡里有足够的余额，但她是和陈丽雯吵架才被赶出来的，她自然不会用陈丽雯给她的零花钱。

一下子，钟源源好像陷入绝境。

“躺尸”几天以后，钟源源意识到再这样下去龚文都要回来了，于是钟源源快速地去应聘了一个不看学历不看经验的健身房销售工作，工作内容就是大家最讨厌的那种，打电话让别人来健身，推销私教课程。

龚文回来的时候，在门口就意识到领地被强势侵入，饭菜的香味和女性的沐浴露味道弥漫在小小的公寓里。

“嘿嘿嘿，你回来啦。”钟源源谄媚地端着一盘鸡翅从小小的厨房里走出来。

“做了饭？”龚文对钟源源突然过来的惊喜有些摸不着头脑，怎么也想不出今天是什么节日或是纪念日。

对于女友的反常表现，龚文挽救似的说：“那个，我的礼物还在送来的路上。”先别管今天是什么日子了，送礼物总是没错的，虽然这个礼物暂时不存在。

“不是，我就是……来做个饭。”钟源源解释道。

哦，虚惊一场。

龚文放下东西进了洗手间，顿觉不对，整整齐齐的两套牙刷牙杯、一块小小的毛巾，还有洗手台上的一个爱心形状的小碟子里放着杂七杂八的护肤品和发绳之类的小东西。

见龚文探出头来，钟源源惴惴不安地立在外面，半晌才说道：“我可能要在你这里住一段时间了。”

龚文的第一反应是窃喜。

钟源源见龚文面上错愕，还有些不明的情绪，丧气地说：“唉，我和我妈吵了一架，她就让我滚出来了。”

原来是这样。龚文看着钟源源，感同身受，觉得他俩着实有点可怜。

于是钟源源得到了屋主的许可，欢快地开启了情侣同居的模式。

钟源源的衣服已经在箱子里闷了好几天了，这下要住下来了，钟源源马上霸占了龚文的衣柜。

她边整理衣服边说："你的那些运动服呢？怎么不穿了？我看你最近都穿得很成熟哎。"

"哦？"龚文不动声色地回答，"可能是审美改变了吧。"

然后他因为钟源源夸他成熟开心得多吃了一碗饭。

夜幕降临后，一种神秘的气氛萦绕在这间小屋里，钟源源变得忸怩，龚文变得更沉默。

"好……好啦，我……我要睡了哦，你呢？"钟源源慢吞吞地爬上公寓里仅有的、不怎么宽敞的床，找到一个小角落慢悠悠地睡下。

朝着墙睡了一会儿，钟源源就被身后的人揽到怀里。身后人的呼吸很温柔，那呼吸像一只小小的雏鸟昂头在她脖子后轻轻触碰一般，柔软又不失力量；还有紧贴着的胸，两人以最近的距离接触着，心都在稳稳跳动。

两人不是第一次睡在一起了，可还是会紧张到屏住呼吸。钟源源顿觉自己心里有鬼，不然不会有这样别扭的情绪。还没在一起的时候，他们也曾度过一夜，也没有现在这样小心翼翼的。

"其实你可以呼吸。"龚文懒懒地收紧了手臂。

钟源源有些无语，自己竟然都忘记呼吸了吗？

"没事，你每次都这样。"龚文补刀。

转过身子，钟源源掐了龚文一把以示羞怒。

早起的龚文是被钟源源一脚踹醒的，伴随着呼噜声，龚文再也睡不着了，于是干脆起床开始画图。建筑专业就是不停地练习画图，平时还要处理公司里的一些事务。

直到十一点，钟源源才悠悠转醒。

她一睡醒就看到龚文轻手轻脚地在厨房摆弄。啧。这神仙日子，美男陪伴，睡醒了还能吃到美男下厨做的饭。钟源源靠在床头玩起手机。

做饭做到一半的龚文转身看到有一只“猪”在床上玩手机，于是探头催促：“快去洗漱。”

钟源源走到卫生间，发现连牙膏都挤好了。

可惜这种日子只有两天，过了周末龚文就要去上学，而钟源源也不得不继续去健身房上班打该死的推销电话。

“早啊，源源。”同事们和钟源源打着招呼。

钟源源刚一屁股坐在自己的办公桌前，组长就把今天的客户电话重重地放在了桌上。

“啊，这周又是这么多啊！”钟源源咆哮。

“你应该高兴。”隔壁桌的同事婷婷说道，“电话多说明我们健身房的广告做得很成功，我们只需要再打个电话催促一下客户来办卡就可以啦，成功的话这个月奖金多多哟。”

“好哦。”钟源源有气无力地开始打客户回访电话。

在健身房工作唯一的好处，可能就是可以免费使用健身设施吧，钟源源一开始还有些不好意思，但是见同事们都会在闲暇时使用，甚至还会在健身房洗热水澡，于是她就很坦然地随波逐流了。

时隔多年钟源源终于又拾起了散打的技能，每天下班后她还要在健身房里锻炼两个小时。

婷婷的男朋友阿松是私教，阿松顺便给钟源源制定了减肥菜谱，让她每天吃蔬菜吃蛋吃瘦肉。钟源源看在蔬菜便宜的份上，勉强坚持了下来。

一眨眼就到了平安夜，可惜是周二，龚文在学校，钟源源没能与他约会。

见阿松一大早就给婷婷准备了礼物放在办公桌上，钟源源只得和龚文在手机上聊天，缓解一下节日带来的落寞。钟源源有一搭没一搭地和龚文聊“手机孔里有菠萝的味道”的话题时，前台的安妮走过来了。

她举着手里的巧克力问大家：“有没有人要吃的？这个巧克力太腻了我不爱吃。”

安妮很漂亮，今天好像收到了不少圣诞礼物。钟源源在减肥，就说不吃，婷婷不喜欢安妮老喜欢和阿松讲话，也不乐意吃。

安妮把巧克力随意地丢在钟源源桌上，说道：“不吃就扔了吧。”然后头也不回地走了。

“嘁，不就是男朋友送了个 Godiva 嘛，有什么好骄傲的哦？她那个男朋友又不是很有钱，也值得炫耀哦？”婷婷把巧克力放在了别的同事的桌上，闷闷不乐地抱怨。

钟源源知道阿松送了婷婷一盒圣诞风的姜饼，是阿松自己做的，自然没有这个巧克力贵。

“源源，你男朋友应该挺有钱的吧，什么时候带来给安妮看看？”

“哈？”钟源源听到这话觉得很奇怪，“你怎么会觉得我男朋友有钱？”

婷婷嫌弃地看了她一眼：“你是不是傻啊，没看出来安妮为什么针对你吗？还不就是因为你没她好看，但你男朋友有钱啊。”

原来安妮在针对自己吗？怪不得安妮看到自己总是翻白眼，钟源源还纳闷安妮脾气那么坏怎么还能做前台呢，原来她不是天生刻薄的缘故啊。钟源源表示这世界太魔幻太套路了。

“你们为什么觉得我男朋友有钱？”钟源源更关心这个，同事也没见过龚文啊，难道她和龚文住一起沾染了有钱人的气息？

“你的项链要两万多，手链六千多，鞋子四千多，包八千多，难道是你自己买的吗？你要是买得起还用得着在这里工作？”婷婷把钟源源从头到脚分析了一遍。

这话令钟源源直呼冤枉。鞋是她以前读高中时穿过一两次的鞋子，包是陈丽雯不要的，手链是李威廉本想送给女朋友，结果和女朋友分手了没送出去便宜她的，只有项链真的是龚文送的，但这破玩意儿要两万多？龚文怕不是被骗了吧？

钟源源赶紧偷偷地把项链塞进了衣服里，说不定以后落魄了这东西还能换袋米吃。

“没有没有，我男朋友现在很穷的。”钟源源说的是大实话。

唉，女孩的眼睛都好毒辣啊，连人家穿戴的东西都能一眼看出价格，更没想到自己竟然因为这种事莫名被同事针对了。

这下，钟源源觉得自己度过了很有“意义”的一天，这些社会经验可是学校里学不到的。

工作了几个月后，钟源源逐渐有了积蓄。按这个进度，再过段时间，钟源源又要开始准备法律职业资格考试了，届时有了积蓄也可以辞掉工作安心备考。

龚文面临期末周，不过因为大部分成绩都是依照平时作业获得的，他也不用像钟源源读书时那样写很多论文，大部分需要笔试的考试他都复习得很充分了，所以他并没有很忙。

“这学期我们有公费交换生的项目，我希望大家都能踊跃参与。在报名的学生里，将根据成绩进行排名，优先选取成绩优异的同学参加交流活动。”下课前，班主任向建筑专业的学生宣布这一消息。

“啊，我好想去啊！”龚文后面的同学对朋友说道，“可我的成绩肯定够不上。”

“听说上一届和上上届都有人因为这个项目被国外知名工作室看中，后来毕业了就直接去工作了。咱们学校的这个项目还是很不错的，听说能学到很多。”那位同学的朋友边收拾书包边叹气，“算了吧，咱们是不用想了。”

龚文听了一耳朵，对于出国、留学之类的并没有什么兴趣。

然而周五的时候，龚文接到了家里打来的电话，让他周末回家一趟。

虽然搬了出来，但龚文只是想独立，而不是与家人为敌。

周末的时候，家里的车准时在宿舍楼下等着他了。龚文心想，自己好像并没有将自己在南海大学的事情告诉家里，疑惑浮上心头。

龚文到家后，看到家里已经准备了一桌大餐，几个亲近的亲人都到场了。见到满屋子的人，即使有一肚子的疑问，他也只得暂时搁置。

“龚文回来了。”龚母很难得地从厨房里走出来，招呼龚文吃饭。

一家人落座，龚文的爷爷看上去很高兴，大家都对着龚文说“恭喜”。

龚文知道家里人应该是从别的地方知道了自己转入南海大学的事。

“你这孩子，这种好消息也不早说，要不是我有个高中同学在南海大教书，偶然看到了你，我们还被蒙在鼓里呢。”龚母说道。

龚文笑了笑，自顾自吃菜。

“听说你们最近在申请交换生，妈妈觉得这个机会很好，既然是与南海大学合作的学校，那一定不会差的。哎，本来妈妈是想让你帮家里打理公司，但是你执意要学建筑，如今我也不拦着你了。你要是能有机会在国外留学，以后读研究生或是留在国外工作，也比在国内跟着你爸爸强。”龚母好像对龚文转学校的事很高兴。

其他的亲戚也开始七嘴八舌地讨论起留学的事情。

“我觉得在国内读本科也挺好的，我暂时还不想出国。”龚文委婉地表达自己的意见。

再一次听到龚文拒绝留学的话，龚母的脸色霎时就不好了。

“说个理由。”能让龚文说出理由仿佛是她最大的让步。

龚文不作声。

“别和我说是因为女朋友在国内才不想出去。”想到那个钟源源，龚母冷哼道。

龚母语气里的不屑和轻蔑让龚文听了觉得不舒服，虽然钟源源确实也是其中一个原因。可是在这么多人面前，龚文并不想讨论这个话题，也不想承认，不想让钟源源在母亲的心里更添一份厌恶。

家宴散席，龚文收拾好东西打算回公寓。

“你给我站住。”龚母叫住他。

龚文站定，想了想还是说道：“我不喜欢你左右我的想法，不喜欢你把你的意愿强加给我，更不喜欢你说钟源源的不好。你应该不知道，要不是她的劝导，我根本就不会进南海大学。”

“你读书不为我读，也不为自己读，而是为钟源源读的？我以为你很聪明，但现在看来你还是蠢得一塌糊涂。”龚母抱着手臂讽刺，“我怎么会生出你这种东西？”

两人谈不到一块儿，龚文不想再听下去，走出了家门。

别墅离市区有些距离，龚文走了很久才拦到一辆车。等他到了市区公寓的时候，钟源源已经四仰八叉地睡熟了。

龚文洗漱完毕，悄悄地钻入棉被，钟源源就自发地缠了上来。

看着怀里的女友，龚文清冷的神色终于露出一丝温柔。龚文搂住她，很快入睡了。

4 同学会

元旦的时候，钟源源参加了第一次大学同学聚会，在南海市的同学有一小部分，恰好是钟源源平日里玩得比较好的那一部分。虽然离毕业只过了半年，可大家好像都有了翻天覆地的变化。

陈曼也来了，她结束了研究生考试，正在之前的律所实习。

还有不少同学也参加了今年的研究生考试，几个人在对答案，很是聊得来的样子。

钟源源只待了十分钟就后悔参加同学会了，同学们有的已经有了稳定的工作，有的在考公务员，有的在考研究生，还有的今年刚考过法律职业资格考试，兴高采烈地谈论之后的规划。

在健身房做销售的钟源源显得有些直不起腰来。

别人问起她，她只说自己在备考。考什么，别人也没再继续问下去了。

“你们知道吗，萱萱和她男朋友结婚了！”有人聊起八卦。

毕业半年，就有人步入了婚姻的殿堂，大家看着手机里同学的婚纱照，觉得熟悉又陌生。

“啊！我连男朋友都没有。”有人发出哀号。

“源源，你和学弟还在谈吗？”有个女生问钟源源。

“嗯呢，在谈的。”钟源源笑着回答。

“哎，真好，我那时候就应该在学校里找，感觉毕业以后就碰不到什么好男人了。”

“得了吧，你要遇到好男人现在还会是单身吗？”

几人嘻嘻哈哈一阵，这个女生抱住钟源源和旁人说道：“没关系，反正源源的男朋友也很小，一时半会儿也不会结婚，我应该不是我们这些人里最后一个结婚的。”

钟源源跟着迎合了几句。

大家聊生活，聊工作，聊八卦，虽然嘴上说着工作好累，好想念上学的时光，可是言语间，那种自立的喜悦却满溢出来，着实让钟源源羡慕了一阵。

真好啊，大家好像都活得很好，朝气十足。

自同学会过后，钟源源就有些活力不足，有一种羞耻心始终伴随着她。这种羞耻好像是因为自己的无能被凸显，又好像是一种困惑，钟源源开始对自己的人生感到迷茫。

万一今年的司法考试又没有考过怎么办？钟源源陷入了一种未知的惶恐。她也没有一技之长，似乎除了健身房销售这些谁都可以做的工作以外，她找不到更适合自己的工作。

钟源源在上班时间打电话和陈曼聊天，问她要是考不上研有什么打算。

“继续实习呗，只不过不能转正，律所只收研究生呢。好惨啊，感觉我们学校的学生被鄙视了。”陈曼的身边充斥着各种高才生，她也是靠法律资格证书才混到一个实习的岗位。

“一个月只有一千块钱的餐补。”陈曼抱怨。

“啊？那你怎么办，你在南海住在哪里啊？”钟源源奇怪地问道。

“住男朋友家呗，反正他说了，我考不上他养我。对了，他做饭可好吃了……”陈曼絮絮叨叨地和钟源源讲起了男朋友的事。

挂了电话，钟源源噘起嘴：陈曼的男朋友已经有了稳定的工作，两个人住在一起，好像已经开始规划未来，我家龚文什么时候能长大啊！

钟源源掰着手指开始算，结果悲惨地发现龚文还要读三年大学。

钟源源无人可依靠，只能继续苦闷地打意向客户的电话。她最近时常交换耳朵打电话，就是怕自己有一天会因为打了太多电话而聋了。

“喂？”

“喂，您好，这里是动力健身馆，我们健身馆创办至今已有三个年头了，目前有游泳、瑜伽、健身操、拳击格斗……”钟源源已经有经验了，十个电话里有五个不接，三个听了前几个字就要挂电话，一个会有兴趣问一下情况，还有骂人的、调侃的、找人聊天的，于是钟源源后来都是一鼓作气地将自己要说的话给说完。

然而今天打的这通电话，对方特别平静，钟源源一字不落地将广告语说完了。

那边静默三秒，开口说道：“好的，我会过来的。”

钟源源在对方挂了电话以后回味了一会儿，总觉得这声音有些熟悉，好像是龚母的声音？

应该不会吧！钟源源眼皮狂跳。

大概一个小时后，健身房门口的风铃响了，钟源源听到安妮甜甜的声音：“您好，有什么需要帮忙的吗？”

整个办公室都知道有客户上门了，而且从安妮“娇柔甜美耐心友好”的语气判断，这人全身行头价值应该超过二十万。

听到安妮的声音，钟源源有一种不祥的预感。

果然，外面一个女声说：“我找钟源源。”

是龚母没错了，钟源源忐忑地站了起来。

龚母坐在健身馆的休息室里，安妮笑容和煦地泡完茶走出房门时还朝着钟源源翻了个白眼。

“坐。”龚母优雅地端起茶，不露痕迹地看了看又嫌弃地放下。

钟源源坐在龚母对面，活像个因为捣蛋被教导主任抓住叫去办公室的小学生。

钟源源此时还有闲心发散思维胡思乱想：龚母做老师应该很能镇得住学生。

“你就在干这个？”龚母问道。

虽然听出了龚母语气里的轻蔑，但是钟源源搓搓手，大大方方地承认：“嗯。”

“呵，我以为你有多大本事呢。”龚母毫不留情地嘲笑道。

钟源源不作声，心里默念：不要生气不要生气……

“你觉得你现在很厉害吗？”龚母端坐在那里，无形中钟源源的气势就矮了一截，“你觉得你现在配得上龚文吗？龚文的女朋友，或者说未来的妻子在健身房做电话销售是很值得炫耀的事吗？你觉得他的朋友，他的同学，他以后的同事，他的家人，他接触的人会怎么看待他？”

“这只是暂时的工作。”钟源源耐心地解释。

“哦？”龚母挑眉，那表情和龚文一模一样，然后笑着问，“那你有什么打算？”

钟源源自然是有打算的，她想说自己过几个月又会开始复习，参加司法考试，但是忽然又觉得这也不是自己极有把握的事情，考完试之后呢？钟源源一时间十分迷茫犹豫。

龚母看着她，嘴角噙着一抹似有若无的嘲笑。

“你好自为之吧。”龚母留下这么一句话。

但就是这五个字好像机关枪的子弹一样，把钟源源扫射到体无完肤。

等钟源源独自冷静了一会儿后从待客室走出来时，安妮就八卦地凑上来，问道：“怎么，她是你的未来婆婆吗？”

“关你什么事。”钟源源没好气地回答。

“嘁。”安妮很不屑，看刚才那场景，八成是对钟源源不满意。

随后安妮就四处走动，添油加醋地八卦钟源源去了。

于是之后上班的时候，因为各种不顺利和焦虑，钟源源就处于一种敏感而暴躁的状态，尤其是陈丽雯一通电话，彻底点燃了钟源源这个炸药桶。

“你在哪里？

“你是不是和龚文住在一起？

“你为什么要拦着龚文申请交换生？”

钟源源只能回答最后一个问题。

“什么交换生？我没拦他呀。”钟源源感到莫名其妙。

于是母女俩约好面谈。

陈丽雯坐在健身房附近的咖啡厅里不停地叹气，见到钟源源来了，叫来服务员点单。

“我不喝。”钟源源不耐烦地问道，“发生了什么事？我都没听明白。”

“你和龚文分手吧。”陈丽雯直截了当地说。

钟源源看神经病似的看了陈丽雯一眼。

“你难道看不出来龚文的妈妈很不喜欢你吗？”陈丽雯手指叩着桌子，表情严肃。

“我又不和他妈妈谈恋爱，他妈妈喜不喜欢我关我什么事？我又不是人民币，谁都喜欢我啊？”钟源源满不在乎地说道。

“你直接说吧，为什么突然来这么一出？”钟源源靠在椅背上，抱着手臂问。

“呵呵，我也是从小没管你，你谈恋爱我就不多说什么了，可你觉得你这恋爱谈得有意思吗？人家龚文的妈妈都找到我了！说你阻拦她家龚文申请交换生！让我管教好你！别祸害别人！”陈丽雯想到刚刚的事，依然气得直发抖。刚刚她在美容院看到龚母走了进来，一开始以为龚母是来做美容的，没想到龚母连递过去的水都没有喝一口，就居高临下地开始说明来意了。

美容院人来人往，龚母用讥讽的语气将钟源源数落得一无是处，最后说道：“我们龚文还小，在感情上没什么见识，比较单纯，本想等他大了就知道自己想要什么了，但是也架不住你家钟源源这样把控着不放。你也是女人，不如好好教教你的女儿。”

陈丽雯也不是好脾气的人，被这样奚落，为人父母，更心疼自己的女儿。在陈丽雯的眼里，钟源源就是她最宝贵的珍宝，哪里容忍得了龚母这样说三道四。

“滚吧，我们钟源源才不稀罕你家儿子。”陈丽雯气得浑身发抖，恨不得撕了龚母的嘴。

“那最好了，希望你们心里有数。”龚母随后离开了美容院。

听完陈丽雯的描述，钟源源心里乱成一团。陈丽雯趴在咖啡厅的桌上呜呜地哭了，钟源源想要说些什么，却什么都说不出来，有一种深深的无力感。

两个人的感情真的可以肆无忌惮地凌驾于亲情之上吗？钟源源第一次

正视这个问题。钟源源虽然不喜欢陈丽雯的生活，连带着不喜欢陈丽雯，但不可否认的是，再疏离两人也是有血缘关系的，是这个人生她养她，一把屎一把尿地把她拉扯大。陈丽雯换过很多工作，但是从没有亏待过钟源源半分。为了钟源源，陈丽雯甚至放弃过一段本该很稳定的婚姻。

陈丽雯只求孩子平安喜乐地长大，不要求钟源源有什么伟大的成就。

钟源源自从搬出来以后才知道生活的不容易，更无法想象陈丽雯在这些年岁里负起了怎样的责任才能够把她拉扯大。毕业以后，她脱离了学校这个象牙塔，真正融入这个社会里了。

在这之前她所接触的纯白的世界完全不是真实的，真实的世界很残酷。钟源源一个月三千多元的工资除去开销所剩无几，除了不适应以外，还有对未来的恐惧和焦虑。

钟源源如今才发现，自己能够随心所欲地活到现在，全依赖于自己身后的母亲。

而如今，却因为她的事，这样坚强的女人在众目睽睽之下受到了冷嘲热讽。在女儿面前，陈丽雯泣不成声。

钟源源的鼻子一酸，看着陈丽雯瘦弱的背脊险些流出眼泪。她或许真的很自私，很讨人厌吧。

可钟源源没有听从陈丽雯的建议马上从龚文的公寓里搬出来，她也有她的舍不得啊。

陈丽雯走后，钟源源点了一杯鸡尾酒，大白天坐在人来人往的步行街自斟自饮。

然后她看到了董弛。

她以为自己眼花了，然而并不是。

“你怎么会在这里？”钟源源以为董弛在国外或者在外省。

董弛指指身上单薄的衣服，说道：“我的店马上要上新了，今天在拍春装宣传照呀。”

想到一些事，钟源源欲言又止。

董弛摆摆手，说道："我知道你想问什么，那天谢谢你啊，让我还能有机会再次见到康宥诚，不过我没想到原来你们还认识呢。"

"那你们？"钟源源好奇地问道。

"啊？"董弛惊讶地看着钟源源，"你难道不知道康宥诚要结婚了吗？我以为你会被邀请呢。"

"什么？"钟源源把自己的烦恼放置一边，消化着董弛带来的爆炸性消息。

康宥诚要结婚了？这么突然？

董弛笑了笑，看似毫不在意地说："没什么，他们那样的人家是不会看上我的，我其实早就知道了，可是一直不愿意相信。我觉得要是康宥诚和我是一条心，我们也能过下去，可是谁能真的放下自己的亲人呢？不被祝福的婚姻，又有什么乐趣，过年过节的时候，两个人孤孤单单的，没意思。何况我一个人也过得挺好，以后还会更好。"

钟源源觉得这话仿佛是说给自己听的。

"别在意。"董弛拍拍她的肩膀，"你和我不一样，龚文也和康宥诚不一样，康宥诚有野心，他舍不得家里，可是龚文没有，他只在乎你。"

钟源源很勉强地笑了笑，不知该说些什么。

董弛还要继续拍照，没多久就和钟源源告别了。钟源源将酒一饮而尽，一个人坐着公交车晃悠，不知不觉就到了龚文的学校。

钟源源打电话约龚文出来，这是她第一次走进南海大学。

真好啊，年轻人都这样活力四射，担心的问题不过是期末会不会挂科而已。

"你怎么突然来了？发生什么事了？"龚文对钟源源的到来感到意外。

"龚文。"钟源源一把抱住龚文，只想这样静静地站下去，不去想明天，不去想以后。

“你为什么还不长大？”钟源源忽然笑道。

龚文拉开钟源源，仔细观察她脸上的表情。她的脸颊泛红，眼睛里分明有什么别的情绪，让他很不安的情绪。

“你是不是因为我放弃了申请交换生的机会？为什么呢？”钟源源问道。

“我妈妈和你说的吗？”龚文心里一阵烦躁，“别听她瞎说，是我自己不想去。”

“没有一点我的原因吗？”钟源源垂眸看着两人的脚尖。

龚文说不出“没有”二字，只说道：“如果我想出国，以后可以去读研，并不一定要做交换生。”

钟源源苦笑道：“你是不是知道我和康宥诚分手是因为他当时要出国读研，你怕我多心，才不想去？”

“不是。”龚文轻声回答。他只是不想离开钟源源，想要天天见到她，想让她在无依无靠的时候，有一个能哭的地方。

“你去吧，龚文，”钟源源揪住龚文身侧的衣服，深吸一口气，“去外面看看，看看到底什么才是你想要的。”

“你什么意思？”龚文捏住钟源源的下巴，强迫一直低头的钟源源抬头看他。

抬头的瞬间，钟源源的眼泪就掉下来了。

“我好累啊，龚文。”钟源源压抑着声音哭诉，“为什么人要长大呢？为什么这个世界上有这么多的不如意呢？为什么我这么笨这么蠢这么没用呢？”

“你到底怎么了？”龚文着急起来，钟源源的话让他非常非常不安，他害怕钟源源今天来是说那两个字的。

“我们在一起很久了，有什么事你都可以和我说，对吗？”龚文搂着钟源源，哄着她。

钟源源只是太累了，在她没有察觉到的时候，她就已经背负了很多心理上的压力，也许这压力是因为从小对父母爱护的渴望，也许是青春期累积的叛逆，也许是因为别人知道她和龚文恋爱时的窃窃私语，也许是源于看到董弛时的自卑，也许是因为龚母的不喜欢，也许是两次考试未通过自尊心受挫，也许是因为对未来的彷徨，也许压力只是来源于这个社会。每个人都背负着不同的烦恼，那些灰暗的、低落的情绪伴随着阴天、雾霾、雨，时时刻刻笼罩在周围。

而今天陈丽雯的话，变成了压垮钟源源的最后一根稻草。

她连哭都不敢大声哭出来。

龚文把她搂在怀里，敞开外套包裹住她。

钟源源在黑暗狭小的怀抱里有了安全感。她一声不吭地窝在龚文怀里，只有龚文知道，胸口的凉意是钟源源的泪水引起的。

尽管钟源源说要一个人回去，可龚文不放心，执意要和钟源源一起回去。

送到门口时，钟源源忽然说：“今晚你住在这里吧。”

钟源源不说，龚文也不舍得让钟源源一个人留在这里。

晚上，钟源源窝在龚文怀里，抬头看着他，龚文也低头看着钟源源。

“别想太多，快睡吧。”龚文吻了吻钟源源的嘴唇。

钟源源却像是小兽觅食一般缠了上去。

房间的温度越来越高，钟源源的热情似乎要把龚文融化。龚文推了推钟源源，钟源源却不为所动。

“叫我学姐。”钟源源抬起头说道。

龚文此时实在是叫不出口，他很久没这样称呼过钟源源了，因为不想让钟源源时时刻刻记得男朋友比她小。

“快点。”钟源源催促道。

“源源，别闹。”龚文觉得钟源源今天特别不对劲。

钟源源哼哼唧唧地又缠了上去。

这个暗示已经很明显了，龚文几乎要溺毙在这一汪温柔里，但是他觉得不应该是今天，于是狠了狠心推开钟源源。

“累了就睡一觉。”龚文抚着钟源源的发丝，像摸一只小狗那样。

在龚文的怀里，钟源源感到很安心，接下来钟源源便不动了。随后龚文感到怀里人舒缓下来，呼吸逐渐平稳。

情绪宣泄过后，一切暂时落入平静。

5 异国

钟源源一觉睡到十点多，成功地迟到了，不由得坐在床上叹气，感慨自己真是心大。哭过以后，钟源源这个瘪气球好像又被重新打满了气，又开启了无坚不摧的无敌模式。

“起来了，上课迟到了。”钟源源拍了拍龚文的屁股。

龚文趴在床上，长叹一声，懒洋洋地转头看钟源源。

“亲一个。”钟源源指指自己的脸。

“不要，没洗漱。”龚文把脸埋在被子里表示拒绝。

“我又不嫌弃你。”钟源源死皮赖脸地凑过去。

龚文勉强抿着嘴在钟源源脸上碰了一下，再不肯进一步了。

“你这样也叫吻？还不如我抓你一把。”

钟源源说完，就在龚文屁股上抓了一把，然后蹦蹦跳跳地去卫生间了。

啊，又被吃豆腐了，龚文趴在枕头上痴笑。钟源源又变得活力四射，看来暂时是没事了。

钟源源有没有事，她自己也不知道，不过她向来很会自我调节，此事需从长计议。吃完早饭，钟源源和龚文说了要搬回家的事。

“好，只是以后有什么事你不许一个人胡思乱想。”龚文尊重钟源源的决定。

钟源源狂点头：“没错，我是不会向‘恶势力’屈服的。”

“你指我妈？”龚文慢条斯理地喝着皮蛋瘦肉粥。

“就是你妈。”钟源源愤怒地戳了下包子，“她嘴真的很毒哎，还会找事，真是小看她了。”

龚文表示认同，但又不能说妈妈的坏话。

“但是啊，”钟源源托腮，很认真地说，“她说的也不算错，我不漂亮又不聪明，家里又一团乱，是有些配不上你。”

下一秒，钟源源的额头就被龚文弹了一指头。

“哎呀，你听我说完。”钟源源捂着额头道，“所以我不应该再这样消沉下去了，我不应该自暴自弃、浑浑噩噩地过日子了，我应该好好地规划一下自己的未来，我的，还有我们的。”

龚文一时间愣住。

“你也要加油，听到没？”钟源源拉住龚文的手，眼里的小星星又亮了起来。

“嗯，我也要加油。”龚文承诺。

钟源源满意地咬了口包子：“还有啊，交换生的项目，我觉得你还是要参加。”

“这个……”龚文欲解释。

钟源源伸出手捂住了龚文的嘴：“抓住每一个机会，不让自己以后后悔才是正确的选择。我和你应该是互相鼓励，而不是互相拖累。我们所处的平台确实不一样，我学习不好，又没什么打算，你聪明，更应该做有利于自己未来发展的事。我也会开始好好地规划自己的未来，我们应该互相扶持着长远地走下去，而不是只想着在一起，贪图一时的快乐。”

“你没有那么不堪，要不然我也不会被你吸引。”龚文认真地告白道。

“哦，肉麻。”钟源源喜滋滋地缩了缩脖子，一口气吃掉了一个包子。

“好啦，你快回学校去申请交换生。”钟源源提醒道，“跨过这个坎，也许还会有很多困难等着我们，然而当下，只有让自己成为更好的自己，才能未雨绸缪。”

说完这些话钟源源都快被自己感动了，这碗鸡汤她熬得真好。

龚文心说：好的，干了这碗鸡汤，做一对积极向上的好情侣。

如果认真起来，钟源源的行动力绝对不是开玩笑的，下午她就搬走了自己的东西，住回了自己家。

她还主动打电话给陈丽雯，让陈丽雯帮她搬家，还要请陈丽雯吃饭。

父母的恩情儿女这辈子都还不清的，钟源源嘴上不说，但是态度却缓和了不少。陈丽雯一下子觉得钟源源长大了，不由得又落下泪来。

“好啦，好啦。”钟源源拍着陈丽雯的肩膀，“待会儿回去欧阳叔叔还以为我欺负你了呢。”

“要不我搬来和你住吧！”

“别别别。”钟源源及时阻止，见陈丽雯又要伤心，赶紧解释道，“我又要开始准备考试了，还是让我一个人静静吧。”

于是陈丽雯才没有哭。

第三天，龚文给钟源源看了自己的交换生申请表，钟源源满意地在计划表上又打了一个勾，然后按计划辞掉了健身房的工作，搬出厚厚的法律职业资格考试书来从头看起，顺便研究了下考研究生和考公务员的事，做两手准备。

在和欧阳锋、欧阳雪、陈丽雯及家人们一起过了一个还算不错的新年后，钟源源还在欧阳家住了几晚。

欧阳雪依然阴阳怪气，她已经知道龚文要去国外的事，幸灾乐祸地嘲笑钟源源估计要分手。

可惜比起欧阳雪，钟源源嘴巴更毒：“你也不小了，与其笑我，还不如赶紧找个男朋友吧。我在你这么大的时候已经谈第二个了，我都怕你这么刻薄以后相亲都没人看得上啊。啧啧啧，听说你期末考试高数挂了？天呢，你小心毕不了业哦。”哪里是欧阳雪的弱点钟源源就戳哪里。当然，钟源源的第二个男朋友就是龚文小学弟呀。

见欧阳雪气得吃不下饭，钟源源还在饭桌上和欧阳锋与陈丽雯解释：“也许是因为挂科了心情不好吧。”

说完，她一挑眉，身心愉悦地吃了一碗饭。这挑眉的动作她还是和龚母学的，冷静刻薄又有气势，还带点嘲弄的意思。

三月的时候，龚文飞往法国进行交换生项目，钟源源赶到机场去送他。龚文的一些家人也在场，自然龚母也在。

拜还算可以的修养所赐，龚母只是面目冷淡而已，不曾有什么出格的举动。

唉，和男朋友有一年的时间不能见面了，钟源源眼睛酸酸的。

龚文不顾别人的目光，俯下身子想索要一个告别吻。

其余人自动移开了目光，让龚文得逞了。

龚母腹诽：哼，有了老婆忘了娘。

龚文去法国以后，钟源源又开始了苦闷的法律职业资格考试生涯。第三次了啊，钟源源给自己打气今年一定要考过，绝不能叫龚母看扁，于是她化思念为动力，人生中头一次对考试这件事热情高涨。

除了考试，钟源源还养成了锻炼的习惯。在健身房工作过一段时间，钟源源见到了很多减肥成功的人，觉得时常锻炼的人精气神都和别人不一样，于是钟源源每天抽出一小时锻炼，地点在陈丽雯和欧阳锋所住的别墅的健身房。

钟源源逐渐接受陈丽雯的关心，不再一味死撑，也心安理得地住在欧阳锋和陈丽雯的房子里，不用在准备考试的时候还要考虑每天吃什么，或者干脆不吃影响身体。

不过钟源源后来才知道这房子是陈丽雯和欧阳锋一起买的!

至于欧阳雪，反正她住校，不怎么常见，见面了钟源源也有一百种方法让她说不出话。

龚文很快适应了法国的生活，因为交换生是用英文上课的。龚文之前并不会法语，但是为了生活，龚文不得不主动去学习法语。

好在和钟源源谈恋爱以后，龚文学到了一点钟源源厨艺的精髓，会做简单的面或者饺子之类的东西，实在不行就炒个炒饭。龚文有时也会有一闪而过的念头：为什么钟源源不能随身携带呢？这样就可以吃上热乎乎的饭菜了。

这天，龚文正在做饭的时候，房间门被敲响了。在异国他乡，龚文不敢随意开门，透过猫眼一看，居然是骆落。

龚文一时间不知道该不该开门。

门外的骆落也是因为学校的交换生项目来的法国，因为南海大学和南海大学浦江学院有一些资源都是共享的，所以也有交换生项目。当然，龚文和骆落申请的并不是同一所学校。

骆落自然不知道里面住的是龚文，只是听到有响动，就用不熟练的法语结结巴巴地说：“你好，我是你的邻居，我是一个中国人，最近刚搬过来，我想问一下公寓的门要是不小心锁上了应该找谁帮忙？”

原来是被锁在门外了。龚文想了想，决定不暴露自己，于是用法语说道：“你可以找管理员。”

于是骆落心怀感激地道谢后走了。而龚文很认真地在思考是否需要换一间房子。

第二天骆落又找上门来了，是为了感谢前一天龚文的帮助。龚文假装不在家，骆落就将礼物放在了门口。龚文打开礼物盒，是一盒茶叶，可能骆落以为邻居是一个外国人吧。

但是两人毕竟住在隔壁，总有遇到的时候，龚文即使再注意，还是在一周后迎面碰上了从超市回来，提着大包生活物品的骆落。

“龚文？”骆落先是吃惊，然后是他乡逢故人的喜悦——单方面的喜悦。

见躲不过了，龚文点了个头算是打过招呼。

骆落却紧跟了上来，看到门牌号后生气了：“什么？这里住的是你？你是在故意躲我？你怎么还是那么坏啊！”

骆落说了一堆废话，龚文不理睬她，转身进屋锁门。

被冷落的骆落气得跳脚：“你还我的礼物！我要早知道是你住在这里，我才不会送你东西呢。”

于是门打开了，一盒茶叶被塞进了骆落的怀里。

之后龚文就生活在水深火热之中，骆落这个人实在是很粗心大意又喜欢惹麻烦并且自来熟，一下子来借酱油，一下子又问龚文要不要一起吃比萨，因为她点多了。

龚文心想：是怎样的家庭才能教出如此不会看人眼色的女儿？

于是他越发想念钟源源，龚文接触的女生不多，一个董弛完美到极限，一个骆落让人头疼到极限，更显示出有点小缺点，但是整体很正常的钟源源的好了。

钟源源不知道龚文被大麻烦缠上了，她正使出吃奶的劲儿读书，不考过誓不为人，所以她只知道有个龚文认识的女生住在龚文隔壁，别的龚文也没时间和她讲。

转眼又到了一年中最令人烦恼的法律职业资格考试时光。钟源源这次好像比之前有了点底气，她觉得经过很用心的复习，她的小脑袋里充满了智慧。果然，第一天考试下来，钟源源觉得做题顺利不少，于是乐滋滋地给龚文打了个跨洋视频电话。

龚文那边正是上午，他知道钟源源今天考试，早就起床等着钟源源的汇报了。连上视频，钟源源就笑嘻嘻地出现在了镜头前。

“呃，源源，你可以稍微将手机拿远一点。”龚文的手机被钟源源的鼻孔占了个满屏，让他有些措手不及。

于是钟源源把手机举高，这样的角度就好像是龚文身高所习惯的从上至下的那个角度，两个人好像跨过了大洋正并排走在落满梧桐叶的街道上。

“看来你考得不错。”龚文见钟源源心情很好，也放心了。

“还可以，还可以。”钟源源很“谦逊”地挥挥手。

考完第一场考试，钟源源终于有空和龚文好好聊聊这半年的所见所闻了。钟源源一心读圣贤书，没什么新奇有趣的事可讲的，龚文于是和她讲了自己找房子的经过，刚开口没几句，门铃又响了。

肯定又是骆落。龚文和钟源源相处的时间，根本不想被人打扰，于是他拿着手机开了门。

骆落捧着蛋糕站在门外。

见到龚文，骆落举起蛋糕道：“龚文，我觉得自己好像喜欢上你了。”

视频里的钟源源：好劲爆。

第十章 十八相送 /

1 误会

年轻男女会在何时擦出爱情火花，这是一个很玄的东西。

有的男女因为打打闹闹产生感情，有的因为惺惺相惜产生感情，还有的光看对方的脸就爱得死去活来了，而有些全靠自己瞎想。

龚文是无论如何也想不到骆落会喜欢上自己。她莫非有受虐倾向？龚文扪心自问，这些日子以来自己真的没有对骆落有什么特别的举动。

然而骆落眼里的世界就很不一样了。

在新学期要结束的时候，几个转专业的同学一起去院领导那里办手续签字，骆落一眼就看到了龚文。龚文的外表，应该没有女孩子不喜欢吧，后来两人竟然成了同班同学（龚文对此毫不知情）。骆落虽然注意到了龚文，但也并没有十分关注，直到那次上课龚文表现出了对她的躲避，让她有些不舒服。后来在舅舅的公司，骆落又遇到了龚文，龚文还是一如既往地对她冷漠（是发自内心的冷漠，热情全给了钟源源）。

同年，一部偶像剧在年轻人里风靡，讲的是男女主打打闹闹，最后相爱的故事。骆落看的时候，心里就闪过了龚文的影子（龚文再次表示与他无关）。

他们算不算有缘呢？本以为他们不会再见面了，结果就是那么巧，即使在异国他乡，他们也能成为邻居（学校安排的住宿，不关龚文的事）。

他们时常一起出门（上课时间有时一致），一起从超市回来（附近就一个华人超市），有了困难的时候，龚文也会热心帮助她（龚文表示这不是热心，这是无奈），他们还常常一起吃外卖（龚文为了少和骆落拉拉扯扯花三秒钟接过了外卖，还多给了钱）。

法国是那么浪漫的国家，会不会有什么奇缘落在她身上呢（龚文说他不想）？特别是昨天，她和朋友喝醉了酒，结果在楼下遇到了龚文（龚文从图书馆回来），是龚文悉心照顾了她一晚上（龚文出于人道主义帮烂醉如泥的骆落开了房门，把她丢了进去，后来的事龚文就不知道了，他连房间的玄关都没踏入）。今天醒来，骆落想，自己可能是喜欢上龚文了。

嗯，她全然忘了很早以前，好像隐约有谁说过，龚文在和一个学姐谈恋爱。骆落用脚指头想了下，龚文这么高傲的人，应该也不会爱上谁吧。

骆落告白以后，空气仿佛出现了短暂的凝固。

包括视频里的钟源源，也屏住了呼吸，真刺激，一上来就听到女生对自己男友的告白。

是不是该遁走，把时间和空间留给少男少女呢？可是她又好想听，好想八卦一番，即使这当事人之一是自己的男朋友。同时钟源源也有所怀疑，这小学弟在国外一天天的不读书在干啥呢，搞什么情情爱爱的，不健康！

龚文很冷静，此时也因为钟源源“在场”，紧张了一番。他脑中闪过千言万语，想要礼貌而不失尴尬地处理一下当前场景，但这场景好像没有设置退出选项，千言万语此时此刻也难以说出了，于是在这个空隙里，骆落已经完成了告白。

龚文挑眉，举起手机，弱弱地说道：“那个，我在和女朋友聊天。”

已经坐上公交车的钟源源：“呃……嗨……”

三人完成了历史上的首次“会晤”。

随后龚文关闭了房门，他觉得骆落可能需要一点时间独处。

回到自己的房间，龚文举起手发誓：“我绝对没有做对不起你的事。”

钟源源恶狠狠地笑了：“你要是敢，我就把我毕生所学给你展示一下，我说的是散打哦。”

“一言为定。”龚文隔着手机屏幕和钟源源拉了勾。

挂了视频电话以后，钟源源开始反思自己，是不是太过相信龚文了。比如刚刚，她丝毫没有怀疑龚文做了什么对不起自己的事。

一周后，考试成绩出来，钟源源顺利通过了第一场考试，紧接着又在十月参加了第二场考试。钟源源也不知道自己会不会通过，管他呢，她今年有又顺便报名研究生考试，然后最重要的是，她要飞到法国给龚文一个惊喜。

“哇，钟源源你也太浪漫了吧！”陈曼考上了研究生，在北湖市读研，因为异地恋的关系，她和男朋友分了手。

“我要是有你一半浪漫，说不定就能挨过异地恋了。”陈曼有些遗憾地说道。

“别别别，姐妹，千万不要回顾过去的恋情，要相信有更好的在前方等着你，说不定你能在新学校找个男友呢。”钟源源劝慰道。

陈曼忽然想到什么，嘿嘿一笑：“你俩的关系有没有近一步？这次去法国，是不是要天昏地暗一下下？”

钟源源一时语塞：“你好……”

“这有什么关系，你都几岁了，难道你俩还没有？”

“哎，龚文才大三好吗。”钟源源没好气地回答，脸却红了。

“哟哟哟，怜香惜玉。”陈曼在这方面可比钟源源猥琐多了。

“你这次去，不一举拿下？法国哎，太有感觉了吧！”陈曼贼兮兮地建议。

“什么啊。”咳，嘴上虽然拒绝，可钟源源心动了。

两人又叽叽咕咕地讲了几句。

几天后，在出发前，钟源源收到了陈曼寄来的，让她“务必要带上”的神秘小包裹。

钟源源看了眼就合上了：人家可真是羞羞呢。

或许是心里存了事，钟源源一路上都处于一种兴奋的状态。去法国的事，钟源源还没有告诉龚文。在飞机上，空姐问钟源源需要吃什么，钟源源脱口而出："学弟。"

空姐一愣："啊？哈哈。"

黄昏时，钟源源乘坐的飞机到了法国。半梦半醒之间，飞机稳稳落地，她走在长长的机场通道里，窗外是血色的黄昏，醉人的梦幻颜色。这里是浪漫之都法国哎，钟源源蹦蹦跳跳地取完行李，然后坐上了公交车，最后成功迷路。

不怪她，毕竟这里的标识都是法文，她英语又烂，虽然买了考研英语资料，可是还没有开始背。

无奈之下，她只好求助龚文。

龚文刚吃过晚饭，泡了咖啡坐在床边看黄昏落幕，楼下不时路过游客和说着法文、笑声爽朗的女郎，一切都很惬意，直到钟源源一通视频电话打了过来。

"我迷路啦！"钟源源坐在马路牙子上，裹着风衣抱着行李箱给男朋友打视频电话。

"你在哪里？"龚文直起身子，看见钟源源那里一片漆黑。

"我在美丽富饶的法兰西。"钟源源侧过身子，给龚文看远处的埃菲尔铁塔。

看到标志性的建筑，龚文的心跳都漏了一拍。

"等我。"龚文拿起风衣就冲出门。

"你附近有什么标志吗？或者你找个当地人我来问他。"龚文焦急地询问钟源源。

"埃菲尔铁塔算不算，哈哈哈。"钟源源还有闲心开玩笑，"你别急啦，反正就这么大点地方，你肯定能找到我的。”

“巴黎的治安并没有你想的那么好。”龚文揉揉眉心，此时已经是晚上了，他还是有些担心的。

“那这样好啦，我们在埃菲尔铁塔下见。”钟源源看着远处的埃菲尔铁塔，脑海中闪过无数影视作品。

“云帆，你一定要找到我哦。”钟源源给了龚文一个飞吻就挂了视频。龚文想了一会儿才发现钟源源在说《一帘幽梦》里的台词。

行吧。

钟源源随手拦了辆出租车，贵就贵吧，她用双手向胖胖的司机比了个尖角，司机秒懂了，油门一踩就把钟源源稳稳送到了巴黎的地标。

钟源源站在塔下伫立静赏，等着龚文的到来。

一路上龚文的心都在快速地跳动，车窗外的任何建筑和风景都不能让他分神，想到钟源源的举动他真是又好气又好笑。已经半年多没见了啊，学姐。

到了塔下，龚文立马找到了背对着他的钟源源，陌生又熟悉的身影近在眼前，反而让他情怯。钟源源似乎有哪里不一样了，或许她一直都在变化吧，只不过以前时常见面并没有很大的感觉，时隔好几个月，猛然再见，立刻就察觉到了不同。

栗色的过肩鬈发，一袭风衣衬得她纤细娇小，她踩着及踝的短靴，亭亭玉立。

钟源源似有所感，转过身来，巴黎铁塔的灯辉在她头顶绽开，闪耀了龚文的眼睛。

这刹那，全心全意都是你啊。

巴黎香榭丽舍大街再美的落叶、塞纳河再平静的河水、法兰西再温柔的晚风都不及你的光芒半分。

龚文将钟源源拥入怀里，轻柔地弯腰吻下去，欧洲之星的浪漫都在唇舌之间。

“嘻嘻。”钟源源躲进龚文的怀里，嗅着龚文身上的气息，觉得安心又熟悉。

龚文端详了一下怀里的女朋友，说道：“你变化很大。”

“哪里哪里。”钟源源也知道自己变化很大，但还是很想让龚文说说看。

“瘦了。”

“那当然，我现在才九十五斤。”钟源源十分自豪。

“变美了。”

“那可不，四五个月只读书不出门，皮肤变白了不说，我妈还天天给我炖美容汤。还有啊，我花血本买了全套化妆品。还有头发，做了柔顺焗油还烫了一下。”钟源源扯着自己的头发说道。

“是不是好像拥有了新的女朋友？”钟源源把自己身上的变化一一介绍完，得意地抬了抬下巴。

“没有哎，内心还是一样傻。”龚文调侃道。

“你变了。”钟源源突然出声。

龚文以为她生气了，愣愣地僵住了。

“几个月不见，你浑身充满了资本主义的腐朽气息，快让本共产主义接班人感化一下你。”

晚上陪着钟源源吃过了法餐以后，龚文拖着钟源源的行李箱回到了公寓。钟源源脱了外套就倒在床上不省人事，直喊好累。

但是鉴于今晚还有重要任务，钟源源只不过翻滚了一会儿就一个鲤鱼打挺起来了。她在浴室洗去了风尘，又把自己的物品归置一下，穿上了陈曼和她一起挑选的绝对好看的内衣，又偷摸藏了一个神秘的小布袋，然后滚回了床上。

啧，有些紧张。

可是龚文迟迟不上床。

“你不睡觉？”钟源源拍拍床铺。

“唔，你先睡，我还要画个图。”龚文看都没看钟源源一眼，一直在桌边捣鼓来捣鼓去。

钟源源撇嘴，这么不凑巧吗？她耐着性子玩了一会儿手机，结果游戏都上了一个段位了，龚文还没上床。她赶了一天的路，也十分疲惫，于是不知不觉睡着了。

钟源源第二天起来，看着身边呼吸平稳的龚文十分不满。这男人平时蛮机灵的，怎么读了几天书就傻了呢？难道是因为我瘦下来后胸变小了？

钟源源不甘心地拉开了自己的睡裙领子瞅了瞅，还用手掂量一下。

龚文慢悠悠地醒来就看到这香艳一幕，差点昏厥过去。

吃完早饭，龚文带钟源源去市区转转，两人打卡了很多电影里出现过的场景，还吃了很多虽然不怎么好吃，但是游客必须要尝一下的当地特色食物，无论走到哪里都能看到巴黎的铁塔。

但是钟源源始终有一件事放在心里。

第二天晚上，钟源源随便拾掇了一下就上床睡了。

臭东西，不便宜你了，哼。

钟源源跑了一天，刚沾上枕头就睡得迷迷糊糊，梦里好像有小狗在舔她，好像是在甜甜圈店里优雅的老妇人抱在手里的那只，又好像是和龚文一起捡到的那条小土狗。

不对啊，这是在巴黎，龚文的公寓。

钟源源挣扎着睁开眼睛，发现湿漉漉的感觉来自于大帅哥的吻。

“你干吗？”钟源源忽然有些生气，拍拍龚文的肩膀让他下去。

“机不可失，失不再来。”钟源源气呼呼地说。

龚文靠在她胸口笑倒了。

看到龚文笑，钟源源想到昨晚更生气了，心中有些羞愤的情绪，眼里就涌上了委屈的眼泪。

“你怎么这么傻啊。”龚文亲亲她的脸颊。

钟源源转过脸去不看他。

龚文揽过钟源源，哄道：“你昨天赶了一天的路，要是晚上还要……不累吗？不然你今天起不来不能去玩又要生气了。”

“要你管。”

“而且，昨天也没办法啊。”

钟源源悄悄地侧过头去听龚文接下来要说什么。

龚文见钟源源被他吸引了过来，接着附在她耳边悄悄说道：“你买的那个不是我的尺寸，不能用。”

没想到秘密被发现了！钟源源震惊了：“你偷看我的东西！”

这下龚文彻底笑开了：“你昨天都穿成套的内衣了，还是新的，又拿着小布袋贼兮兮地藏来藏去，我能不知道？”

钟源源捶了他一下，噘嘴：“臭东西。”

解释清楚后，龚文如愿以偿地与她亲吻，纠缠……

楼下的流浪汉弹着吉他，唱着婉转的、不知曲名的歌曲，钟源源只听懂了爱啊爱啊的歌词，然后她就陷进了旋涡……

青年人贪欢，不知昼夜，一轮斜阳落下的时候，钟源源才彻底回过神来。龚文光着上半身趴在床上，钟源源则是一动也不想动。

可是饥饿骗不了人。

两人收拾完毕，钟源源红着脸扯下床单，见龚文上翘的嘴角就没落下来过，她狠狠踩了这臭男人一脚，把床单被单搓了搓塞进洗衣机里。

龚文握着水杯摇摇头：还有力气踩人，这可不行。

折腾到出门，钟源源都饿扁了，浑身无力的她挂在龚文的臂膀上，两人准备去楼下的小餐馆简单吃一点，可一出门就遇到了骆落。

“你们！”骆落震惊地看着二人。

钟源源眨巴着眼睛看着自己的“情敌”。

“好啊，我看错你了，龚文，你居然带别的女人回家，你对得起你的女朋友吗？”骆落愤愤不平地指着钟源源。

钟源源傻眼，这剧情不对啊。

“那个，我就是他女朋友，我们上次视频见过的。”钟源源不好意思地招招手。

“什么？你？”骆落不敢相信，这人和视频里的女孩长得不一样啊，明显好看很多。

“啊……哈哈。”钟源源想起上次视频时自己邋遢的样子。

钟源源挑眉，不再多说，挽着龚文觅食去了。

等上菜的时候，龚文收到了一条消息，是来自南海大学交换生群的私聊：【能不能麻烦你问一下你女朋友是怎么保养的？还有她的眼妆用的是什么牌子的化妆品？】

龚文抬头看了看，因为改变大到情敌看了都流泪的女朋友，决定还是不问了，以免增加她本身就已经很膨胀的自信心。

“怎么了？这么看我？”

“没事，看你好看，吃菜吃菜。”龚文指着上得很及时的菜说道。

嘻嘻。

2 十八相送

短暂的会面很快就结束了，钟源源拖拖拉拉地收拾行李，回去后又要等成绩又要看研究生考试的书，有一堆事情等着她。

“我很快就回来了。”龚文在机场哄道。

两人大有十八相送的意思。

“好啦，你快走吧，下午你不是还有课吗？要不然，不如你送我到南海，你再飞回来吧。”钟源源开玩笑道。

如果可以，龚文真的想这样做。

南海机场，陈丽雯已经到达，在等待着女儿回来的那班飞机。欧阳锋也陪着她，还拖着不耐烦狂翻白眼的欧阳雪。

钟源源自动无视欧阳雪，拉住了陈丽雯的手，又对欧阳锋道了谢，然后一家四口回家吃早饭。

不知不觉中，钟源源也从一个大大咧咧，时不时暴躁焦虑，自以为不需要关怀，排斥爱别人，排斥家人，感情迟钝的人，变成了敏感而细腻的女孩子。

她是真的长大了。

欧阳雪凌晨被拉起来参与“接钟源源”的家庭活动，面如菜色，早餐喝了一大碗粥。欧阳锋敲敲她的碗沿，说道：“别喝了，看看源源，她就是吃得少才瘦的。”

欧阳雪不服气地看了眼钟源源，看到钟源源现在连油条都小口小口地吃，服气了。

“喂，你口红是什么色号，怎么吃饭都不掉色？”趁着父母收拾碗筷的空当，欧阳雪忍不住问道。

钟源源的口红是在巴黎买的，她这次回来也给家里人带了礼物，听欧阳雪问起，她掏出一包东西：“喏，给你的。”

欧阳雪嘴上“嘁”一声，手倒是很老实地接过了。

“你变态啊，突然对我这么好。”

“一日为妹，终身为妹，看在你挂科的份上，我不和你计较。”钟源源理了理头发，故作大方。

欧阳雪回嘴：“哟，别到时候你又没通过考试。”

钟源源翻了个白眼上楼睡觉去了。

欧阳锋和陈丽雯已经把周围的山头都拜完了。到考试成绩出来的那天，钟源源一鼓作气打开网站查成绩，一看成绩就不讲话了。

其余几人都不知道怎样算过，怎样是没过，看到钟源源的脸色一变，都以为她没过。

“没事，反正源源要考研，再考几年也没关系。”欧阳锋安慰道。

欧阳雪咳了咳，小声说道：“我，我可没诅咒你，我也希望你过的。你转发锦鲤我还给你点赞了。”

“过了，过了！”钟源源突然欢呼起来。

“啊！”陈丽雯惊喜地抱住了欧阳锋。

“好好好，过了就好。”欧阳锋也为钟源源开心。

钟源源立刻一个视频电话打到法国，龚文接起，看钟源源的表情就知道她过了。

“叫我‘钟过儿’！姑姑！”钟源源激动到语无伦次。

龚文一头雾水。

钟源源虽然因为通过考试而高兴，但是她没有放松，依然努力地准备研究生考试。十二月底，龚文忙着期末考试的时候，钟源源也参加了研究生考试。

这一切龚文都不知道，钟源源报考了南海大学，打算给龚文一个惊喜。

等到龚文从法国回来，刚好赶上了除夕，钟源源考研的成绩也出来了，顺利通过。

钟源源头一次知道原来努力学习得来的成果是这么美妙，她当学渣二十多年，终于在此时此刻开窍了。有时候真不是自己笨，真的只是因为不努力加没动力浑浑噩噩过日子而已，好在现在她知道这个道理也不算晚。

除夕那天，欧阳锋在本市比较好的一个酒店订了桌酒席过年，顺便庆祝钟源源考试顺利以及欧阳雪这次期末考试全过。

钟源源内心紧张又兴奋，她知道龚文今天也在这里吃年夜饭。

钟源源现在已经脱胎换骨、焕然一新了，她依靠自己的努力，有了一点点变化，有了自己一分一厘攒出的底气，钟源源此刻很期待和龚母见面。

她回过头去看自己以前的照片和所作所为的时候，也很感慨初生牛犊不怕虎，自己到底是哪里来的信心，可以如此不要脸地放出各种豪言壮志。

还有那邋遢的样子，真不是她嫌弃自己，就以前那样，真的是龚文瞎了眼才能看上她。要是她当妈妈，也会思考一下：虽说这女孩本性不坏还有点可爱（此处为钟源源自我想象），但这样的女孩真的是自己儿子的眼光所在吗?

果不其然，龚母的气质让人用后背都能感觉到。欧阳锋和龚家人是老相识，免不了在除夕时客套寒暄一阵，陈丽雯已经说了钟源源和龚文的事，也说了上次龚母来美容院的不客气姿态，老婆受了气，欧阳锋也少了一些真情实感。

全靠生意死撑。

饶是龚母再有见识，看到钟源源的瞬间还是有了全新的打量。

“这是，钟源源？”龚母挑了挑眉毛，表示意外。

钟源源堆起“真切”的笑容，喊道：“阿姨好。”

龚文在后面竖起大拇指。

龚母今天倒没怎么发脾气，至少表面当作什么事都没发生似的，然后和陈丽雯说起话来。陈丽雯都怀疑龚母是不是人格分裂，怎么还有两副面孔。这不动声色谈笑风生的龚母一出现，陈丽雯终于领悟，为什么龚母能在本市的知名企业家里占据一席，全靠脸皮厚啊。

龚海城对女人们的事一无所知，因为没怎么见过面，也不怎么记得钟源源以前的样子，只知道眼前这女孩在和自家儿子谈恋爱。

看起来还不错。

饭店为了增加热闹的气氛，年夜饭的酒席都是摆在一起的，中间只有一道屏风遮挡，酒店还邀请了很多演员在中间的舞台上表演节目。

钟源源家人不多，酒席安排在了龚文家隔壁的隔壁。

中间桌的一对夫妇看到龚父龚母，眼神都亮了，等到欧阳锋和龚家寒暄完毕，这对夫妇就迫不及待地围了上去。

“骆总。”龚母龚父又开始新一轮的客套。骆家的企业是龚家最近才合作的，合作的项目比较大，又很花时间，算是目前比较值得维护的关系。

“龚文？”刚上完厕所出来的骆落看到自家父母在和一对夫妇交谈，龚文站在那对夫妇身后，看来那是龚文的父母了。

骆落是那种被家里保护得很好，一团孩子气，很受长辈喜欢，看起来很喜气的类型，加上家境不差，打扮一下完全可以说是天真烂漫的大家闺秀。实际上她也是很单纯的女孩，只是单纯到极致就有些物极必反的意味罢了。

很明显的一点就是听不出别人的潜台词。

这一下，三家人都互相打了照面，骆落、钟源源、龚文也看到了对方。骆落有些尴尬，咬了咬嘴唇，但还是和钟源源打了个招呼。

龚母见骆落认识龚文，还认识钟源源，于是两家父母互相问起来，这才知道原来骆落和龚文以前是同学，在法国又是邻居。

龚母一下子改不了对钟源源的针对，见有个漂亮的家境又好的女孩儿在场，有心排挤钟源源一下。于是她在吃饭时撤掉了和骆家之间的屏风，又假惺惺地问欧阳家要不要也撤掉屏风。欧阳锋不好意思说不撤，于是这下三家人等于坐在了一起。

家长嘛，坐下来就开始说孩子，聊得火热的时候，不免拿儿女亲家之类的事开玩笑。

要不是因为是年夜饭，骆落是不会跟着父母出来吃饭，见父母的朋友的，因此缺乏经验的骆落听不出来大人是在开玩笑。这类玩笑在散场之后谁也不会再提起，更不会把酒桌上的事当真的。

听到父母的玩笑，骆落觉得脸上火辣辣的，忍不住说道：“阿姨，你不知道钟源源和龚文在谈恋爱吗？”

龚母被打了个措手不及：“啊，是吗？”

“对呀，就是那边那个女生。”骆落还指了指钟源源。

龚母僵着脸说道：“哈哈，这样啊，年轻人谈恋爱，分分合合也是有的，我倒是不怎么清楚。”

一般这时候，有眼力见儿的，不管龚母是真不知道还是装作不知道，都不会再说下去了，然而龚母今天碰到的是骆落这个傻大姐。

骆落还很热心地向龚母科普：“不会啊，他们很认真的，已经谈了好几年了。龚文在法国的时候，他女朋友还来看他呢。”

龚母只能以微笑面对骆落。

骆落的妈妈倒是看出来龚母不怎么喜欢钟源源了，于是救场道：“我看那个女孩子年纪有点大哦？龚文看起来还是小孩子一样。”

“只大了两岁而已，妈妈。”骆落看不下去妈妈睁眼说瞎话。

骆落的喜欢来得快去得也快，她现在已经完全不喜欢龚文了，反而因为钟源源的化妆水平，自法国见面后就有些欣赏钟源源，变得莫名想帮钟源源说话。

钟源源要是知道了骆落的内心想法，肯定又要为自己的人格魅力鼓掌。

知道自己女儿的德行，骆落的妈妈又开始救场，揪住了刚刚骆落说钟源源去法国看龚文的事，感慨道：“虽然现在的年轻人很开放，但是女孩子还是要自尊自爱一些。”

骆落随口说道：“这有什么关系，你们的思想也太落后了吧。我们这个年纪的人已经不在乎这个了，就你们还挂在嘴边。那照你这么说，龚文也有错了？毕竟一个巴掌拍不响嘛。”

龚文本是在忍受着母亲的话，默不作声地吃菜，听到骆落的一番言论，他都想竖起大拇指。

钟源源坐得远，只知道龚母和骆落在“亲密交谈”，听不清具体的内容，要不然这会儿早就奓毛了。

龚母已经失去了和骆落对话的兴趣，皱着眉头有些不解做生意的骆家人，怎么能把女儿养得如此不懂人情世故，想说什么张口就来不过大脑。

就这一点来看，钟源源虽然老和她顶嘴，但是大场面上还是很得体的。

龚母所谓的“得体”是指那次吃法餐的时候，虽然钟源源和她搞了点小动作，但不是明目张胆的那种手段，而是让她吃了暗亏。

果然人和人之间还是要比较一番。

龚母又开始有点欣慰，忽然对钟源源有了一丝微妙的好感。

钟源源要是知道龚母的内心，就能解答她心中一个很大的谜团了：龚文奇葩而没有原因的审美到底像谁?

新的一年又来临了，新年新气象，钟源源觉得自己这两年好像开了挂一般，她顺利地过了面试，成了南海大学的研一新生。

开学第一天，她在南海大学的宿舍拦截龚文的时候，龚文都傻眼了。

“还不快来欢迎你的新宿管。”钟源源大剌剌地盘腿坐在宿舍楼的前台，招呼不敢置信的龚文。

龚文半信半疑地走近，看钟源源穿着睡衣，神情不似作假：“你……怎么会在这里？”

那一瞬间，龚文是真的相信钟源源又来当宿管了。

“哎哎哎，你是谁啊？前台不能谈恋爱的哦，男生宿舍女生也不能进。”宿管阿姨打完饭回来，就看到一个女学生坐在自己的座位上，于是马上挥手驱赶。

钟源源麻利地从椅子上跳下来，揪了揪龚文的鼻子：“傻样。”

原来钟源源的宿舍就在龚文的宿舍对面，钟源源穿着睡衣走几步就到了龚文的宿舍。

龚文这才知道钟源源给了他这么大的惊喜。

“你看我对你好不好，怕你在学校寂寞，特意考了研究生来陪你，我们可以一起毕业咯。”钟源源叉着腰抖抖眉毛。

龚文真的是发自内心的高兴。

于是他俩又开启了没羞没臊的校园恋情。

3 尾声

与大学本科生活不同，钟源源在读研究生的同时也开始正式实习。在通过了法律职业资格考试和南海大学研究生的双重加持下，钟源源终于有底气走进大律所投递简历了。别看钟源源以前读书吊儿郎当的，但是做人做事真的没话说。或许是因为有了很多打工的经验以及在健身房当电话销售的经验，她比起同龄人要老练不少。

实习期虽然没有很多工资，只有一些餐补，但是跟着师父有提成拿，钟源源也攒了一小笔钱。

龚文更厉害，一直在设计公司兼职，虽然只是打打下手，但也可以独立完成一些小型别墅的设计，接外单接到手软。

“你说我俩会不会早早地秃了啊？”钟源源摸摸自己的头发，又摸摸龚文的。她无法想象龚文秃顶的样子。

龚文也无法接受自己秃顶的样子，于是适当减少了熬夜的时间。

钟源源的生活过得有滋有味的，在律所工作是很有趣的事情，可以见识到各种人各种事，但钟源源的乐趣绝对不在接到熟人咨询离婚的事情上。

听到熟悉的声音，钟源源握着手机，眼角抽了抽，再确认了一遍电话，是康宥诚没错。

“你离婚？你结婚才多久？既然你要离婚了，当初还结什么婚？”钟源源破口大骂前男友。

“一年？两年？不知道。”康宥诚的态度有点无所谓。

“鄙视你，渣男。”钟源源鄙夷地说道。

康宥诚沉默了一会儿，笑着问道：“我要是说我是被绿的，你会不会原谅我一点？”

钟源源倒吸一口凉气：“人才啊。”

“所以要不要接案子？肥水不流外人田啊，标的额还挺大的，肥源。”康宥诚玩弄着办公桌上的打火机，笑着问。

“嘁。”或许是出于对康宥诚被戴绿帽产生的同情心，钟源源的语气也不咄咄逼人了，她实话实说，“我还不能独自立接案子，不过你可以来找我师父。”

康宥诚到律所的时候，钟源源正在奋笔疾书地写代理词，康宥诚环顾一圈都没有找到钟源源在哪里。

直到钟源源无意间抬头看见落地玻璃窗外正茫然要掏出手机打电话的康宥诚，才挥挥手示意他过来。

“钟源源，你换头啦？”康宥诚觉得匪夷所思，打量了钟源源好几眼。

钟源源每次见康宥诚毒舌的样子就忍不住嫌弃以前的自己，曾经的自己怎么这么年少无知呢？竟觉得康宥诚是那种春风和煦的男生。

瞎了她的狗眼。

康宥诚家自然是聘请了律师的，只不过这次康宥诚要离婚是瞒着家里的，所以他想到了钟源源。他们也有很长时间没见面了，再见面聊了聊，让钟源源有了物是人非的感觉。

钟源源的师父挺厉害的，除了敲定康宥诚离婚的案子，还接下了康宥诚名下公司的法律顾问一职。钟源源也得到了不少的分成。

看在钱的面子上，康宥诚邀请钟源源吃午饭，钟源源也欣然同意了，当然已经提前和学弟报备过。

“那你离婚后，怎么办？”钟源源“关心”地问她接的第一个案子的顾客康宥诚。

康宥诚失笑："什么怎么办，和以前一样过啊，反正公司也到手了，业务也扩展了，还能怎么样。"

钟源源知道康宥诚结婚后家里给了他一部分股份，还有和女方家里合作的一系列有利于康宥诚累积资产的事宜，因为康宥诚家比较复杂，同辈的年轻人很多，要想在家族里多分一杯羹，成家立业和利用价值是很大的加分项。

"不懂你们豪门的恩怨。"钟源源啧啧叹气，"哎，你该不会是觉得妻子没有利用价值了就把她一脚踹开吧？"

钟源源怀疑的目光扫射在康宥诚身上。

"哪有那么跌宕起伏的剧情。只是突然想通了，觉得不合适，她不喜欢我，我也不喜欢她，凑合过一辈子没意思。"

"那……"钟源源戳着土豆，想到了董弛。

"董弛？"康宥诚了然，摇摇头，"不会，我不会再和她有什么瓜葛。以前少不更事，觉得喜不喜欢是天大的事，后来才觉得，两个人之间还有家庭，还有自己的野心。她不适合我，我也未必能带给她多快乐的生活。她自己过得也很好，我又何必再去打扰她。"

接着康宥诚又自嘲道："就算我现在去找她，她也未必把我放在心上。你不懂，她其实是和我一样的人。比起爱人，她有更高的追求。"

钟源源是不懂，无奈地一个劲夹菜吃。

"你呀，胜在傻。"康宥诚羡慕地看着钟源源。

"什么意思？"钟源源不乐意了。

"你也该考虑考虑你和你的小男友了，难道他家里能接受你？"

钟源源摇头晃脑不在意地回答："车到山前必有路。我也在努力变成配得上他的人啊。"

"所以我说你胜在傻，装傻。"康宥诚似乎看穿了这个青梅竹马，忽而转头去看窗外，不再言语了。

回到家，钟源源仰面倒在床上，是啊，是装傻吧。她知道自己和龚文之间还有很多未决的事，只是暂时搁置不去理会。但是这些她都不在意，只有自己足够强大，才能有更多的能力去披荆斩棘。

但同时，她第一次开始思考婚姻和未来。之前，她只知道他们在很长一段时间内，都会是彼此的最佳伴侣，可那只是一个朦朦胧胧很抽象的表达。现在，她开始仔细思考婚姻，思考得很具体，思考着他们何时能够成家立业。

前一秒钟源源还觉得自己是个孩子，下一秒忽然就想到了结婚，还想到了自己的孩子。

钟源源暗自祈求：孩子可千万得长得像他爹……

过了一会儿，她又摇摇头，自己想的是什么乱七八糟的？

读书的日子总是过得很快，初夏的时候，钟源源迎来了毕业季，这也许是她最后一次毕业了。钟源源被答辩折磨得又瘦了，打死不想再读博士了。

哦，她也不一定考得上。

同一年，龚文也顺利地从南海大学建筑专业毕业，进入了设计工作室当实习生。

“你们实习生工资也太高了吧，大哥。”钟源源盯着龚文的银行卡余额看了好半天。

“还有之前攒的一些。”龚文看着银行卡的余额也挺满意的。

“喊，我最近也很不错的，上个月的收入又达到了人生的顶峰。”钟源源沾沾自喜过后，又感叹，“唉，我什么时候才能成为律所合伙人啊，不然每个月要交给律所的钱也太多了，扣去个税，工资水平简直大幅度缩水。我问了师父，他说他四十岁才成为合伙人的，从业十几年才变成合伙人。我哭了。”

龚文同情地摸摸钟源源的头。

“争取后年能攒到一套小房子的首付。”龚文盘算着自己的收入，终于知道为什么大家都说南海的房子贵了。

“啊？你要买房啊？”钟源源没听懂。

“你不买？”龚文戏谑道。

“我这工资还差得远吧。”钟源源沮丧地说。

律师行业看起来收入很高，但这不包括刚毕业的年轻律师，成为真正赚钱的大律师，还有很长的路要走，高投入高回报就是律师行业的特点。

龚文见钟源源还没有听懂，眼珠子一转，忽悠道：“这样啊，那我给你一个机会，我们去申请一个证，你入股后，半价就可以投资南海的房地产业了。”

“还可以这样吗？”钟源源根本没听懂。

龚文笑了笑，不再答复。

直到晚上，两人借口同学聚会各自从家里偷摸溜出来玩了一会儿，钟源源才终于回过味来。

她一巴掌拍在龚文的胸口，骂道：“有你这么求婚的吗？”

龚文被她拍得够呛，大笑不止：“你怎么这么可爱。”

“哼，不嫁。”钟源源装模作样地挥挥手，翻身睡了。

“不嫁？那这颗大钻戒没人要了，多可怜。”龚文掏出一个盒子摇了摇。

钟源源以为龚文开玩笑，哼哼唧唧地闭着眼不看。

龚文怎么逗她，她都不理睬，龚文只好使出绝招，折腾了钟源源一番。

钟源源彻底投降了。

龚文俯下身子说道：“嫁给我，钟源源。”

钟源源还来不及回答，就在意识不清醒的情况下，被套上了一克拉的“枷锁”。

啊，美男计。

龚文心想：嘿嘿嘿，主动出击，一招毙命。

早晨清醒过来后，钟源源依稀记得昨晚的战况，抬手看了看无名指上闪烁的钻戒。以前想了那么久，规划了那么久，迷茫而又期待的事，其实还是水到渠成，自然而然地到来了。六年的恋爱，在这一刻有了结果，她心里忽然一阵轻松。

内心足够强大后，面对所有的挑战，都将无所畏惧。

钟源源乐得钻进被子里，野猪似的拱来拱去，成功拱出一枚新晋的新郎。

又是人生新的一天呀!

4 大结局

龚母觉得最近诸事不顺，先是偶然间知道董弛早就不读书了，而是一门心思地做服装生意，接着是儿子始终不能回心转意来公司做事，而是要坚持干什么劳什子的设计师，更没想到儿子和那个钟源源谈恋爱谈到了第七个年头。

今天是周五，龚文突然打电话回家说要商量办婚礼的事。

晚上，阿姨烧好了饭菜，龚母龚父正襟危坐，等着龚文和钟源源上门。

“你没和你妈说我俩已经领证了？”钟源源端着便秘脸，和龚文开着新买的，还在按揭的车去往龚家。

龚文竖起手指“嘘”了一声：“先斩后奏只会让她更加气愤。”

“哦，有道理。”钟源源点点头，“可是，瞒不住啊。”

钟源源指指肚子。龚文低头看了钟源源的肚子一眼，神情柔和。自从上周知道自己要当爸爸了以后，龚文每天都很兴奋。

“今天没有不舒服吧？”听说孕妇在孕早期会呕吐、食欲不振，龚文很是担心。

“没事，我可能比猪还壮，什么感觉都没有。”钟源源说着还拍了拍自己的肚子，把龚文吓个半死。

到了龚家，龚父乐呵呵地迎了上来。龚父以前不是这性格，但是看到准媳妇就开心到合不拢嘴。

钟源源带了礼物，礼数上一点不差，吃饭也斯文许多，吃吃菜又吃吃肉的，不要太开心。全家人好像只有龚母格格不入似的。

吃完饭，大家坐下来谈正事，龚文说了自己和钟源源打算结婚，龚母放下茶杯，说道："我不同意。"

气氛安静一秒，又活跃了起来，龚父、龚文、钟源源三人继续乐呵呵地谈论结婚的事，好像龚母是个透明人似的。

龚文走后，龚母坐在房间里生闷气，觉得最近事事不顺心。

"你干吗老沉着脸？今天是开心的日子，你摆脸色给谁看？"龚父上楼，看见龚母那样就来气，"儿孙自有儿孙福，结婚了也不和你住，你管龚文找什么样的媳妇呢？何况钟源源哪里差了？她是南海大学的研究生不说，长得也好看，又知书达理的，工作也正经，收入也高。我看就没有比她更好的女孩了。"

龚母气呼呼地反驳："那是你没见过她以前的样子！"

龚父更不解了："她以前什么样子和现在有什么关系吗？那你以前还是个黄毛丫头，农村出身，迷迷糊糊，傻傻的，我俩结婚我妈可嫌弃过你？"

"你拿我和她比？！"龚母更生气了。

劝慰无果，龚父也生气了，自顾自睡在一旁不再作声。

龚母的情绪无处宣泄。这些年，她也逐渐放下了工作，反正企业也稳定了，不必再像以前一样忙碌。于是她只好第二天找几个姐妹喝喝下午茶。

女人在一起，总免不了八卦。

"你们听说没，康家的儿子离婚了，还是被媳妇绿的。他俩呀是家里安排的，那女的根本不喜欢康家的儿子，结婚前就不安分。"贵妇A悄悄和姐妹们八卦道。

"天哪，这样的媳妇娶进门真是要命。哎，所以说啊，结婚还是要谈感情，那家的女儿虽然家里条件好，但又有什么用呢。这下好了，生意虽然谈成功了，儿子的婚事被耽误了，何苦呢？”

龚母竖起耳朵：哦，还有人儿子被绿了？那真是在南海丢尽脸面了。哼，钟源源倒是老实谈了几年恋爱哦。

“现在的女孩子，都不知道在想些什么，要不就是上不了台面，要不就是长得不好看。我小儿子在读大学，毕业后也该给他相看起来了。”贵妇C感叹道。

贵妇A又接话：“就是啊，我上次去喝喜酒，看到了骆家的女儿，说是大学毕业了，学的建筑，但是什么证都没考上，所幸他家有人做这个的，于是只好在自家公司工作。她妈妈带她出来熟悉熟悉人，我一看，这家的女儿生得好，看着不错，结果一开口，说出来的话能让人笑死。”

“哎，你家龚文不也是学建筑的吗？”贵妇C问龚母。

“是，他是南海大学毕业，现在在耀华工作室工作，跟着陈耀华做事。”龚母说道。

“噢哟，这么厉害啊，陈耀华的名气连我都知道。那个法国的什么，什么博物馆，就是他设计的吧？还有西京那个办奥运会的体育馆也是他设计的吧？”

龚母听了，心里乐开了花：“对的，最近南海举办亚运会的场馆也是他设计的，我儿子也在一边打打下手。”

她可一点都没炫耀哦。

“那你儿子找对象了吗？”贵妇C有个女儿，跃跃欲试。

“找啦。”贵妇A说道，“我都看过啦。我上次去公司等我老公下班，他说还有一点点事情，公司的律师要来盖章。来的是一个小姑娘，做事不要太利索哦，长得也蛮好看的，化了个淡妆。盖完章我老公也下班了，我们一起下去，问她要不要送一下，她说男朋友在楼下等。我一看，不是龚文嘛，后来我们聊了几句，龚文说那是他女朋友嘞。”

龚母听闻，心里一紧，说道：“哎哟，谁说不是呢，我儿子居然找了这么个女朋友。”

贵妇A诧异：“怎么，那个小姑娘那么好你还不满意？我听我老公说她是南海大学的研究生呢，又是律师，做事也利索，要不是知道她是你家龚文的女朋友，我都想介绍给我侄子。我打听过她，听说我做美容的那家美容院的老板就是她妈妈，她妈妈现在的老公是欧阳锋，他的生意也做得很大的嘛，和你家不是也认识的？”

“噢哟，那还不错的。”贵妇D转头问龚母，“这样你还不满意啊？你要求有点高的嘞。”

“是的啊。”贵妇A喝了口咖啡，继续说，“而且你知道她亲生爸爸是谁吧？就是那个 ×× 手机，是她爸爸做的。”

龚母虽然第一次听说钟源源的亲生爸爸，但 ×× 手机公司的市值她还是知道的。

“还好，还好。”龚母谦虚地说道。

接下来，就是各种花式夸赞钟源源以及龚母福气好的话。回到家，她莫名觉得心情舒畅了。

接下来钟家和龚家定日子、商量婚礼日期都进行得无比顺利。龚母该到的场合都到了，虽然诸事不管，但也没有不给面子。钟源源和龚文心里舒了口气。

钟源源和龚文婚礼那天，龚母没有十分喜悦，但是鉴于她平时也不怎么笑，没有人觉得有任何不妥。

马运、桑秦、楚庄都来了，几人也有些日子未见了，见面后自然又是一番热闹。

婚礼结束后，小夫妻才向家人坦白钟源源已经怀孕三个多月了。

众人都吓了一跳，埋怨这两人实在是不懂事，龚母的反应尤为激烈。

“我妈结婚其实挺早的，在我之前，妈妈流产过一次，因为觉得自己厉害，顾着工作没有注意身体。那之后过了好多年才有的我。”龚文悄悄地解释道。

新婚第二天，龚母就叫了搬家公司，强制让钟源源和龚文放弃现在住的小房子，搬到市区的另一套公寓去。那套公寓足有两百多平方米，其实算是家里给龚文准备的婚房，已经装修好很多年了，只是一直没有人住。

钟源源不想因为这种事和龚母闹矛盾，大房子有啥不好，住呗。于是钟源源开开心心地搬家了。

“其实我觉得你妈是刀子嘴豆腐心。她这算不算已经接受我了？”钟源源靠在沙发上。

龚文吹着鸡汤送到钟源源嘴边。

这汤汤水水是龚母雷打不动隔几天送来一次的，还有各种新鲜的蔬菜、水果等。

“要吃一个草莓。”钟源源手一指，龚文就屁颠屁颠地为老婆服务去了。

“应该是吧，毕竟我从小都没这种待遇。”龚文实话实说，从小到大，在这种生活琐事上，龚文从来没受到过母亲的“热情款待”。

钟源源咽下鸡汤，吐出鸡骨头，随口说道：“她不会是害怕吧？”

龚文奇怪：“害怕什么？”

“就是……”钟源源当了妈妈以后，对于母爱的理解更深，“就是孩子都是珍宝，担心打碎了，于是干脆不去触碰。”

龚文听后，垂下双眸试图理解这句话。

“哎呀，我是瞎猜的，你不是说你妈妈之前流过产嘛。我在想，你妈妈这么要强的人，却没有保护好自己的第一个孩子，肯定心里难过吧。可能在她眼里，她觉得自己当不好一个妈妈，于是近乡情怯，反正自己不上手，总不会出错的吧，所以干脆让保姆和其他人来管你。久而久之，变成了一种习惯，加上她工作又忙，更顾不上你了。”

“是吗？”龚文默然。

“哎，不过我觉得她那样当妈还是不行的，反正我觉得你挺可怜的，不管因为什么原因，既然生了孩子，就要对他好。反正我是不会像她那样做的，我的孩子，宝贝还来不及呢，哪里舍得不管他。你也别想了，鸡汤要冷了，快拿给我喝。”钟源源嗷嗷待哺。

大概是拜汤汤水水和精细喂养所赐，钟源源肚子里的孩子每天都在茁壮成长。夏天的时候，瓜熟蒂落。

经过四小时的分娩，钟源源终于结束了生命中不可承受之痛，产下了一个小男婴。

钟源源自认坚强，但这次是真的疼怕了，知道生出个男婴以后，钟源源哇哇大哭。

她是激动的，要是像自己，男孩子丑一点也没关系。

小朋友还没有大名，暂时叫着小名小建国，至于为什么叫这个有点复古的名字，那学问就大了。

来医院看望的人一拨又一拨，后来是龚母发飙了，病房才没有继续拥入更多的亲戚朋友。

每一顿月子餐，龚母都盯着钟源源吃下去，比陈丽雯还要仔细。钟源源吃着寡淡的月子餐，觉得索然无味，只想吃一顿肯德基。

听她话的，只有小学弟了。在威逼利诱之下，龚文只好偷偷地给她买了个汉堡，可惜刚进门，就被龚母盯住了。

“啊，哈哈。”钟源源十分尴尬，抱着孩子默默转过身去。

龚文孤立无援，被亲妈叫出去谈话。

钟源源不知道龚文和他妈妈发生了什么，反正直到喂了两次奶后，她都没有等到汉堡，龚母也没有再进来。

晚饭时间，龚文的神情轻松，提着月子餐走进房门。

“我和我妈妈聊了几句，她说她很对不起我。”龚文和钟源源说道，接着他叹了口气，“但我也没有原谅她，她说他能理解我，也不奢求我的原谅，只是希望未来我们能好好相处，她也会学着改变，做一个称职的母亲。”

“哦。”看到龚文好似解开了一个心结，钟源源也有些泪意。

“谢谢你。”龚文抱住钟源源，亲吻她的额头。

“我也要谢谢你，你让我变成了更好的人。”钟源源也抱住龚文。

这么温馨的时刻，建国哇哇大哭。

建国：我才不管什么风花雪月，我尿了！

- 正文完 -

番外一
建国为什么叫建国 /

自从求婚以后，两人都步入了事业的发展阶段，忙得没空去考虑下一步。上班族的放假全靠国家赏饭吃，特别是国庆节，虽然没空结婚，但是再挤也要出门旅游啊。

尤其是钟源源和龚文今年买了房以后，又贷款买了新车，一定要开出去溜达溜达。

然后“完美”地堵在高速上。

眼看着要去的地方还远在天边，钟源源却尿急了。服务站也是拥挤到关闭，钟源源只好指挥着龚文找个就近的地方下高速，让她先解决一下生理问题。

在路边的小餐馆的厕所里“潇洒”过后，钟源源神清气爽，看到远处高速已经堵得彻底动不了了。钟源源心有余悸，怎么也不愿意去目的地了。两人研究了一下地图，发现可以不走高速到达钟源源的爷爷奶奶家。

于是两人对视一眼，兴高采烈地钻上了车，在晚饭前到达了小村庄。

农村人吃饭早，爷爷奶奶早就吃完晚饭了，于是给两人煮了碗面。

“爷爷奶奶，我要在这里住七天。”钟源源瘫在竹椅上，累得不想动。

爷爷笑眯眯地说：“好的，但是你们要帮忙干活。”

于是钟源源和龚文又穿上了爷爷奶奶年轻时穿过的衣服，成功地打入农村内部，成了放牛娃。

爷爷教龚文种青菜：“松松土，挖个洞，把菜籽撒进去，不要太多。对，随意点，只要种子好，土地好，就肯定能长好。对，就这样，然后盖上土，浇点水。”

第三天是国庆节，村里的大喇叭一早就开始放国歌，钟源源和龚文从睡梦中惊醒，下楼发现村里的人都已经干完一轮农活了。

显得两人特别废柴和懒汉。

其实爷爷奶奶说让他们干活，只是玩笑话，于是他们带着干粮和水，兴冲冲地到山里玩了一天。

晚上自有一番干柴烈火。

“别挤了，哎呀，赶紧洗完，热水器的水可不够四个人洗漱，你又不是不知道。”钟源源在狭小的卫生间里，羞恼地拍了拍龚文的胸膛。

然后果真没热水了。

十月的天气，两人洗了一个冷水澡。钻进被子，刚刚还让龚文别挤的钟源源主动贴了上去取暖。

“行不行啊，没计生用品呢。”钟源源有些犹豫。

“不至于一次就……”龚文哄她。

“也对哦。”钟源源释怀，于是勇猛地扑了上去。

早上起来得晚了，钟源源和龚文下楼时，爷爷奶奶都在准备中饭了。钟源源赶紧去帮忙，爷爷则是叫住了龚文。

爷爷笑眯眯地说：“你们房里那个床不稳，响了一晚上。”

龚文和钟源源：？？？

七天假期结束，钟源源和龚文羞耻地逃回了南海，真是老脸都丢尽了。然后两人转眼就忘了那一夜乡村爱情，又各自回归原本的工作和生活。

直到有一天，钟源源在厕所气急败坏地大喊：“龚文！”

龚文一脸莫名，赶紧放下图纸飞奔到钟源源身边。

钟源源喃喃自语：“男人的嘴，骗人的鬼。”

“怎么了？便秘？”龚文见钟源源坐在马桶上，捂着脸一言不发。

“怎么了？你随手播撒的种子发芽了。”钟源源指了指自己的小肚子。

龚文眨巴眨巴眼，好久之后反应过来，笑得咧开了嘴。

番外二
同居守则 /

考入南海大学读研究生以后，钟源源本以为自己的校园日常就是和龚文谈谈恋爱，风花雪月，每天睡到中午再准备上课，然后偶尔写写论文什么的。

没想到研究生是这样忙，不仅每门专业课都不能挂科，天天写论文写到头秃，还要帮导师做事，更要抽空去实习积攒经验。

开学一个月，龚文几乎遇不到钟源源。

终于，在第四次请求约会失败以后，龚文不得已来到了钟源源的宿舍。

钟源源住的研究生宿舍虽然比较老旧，但是两人间，正对操场，侧面是食堂，楼下就是超市，白天阳光很好，还有单独的洗衣机可以洗衣服。

在得到钟源源的室友允许以后，龚文生平第一次进了女生宿舍。

“潇潇，这是我男朋友龚文。”

钟源源的室友叫陈潇，是个戴眼镜的短发女孩儿。

见到龚文，陈潇不由得瞪大眼睛，忍不住感叹：“这是你男朋友啊！我还以为是你弟弟呢！”

钟源源笑嘻嘻地说：“是男友也是弟弟啦，他在读本科学的建筑专业，是我们校友哦。”

“哦哦，这样呀！你男朋友好帅。”陈潇对着钟源源竖起大拇指，接着整理了自己的书说道，“我就不打扰你们约会啦，我去图书馆！”

室友走后，龚文舒了口气。

“研究生真的那么忙吗？你都没空和我出去玩。”龚文在钟源源的床铺坐下，打量钟源源的书桌，语气有些酸酸的。

“是啊，好惨啊……”钟源源一屁股坐在龚文的大腿上揽住他的脖子，“你没课的时候我有课，你约我看电影的时候导师又突然叫我去做事，我们都没课的时候我又要去实习。晚上忙着加班，周末忙着写论文复习英语，唯一一点空闲的时间我实在是累得不行只想在宿舍睡觉。”

听完钟源源的描述，龚文叹了口气：“好吧，那你做你的事，我陪着你。”

见龚文这样听话，钟源源笑嘻嘻地扑上去亲他：“懂事了，弟弟。”

龚文被逗笑，翻过去欺身压她，时隔一个月终于吻到了香甜的女友。

两个人难得放松地玩闹一阵，钟源源的上司催材料已经发了几条消息了，钟源源连忙起身去工作，龚文就在一旁看书。

这一刻好像又回到了钟源源准备法律职业资格考试的时光，那时候两个人视频着，不出声，偶尔看一眼对方就觉得十分满足。

过了那么些年，时光匆匆，但有些东西却没有变。

钟源源忙了一阵转头看一眼龚文，龚文似有察觉，抬头眸子亮亮地盯着钟源源。

其实他为了和钟源源约会，熬了好几夜才把老师布置的图画完，虽然最后他还是没能按照原计划把钟源源拐出校门，但两个人近在咫尺，他还是觉得安心。

他歪在钟源源的床上，棉被上都是钟源源的味道，不一会儿龚文就安心地进入梦乡。

初秋天凉，钟源终于完成工作揉了揉脖子的时候，才发现外面已是黄昏，而卧室只有一盏昏黄的台灯，她的男孩在身后的床上睡得十分安稳。

“起来了，看看外面。”

钟源源半趴在床上轻轻地啄着龚文的脸，龚文困倦地转醒，揉着眼睛看向钟源源所指的方向。

窗外的彩霞是艳丽的桃红，挑开一抹深紫色的天际，呈现出动人心魄的瑰丽。

傍晚天空准备的一个小小的惊喜，竟让两人都有些感动。

“走吧，请你去吃学校后门那家牛肉饭。”钟源源决定暂时放下手头的事，好好地陪男朋友吃一餐饭。

两人牵着手走出校门，校外已经霓虹连天，到处都是下了课的学生。龚文身材高挑，外表俊朗，好多小女生偷偷地看他，但见他拉着一个小巧的女生，又不得不收回蠢蠢欲动的心。

坐下后，钟源源打量龚文，觉得比起刚认识的时候，他已经从男孩子变成了一个男人，但不是完全成熟的，是那种介于男人和男孩最好的时候。

两人正在点餐，钟源源感觉有人在看她，又听到隔壁桌窃窃私语。

“哎，那个穿风衣的妹子不错哎。”

“长得还行吧，不过衣品好好。”

“喜欢就去要微信啊。”

“那个是不是她男朋友啊？”

“不是吧，应该是弟弟？”

“你去试试嘛，不成功就算了。”

钟源源竖起耳朵听，一阵激动：是我吗？我终于有人搭讪了吗？

她正听得入神呢，脑门被弹了一下。

“哎哟。”钟源源摸摸脑袋，见龚文眯着眼看她。

“嘿嘿。”钟源源不好意思地笑笑，清清嗓子转过去说，“你们说得太大声了，我都听到了。”

几个男生唰一下羞得东倒西歪。

有个胆大的男生问：“美女，那个是你男朋友吗？”

钟源源看了眼抿着嘴的龚文大大方方地承认：“是啊！他是我男朋友。”

这下龚文的嘴角才悄悄翘起。

牛肉饭上来后，龚文把自己碗里的牛肉又夹给钟源源几块，然后才大口大口地吃饭。

钟源源叼着勺子看龚文的耳朵红红的，嘴唇弯成小月牙，也忍不住笑了："怎么，看我烂桃花没了，你的心情就那么好？"

"还行吧。"龚文舔舔嘴唇，"反正你这辈子只有我这一朵桃花了。"

说完，他又笑了。

餐馆人声鼎沸，但是钟源源却觉得好像能听到自己心底花开的声音。

钟源源吃完饭和龚文手拉手回学校，在宿舍楼下的操场，钟源源提议和龚文逛逛。

"唉，烦啊，早知道不读研究生了，没想到这么忙。我们学校真的太偏僻了，每次去市区上班早上五点就要起床，然后坐公交转地铁真的好麻烦啊。有时候加完班回宿舍都十一点多了。"

操场上都是饭后出来运动的学生和周围小区散步的居民，天气晴朗气温适宜，龚文听到久违的来自钟源源的吐槽竟然也觉得十分有意思。

"钟源源，我们搬出去住吧？"龚文忽然停下脚步，十分认真地说道。

"啊？什么，这是……"虽然以前龚文住在外面的时候钟源源也曾经和他一起住过几天，但偶尔住和同居是不一样的。

但龚文当下的意思就是……

"你的意思是我们同居？"钟源源的脸瞬间红了。

"嗯。"龚文井井有条地替钟源源分析，"你看啊，你每个星期在学校的日子其实并不多，但是实习却是有空就要去的，住在靠律所近的地方其实更方便。而我更自由，没课的时候可以离开学校，晚上我们就可以在一起了。周末的时候如果没事我们就出去约会，如果你有事我就在家陪你。"

"你觉得怎么样？"龚文忐忑地等待钟源源的回应，又怕自己的提议唐突了，害怕她拒绝。

钟源源被这些话砸得晕乎乎的，她仔细一想竟觉得龚文的话十分有道理。不过同居不是小事，钟源源还要再想想。

龚文并不逼她，反正不管怎么样他都会配合钟源源。

两个人默不作声地在操场上走了一圈，然后因为钟源源还要回宿舍赶论文，所以龚文送钟源源回宿舍。

经过超市门口时，两人还遇到了龚文两个抱着泡面的男同学。

“龚文！你怎么……”一个同学看了眼钟源源，嬉笑道，“你约会呢？”

“嗯，这是我女朋友，在读研究生。”这同学和龚文关系还不错。

听龚文介绍自己，钟源源大大方方地说：“你好。”

“哎，你还有空约会呢！后天要交的图画完了没？”男生指了指怀里的泡面，“我没忍住去了网吧，这会儿要通宵了。”

“你以为人家是咱俩啊！龚文连下周要交的都画好了！你在网吧的时候，他在教室赶图。”另一个男生立马说道。

“牛！”同学给龚文竖了大拇指。

同学走后，钟源源问龚文：“你怎么画图这么快呀？熬夜伤身体，你要是不急就慢慢来嘛。”

龚文有些不好意思地说：“我想快点把图画完，万一你有空，我就可以陪你。”

钟源源没想到龚文竟然是因为这个才赶图的，一时间心里不知做何感想。

回到宿舍，陈潇愉快地与钟源源打招呼：“约会回来啦？”

陈潇正在忙实习的案子，看上去又得熬一个通宵。

钟源源快速地洗漱了一下，然后神清气爽地坐在桌前准备写论文。

然而看着电脑屏幕，钟源源发起了呆，想到刚刚龚文说的赶图的事又想起龚文的提议，一时间她突然动摇了。

良久，钟源源下定决心，转头对陈潇说：“潇潇，过段时间我可能不住宿舍了。”

同居守则一：共同承担

龚文回到宿舍，室友都去教室赶图了，他一个人无所事事，又拿起专业书看了起来。不一会儿手机传来消息提示声，龚文拿起手机一看竟然是钟源源发的。

钟源源：【龚文，我们搬出去住吧！】

看着屏幕上的文字，龚文的心跳突然加速，却佯装淡定地回复：【好，我去看房子。】

实际上走路的时候，他的脚步都有些雀跃。

因为钟源源真的很忙，房子的事都是龚文在落实。选房子的第一个条件是要经济上负担得起，另一个就是要离钟源源工作的地方近，但同时又不能离学校太远。

挑选了好久，龚文终于敲定了一套房子，是一个装修简单的错层单身公寓，并且很快就能入住。

两人找了一个周末搬家，因为宿舍还是要偶尔住的，所以除了必需品以外，大部分东西都需要重新买，搞完房子的卫生后，两人又去了超市大采购。

钟源源的实习工资仅仅能维持通勤路费和上班时候的饭钱，南海房子贵，两个人租个一居室的小房子也要好几千。龚文不缺钱，他本想把房租全部付清，但是钟源源坚持要一人一半，不占龚文的便宜。于是付了房租以后，钟源源的存款彻底被掏空了。

于是在超市门口龚文说出了非常动人的一句话：“我请你。”

“那我就不客气啦！”钟源源欢呼着进了超市。

两个人一起在超市采购添置生活用品的感觉是很奇妙的，龚文觉得他和钟源源的关系又前进了一大步。对“责任感”这个词，龚文以前只是有隐隐约约的概念，可是这一刻他有了更多的理解。

钟源源想到大三的时候两人还没有在一起，有次去超市她遇到了龚文，龚文还帮她把东西提到宿舍。

此事隔了多年，她再回想起来满是青涩。

“你一直都是这么热心的人吗？如果是别的女生你会不会主动帮忙？”瞧瞧，这就是秋后算账了。

然而龚文很果断地摇摇头：“不会。”又加一句，“一切都是命运安排好的。”

他想到了那个午后，钟源源在回来的路上抱着小狗温柔地抚慰，就是那一刻，有爱情撞在了他的心上。他从没想过一个人的光芒会比夏日的阳光还要闪亮。

看着认真挑选情侣牙杯的钟源源，龚文的目光柔和得像月光。

他揉揉钟源源的头，钟源源举着两个牙杯问他喜欢哪一个。这一瞬间，未来都有了具体的模样。

同居守则二：互帮互助

从超市回来，钟源源提着两袋零食瘫在沙发上，龚文给她递上新买的抱枕，然后默默地把所有的东西归置到它们该去的地方。

把泡面丢进橱柜的时候，龚文突然有些怀念这个味道，于是拉着钟源源让她煮一碗。两个人似乎在钟源源不当宿管以后就再也没有坐在一起吃过泡面，钟源源能拿得出手的也只是一些简单的菜罢了。

她有一瞬还这样想：以后有你吃腻的时候。

两个人盘腿坐在沙发前，就着一个锅吃面。说要煮面的是龚文，吃得最多的却是钟源源。她满意地拍拍小肚子，觉得生活无比滋润。

可惜“社畜”就是“社畜”，忙了一天晚上还得加班做案子，钟源源打开电脑，在茶几上做事。

没一会儿，电脑旁放上了热乎乎的柠檬茶，还有一碟切成小块的苹果。

钟源源内心的小人在振臂欢呼：同居是正确的选择！

龚文默默做好事以后也不打扰女朋友，就在一旁画图赚外快，两个人在暖暖的灯光下开启了同居生活的第一天。因为两个人的时间实在是太不一样，为了互不打扰睡眠，卧室地板上的榻榻米依旧放在原来的地方，两人各睡一边。

当然想滚到一起也是很方便的啦。

同居守则三：共同进步

忙碌到晚上十点半，龚文起身洗漱。

钟源源伸了个懒腰吐出一口气："好累啊。"

龚文于是走到沙发附近为坐得东倒西歪的钟源源按摩。

"这是什么？"龚文瞥了一眼钟源源的电脑，被满目的专业术语刺痛了双眼。

于是钟源源很仔细地给龚文解释了一下她目前在做的破产清算的工作，龚文眯着眼依旧疑惑。

他还记得当初和钟源源一起听法律职业资格考试课的事，但眼前的工作似乎和那些东西毫无关系。

"需要帮忙吗？"龚文不确定地问了一句。

钟源源笑着推他："好了啦理科生，快去睡觉吧。"她可不觉得龚文能帮上忙。

看着楼下客厅的灯光依旧明亮，龚文忽然生出奇怪的念想：要不我也考个法律职业资格证？

同居守则四：记得为对方准备惊喜

钟源源最近后知后觉地发现，龚文好像在看她的法律专业书。因为参加过三次法律职业资格考试，钟源源的考试书籍有一大摞。这些书虽然是用来考证的，但是工作以后也用得到，于是钟源源把除了真题以外的书都拿到了小公寓里，有需要的时候可以看一看。

龚文确实在看这些书，反正他闲着也是闲着，就陪着钟源源一起在法律的海洋徜徉。

看着一边听讲师录音，一边认真看书的龚文，钟源源有了不祥的预感，她想到了本科班主任和她男友的故事。

面对钟源源怀疑的质问，龚文承认："是有这个打算，我想试试参加明年的法律职业资格考试。"

钟源源顿觉不妙，如果龚文一次就考过了，那也太伤她学渣的自尊心了吧!

龚文毕竟有自己的专业课要上，偶尔也要画图画个天昏地暗，看书也是断断续续的，这样三天打鱼两天晒网的状态又令钟源源十分安心。

跨年的时候，两人又一起去了浦江边看跨年烟火晚会。钟源源想到两人刚在一起的时候，龚文送她一套考试书籍，不由得笑出声来。眼下正是"打击报复"的好机会，钟源源也为龚文准备了新一年的散发着油墨味刚"出炉"的法律职业资格考试培训书。

拿到礼物，龚文意味深长地看了一眼坏心思的钟源源，说道："那我一定不辜负你对我的期待。"

龚文为钟源源准备的礼物则是钟源源一直很想买的投影仪，两人懒得出门的时候可以窝在家里看电影。钟源源太喜欢这个礼物了，当晚就用了起来。

眼见着投影仪夺去了女友的全部热情，龚文有些后悔买了这个东西。但是当钟源源靠在他肩头吃爆米花的时候，龚文又觉得自己选的礼物非常好。

眨眼又是一年秋天，一个周六的上午，龚文背着包出门的时候，钟源源才意识到他是真的要去参加法律职业资格考试了。

“去吧，去吧。”钟源源觉得龚文是考不过的，毕竟他之前一直忙着画图，暑假又在设计工作室兼职，哪有那么聪明能通过法律职业资格考试。

结果第一门考试成绩出来的时候，钟源源瞠目结舌。虽然分数不高，但是龚文真的通过了第一门考试。

吓得钟源源立马买了注册会计师考试的书籍看了起来。

不能被学弟比下去!

不过毕竟是法律职业资格考试，一个月后进行的第二门考试，龚文差五分没有通过，第一门考试的成绩可以保留两年，龚文只好明年再战。

这给了钟源源一个缓冲的时间，第二年的时候，她必须通过注册会计师考试，不能让龚文的小尾巴翘起来。

陈曼听说两人的日常生活后也是一阵无语。她嘴里啧啧有声地说：“源源，你变了，你背叛了我们学渣的阵营，被学霸同化了。”

不得不说，钟源源能像今天这样勤奋学习天天向上，大部分原因是因为龚文。

陈丽雯早就把龚文这个准女婿夸上天了，之前怎么也想不到自己的女儿还有这么开窍的一天。

邀请龚文回家吃饭的时候，钟源源冷眼看着陈丽雯对龚文春风和煦，自己这个亲生女儿都被比下去了。

到了来年，龚文成了南海大学建筑系法律最好的学生，而钟源源顺利进入了南海市的顶级律所实习。

同居守则五：长长久久

南海大学浦江学院校庆的时候，钟源源正好研究生毕业，而龚文也从南海大学本科毕业了。

不敢相信，钟源源竟然挤掉了王雨，成了优秀学生代表上台发言。

王雨见到钟源源和龚文的时候满脸不可思议：“你们居然还在一起？”

话虽然一如既往地不中听，但是换个角度想也是一种赞美了。

钟源源从南海大学浦江学院毕业后，这还是第一次回学校。学校的建设早已经全部完工，新的宿舍楼也修建了好几栋。钟源源和龚文偷偷回到了原来的宿舍，这里已经变成新生女寝了。

“哎哎哎，你们是哪里来的，进宿舍要登记的哦！”前台的宿管是一个阿姨，有些凶巴巴地指着二人。

钟源源背地里吐了吐舌头，心想：我还是你的前辈呢！

两人绕到侧面，看着气窗旁的修竹，心照不宣地笑了起来。

刘蓉已经当妈妈了，如今在后勤部当了个小领导。见到钟源源他们，刘蓉非常开心，请他们到食堂吃饭。

“结婚一定要请我啊！”从前不知道钟源源和龚文爱情故事的刘蓉听说了两人的故事以后激动到拍桌。

说起来，刘蓉才是两人的红娘呢。

“一定一定！”钟源源刚被求婚，喜滋滋地答应了。

芦苇丛生的湖边，龚文带着钟源源坐在长椅上，曾经无比熟悉的风景这会儿都成了回忆里的过客。

年轻的情侣牵着手含羞走过，钟源源抱着龚文的手臂靠在他肩上。

那时候钟源源每天坐在宿舍楼下看着一池湖水，哪会想到会有今天的时光呢。

“谢谢你。”钟源源说道。

“谢什么？”龚文疑惑地问。

“就……感谢你让我变成最好的自己。”

龚文握紧了钟源源的手：“嗯，那我也感谢你，感谢你让我拥有了最好的钟源源。”

晚风徐徐，白鹭掠影，故事动人。